KB123744

제프 베조스

움직이는 서재 과거와 현재와 미래를 연결시키는 지식 창고

책과 함께 있다면 그곳이 어디든 서재입니다.

집에서든, 지하철에서든, 카페에서든 좋은 책 한 권이 있다면 독자는 자신만의 서재를 꾸려서 지식의 탐험을 떠날 수 있습니다. 좋은 책에는 시대와 세대를 초월해 지식과 감동을 전달하고 서로 소통하게 하는 힘이 있습니다. 움직이는서재는 공간과 시간의 벽을 넘어 독서 탐험의 동반자가 되겠습니다.

Jeff Bezos By Chris McNab

Copyright © Arcturus Holdings Limited
Korean translation copyright © 2024 by Bookstory
This Korean edition published by arrangement with Arcturus Holdings Limited through YuRiJang Literary Agency.

이 책의 한국어판 저작권은 유리장 에이전시를 통해 저작권자와 독점 계약한 북스토리에 있습니다.
저작권법에 의하여 한국 내에서 보호를 받는 저작물이므로 무단전재 및 복제를 금합니다.

일러두기
제프 '베이조스'와 제프 '베조스'가 혼용되고 있는데 이 책에서는 제프 '베조스'로 표기했습니다.
움직이는서재는 북스토리의 청소년 브랜드입니다.

청소년
롤모델
시리즈

제프 베조스

크리스 맥냅 지음 | 서지희 옮김

움직이는
서재

한 사람의 혁신이
세계 최고의 기업을
일으켰습니다

위인전기를 볼 때는
약간의 주의가 필요

제프 베조스는 현대의 가장 뛰어난 혁신 기업가라 해도 과언이 아닙니다. 다만 이 주장에는 약간의 주의가 필요합니다. 위대한 인물의 전기를 쓰는 사람은 그 주인공이 겪은 우여곡절을 과장하기 쉽기 때문입니다. 제프 베조스도 바로 그런 경우에 해당합니다.

인생의 대부분은 결국 서로 관계없는 사건들과 무작위의 결정들 사이에서 부딪히며 튕기는, 핀볼과 같은 경험이라고 할 수 있습니다. 그 에피소드들은 오직 기억과 재조명을 통해서만 서로 이어져, 방향과 목적을 가진 매끄러운 이야기가 됩니다.

마찬가지로, 우리는 무한 경쟁 세계에서 성공할 확률 통계를 대수롭지 않게 여기기도 쉽습니다. 어쩌면 그 인물이 그저 운이 좋았을 수도 있는데 말입니다. 이런 오류를 '생존 편향'survival bias이라고 합니다. 이것은 크게 성공한 몇몇 사람들을 보며 그들이 하는 대로만 하면 성공할 수 있다고 착각하는 것입니다. 문제는, 위대한 업적을 이루지 못한 대다수 사람은 눈에 잘 띄지 않는다는 것입니다. 즉, 거의 똑같이 행동해도 성공하지 못하는 사람도 있다는 사실이 고려되지 않는 것입니다.

기업가가 거의 손을 쓸 수 없는 문제(부모의 병환, 잘못된 기업 인수, 갑작스러운 법적 위협, 창고 화재 등) 중 하나가 빌미가 되어 파산이나 폐업으로 이어질 수도 있습니다. 관찰자로서 우리는 정작 훨씬 더 많은 그런 경우에는 별로 신경 쓰지 않고, 최고의 자리에 오른 몇몇 사람들에게서 느끼는 에너지에만 초점을 맞춥니다.

따라서 제프 베조스의 전기는 생존 편향을 무시할 위험이 있습니다. 그 주된 이유는 베조스가 세계 역사상 정말 독특한 시기에 기업가로 데뷔했기 때문입니다. 1980~90년대에 인류는 폭발적인 기술 혁명을 겪기 시작합니다. 개인용 컴퓨터와 인터넷이 합세해 현대 사회를 바꿔놓았고, 우리는 사회적으로 행동하고 개인적으로 생각하게 되었습니다.

베조스가 우연히 그 시기에 태어난 것은 마치 이륙을 위해 활주로로 나간 비행기에 올라탄 것과 같았습니다. 그 밖에 다정하면서도 학구열 높은 가정환경, 의욕을 북돋우는 아이디어와 기술적 경험, 프린스턴 대학교와 사업에서 쌓은 관계들과 같은 다양한 요인들도 그에게 유리한 조건을 제공했습니다. 베조스의 생애 첫 20년은 여러모로 그가 '골디락스 존'Goldilocks Zone, 즉 미래의 번영을 위한 최적의 위치에 무사히 안착하도록 도왔습니다.

상식을 넘어 상상을 초월한
베조스의 성공 방식

하지만 베조스가 이룬 엄청난 업적을 생각하면 성공 공식을 푸는 데 적용되는 일반적인 방식은 부질없어 보입니다. 2021년 7월 5일, 베조스는 자신이 만든 아마존의 최고 경영자 자리에서 물러났습니다. 그 시점에 베조스가 잠시 자신이 이룬 것들을 돌아보았다면, 무엇이 보였을까요?

세계에 2,400만여 개의 전자 상거래 기업이 난립하는 상황에서 아마존은 2021년에 연 매출 4,700억 달러를 기록하며 독보적인 정상에 올랐습니다. 베조스의 뜻대로 정말 '모든 것을 파는 가게'가 된 아마존은 애플, 마이크로소프트, 알파벳, 사우디아라비아 국영 석유 기업 등과 함께 세계 5대 기업으로 꼽힙니다.

2022년 현재 아마존이 자체로 보유한 제품은 1,200만 개, 마켓플레이스 판매자들까지 포함하면 무려 3억 5천만 개에 이릅니다. 2021년에는 아마존 프라임만 해도 전 세계 유료 회원이 2억 명을 넘어섰고, 2019년에 아마존은 27억

9천만 명의 방문자 수를 기록하며 정점을 찍었습니다.

　사람들은 아마존을 통해 통조림 콩에서부터 의료용품, 목공 도구, 캠핑용 텐트, 아기 장난감, 최신 유행 핸드백에 이르기까지 모든 것을 살 수 있습니다. 아마존은 세계의 수많은 사람이 거의 모든 것을 구매할 때 처음 클릭하는 사이트입니다. 또 아마존에서 물건을 팔게 된 전 세계 200만여 명의 제3자 판매자들도 사업에 성공했습니다. 대개 중소기업인 제3자 판매자는 아마존 스토어 매출의 60퍼센트를 담당합니다.

　이렇듯 베조스는 아마존을 거대한 규모의 온라인 상점 그 이상으로 성장시켰습니다.

위대한 기업을 넘어 존경받는 기업의 길

　이제는 번화가의 오프라인 상점들에서도 아마존을 만날 수 있습니다. 혁신적인 '저스트 워크아웃'Just Walk Out 기술을 적용한 무인 상점들에서는 고객이 계산대에 줄을 서지 않아도 됩니다. 아마존 출판사는 현재 자체 도서를 출판하고 있으며, KDP^{Kindle Direct Publishing}라는 셀프 출판 서비스도 제공합니다. KDP는 저작권자가 자신의 전자책 및 출판물을 간편하게 자체 출판하고 판매할 수 있는 온라인 플랫폼입니다. 공식 집계되지는 않았지만, 2016년까지만 해도 100만 건이 넘는 것으로 나타났습니다.

또 AWS(아마존 웹 서비스)는 세계 최대의 클라우드 컴퓨팅 서비스와 라이브 스트리밍 제공 업체로, 세계 클라우드 컴퓨팅 시장의 33퍼센트를 점유합니다(독일 통계 조사기관 스타티스타의 2021년 자료). AWS는 수천 개의 회사와 정부 기관, 수십억 건의 상거래에 필요한 디지털 인프라를 공급하며 우리가 생각하는 것보다 더 다양한 방식으로 우리의 일상생활에 영향을 미칩니다.

아마존은 영화와 TV 분야에서도 국제적으로 존경받는 기업이 되었습니다. 아마존 스튜디오에서는 오리지널 콘텐츠를 제작하는데, 아마존 스튜디오에서 개봉한 영화들이 2021년 오스카상 12개 부문에 후보로 올랐습니다. 그해 2억 명이 넘는 프라임 멤버가 TV 프로그램 스트리밍 서비스를 이용했습니다. 킨들, 파이어 스틱, 에코 스마트 스피커 등 아마존이 생산한 수백만 개의 전자 기기가 사람들 손에 들려 있거나 집에서 사용됩니다.

아마존은 인공위성, 자율주행차, 컴퓨터 하드웨어와 같은 산업이나 시장에 여러 개의 자회사를 두고 다방면으로 막대한 투자를 합니다.

지칠 줄 모르는
혁신 DNA

빅뱅만큼이나 폭발적인 아마존의 확장성을 말해주는 지표가 더 필요하다면, 1994년 아마존이 가정집 차고를 창고 삼아 시작되었다는 사실에 주목하면 됩니다. 오늘날 전 세계에 수백 개의 거대 물류 시설을 갖춘 아마존은 직원이 130만 명에 이릅니다. 2022년 현재 22개 국가(미국, 영국, 호주, 캐나다, 중국, 프랑스, 독일, 인도, 아일랜드, 이탈리아, 일본, 멕시코, 스페인, 브라질, 네덜란드, 이집트, 튀르키예, 싱가포르, 아랍에미리트, 사우디아라비아, 스웨덴, 폴란드 등)

가 자국 전용 아마존 플랫폼을 보유하고 있으며, 그 밖에도 100여 개국에서 아마존 직배송 서비스를 이용할 수 있습니다. 아마존은 우리 모두의 집이나 주머니 속, 컴퓨터에 존재하거나 우편함을 통해 배달되어 우리 사업의 원동력이 됩니다.

아마존의 규모와 성과는 요약하려고만 해도 꽤 지치는 일입니다. 현대뿐 아니라 인류의 전 역사를 통틀어 가장 큰 상업적 성공으로 꼽히는 아마존의 성과를 단순하게 표현하기는 어렵기 때문입니다.

하지만 더 놀라운 것은, 베조스의 수그러들 줄 모르는 업적이 이제 아마존 밖에서도 이루어지고 있다는 것입니다. 게다가 그는 세계 최고의 우주 탐험 프로그램 중 하나인 블루 오리진을 만들고, 자기 소유의 우주선을 타고 직접 우주를 여행하기도 했습니다. 그는 수십억 달러 규모의 자선 재단을 세우고, 새로운 학교 네트워크를 만들고, 〈워싱턴포스트〉를 인수하고, 수백 개의 다양한 기업에 투자하고, 기술 연구개발에 수십억 달러를 쏟아붓고, '만년 시계'를 만들었습니다.

베조스의 비범한 삶을
더 잘 이해하는 방식

아마존을 창업한 베조스의 개인 재산도 아마존의 번영과 함께 크게 늘었습니다. 세계 최고 부자에 오른 2018년에 1,500억 달러이던 개인 재산이 5년 만인 2020년에 2천억 달러로 늘었습니다. 그렇다고 베조스가 그 기간에 주식을 더 가져가진 않았습니다. 보유한 주식 가치가 높아졌기 때문에 재산이 늘어난 것입니다. 사람들은 대개 이런 어마어마한 재산으로 베조스를 판단하려는 경향이 있습니다.

하지만 여러 면에서 볼 때 재산만 가지고 그의 성공을 가늠하기는 불가능합니다. 오히려 그가 이 세상에 어떤 발자취를 남겼는지에 관심을 집중하는 편이 훨씬 더 나을 것입니다.

그는 어떻게 생각할까요? 그는 어떻게 혁신을 이룰까요? 그는 팀, 시간, 돈과 위험을 어떻게 관리할까요? 이런 문제들을 비롯한 많은 것들을 탐구해보면 베조스의 부는 목표가 아니라 그저 결과일 뿐이라는 걸 알게 될 겁니다.

베조스는 부를 목표로 삼은 적이 없습니다. 이것이 바로 베조스의 부를 바라보는 올바른 시각입니다. 그러므로 우리는 부에 관한 관심을 넘어서는 순간, 그의 비범한 삶이 주는 교훈을 더 잘 이해하게 될 것입니다.

차례

PART 1
처음부터 남다른 면을 내보인 제프

PART 4
모험에 가까운
베조스식 성장 모델

PART 1

처음부터
남다른 면을
내보인 제프

"아이가 일곱 살이 될 때까지 내게 맡기면 성인을 보여주겠다."
그리스 철학자 아리스토텔레스가 남긴 유명한 말이다. 그 후 수
세기 동안 그 견해는 과학과 심리학의 도움으로 확실히 증명되
면서 어린 시절의 환경이 이후의 지적·감정적 발달의 튼튼한
토대가 되거나 그렇지 않을 수 있다는 것을 보여주었다. 하지만
아주 어릴 때도 결정과 방향 전환의 시점들은 존재한다. 장차
위인이 될 한 어린 소년도 네 살 때 이미 뚜렷한 인생의 갈림길
을 경험했다. 지금부터 그 이야기를 시작한다.

네 살 때 이미
인생의 갈림길을 경험했대

— JEFF BEZOS —

10대 부모의 청춘 로맨스로
태어난 아이

1964년 1월 12일, 제프 베조스는 미국 뉴멕시코주 앨버 커키에서 태어났다. 엄마 재클린 자이스^{Jacklyn Gise}는 그를 가졌을 때 열여섯 살 난 고등학교 2학년생이었다. 그 임신 은 청춘 로맨스의 예기치 못한 결과였다. 재키(재클린의 별 명)는 카리스마 넘치는 학교 선배였던 열여덟 살 난 시어도어 조겐슨에게 푹 빠졌다.

테드(시어도어의 별명)의 가족은 시카고 출신이지만, 그의 조부모는 덴마크 이민자들이다. 조겐슨 가족은 테드가 열 살이 되기 전에 앨버커키로 이사했고, 그곳에서 10대가 된 테드는 반항적인 사춘기 때 재키를 만났다. 테드는 단순한 취미가 아니라 거의 전문가 수준으로 외발자전거를 타는 특기를 가졌고, 바로 이 점이 그의 매력을 더했다. 그는 외발자전거를 뒤로 타거나 높이 매달린 줄 위에서 타기도 하고, 또 공연단 '유니사이클 랭글러스' 멤버들과 함께 각종 쇼, 박람회, 서커스 등 미국 전역의 다양한 행사에 출연하기도 하며 제법 재능을 뽐냈다.

예기치 못한 임신 때문에 재키와 테드의 청춘 로맨스는 현실의 벽에 부딪혔다. 다행히 재키에게는 화목한 가정이라는 보호막이 있었고, 그것은 그녀의 아들 삶에도 중대한 지적·감정적 영향을 미친다. 가족과 친한 친구들에게는 '팝'Pop이라는 애칭으로 불린 아버지 로렌스 프레스턴 자이스Lawrence Preston Gise와 어머니 매티Mattie는 재키에게 정서적 버팀목이 되었다.

로렌스는 1946년에 미국의 원자 과학 연구 및 시설 관리 기구로 설립된 AEC(미국 원자력 위원회) 지사장으로 일했다. 매티 가족은 텍사스주 코툴라 인근에 100평방킬로미터 규모의 목장을 가졌다. 로렌스와 매티가 손자에게 베푼 세 가지(다정다감함, 과학적 관심, 탐험할 수 있는 물리적 장소)는 어린 제프가 어른으로 성장하는 데 큰 힘이 되었다.

10대 부모가 된 재키와 테드 앞에 인생의 다양한 문제들이 펼쳐졌다. 재키는 완벽하진 않지만, 실용적인 해결책들을 찾아냈다. 아기가 태어나기 전에 그들은-어린 나이로 인한 법적 문제 때문에-멕시코 후아레즈에서 결혼했다. 결혼비용은 재키 가족이 댔다. 부부가 된 두 사람은 앨버커키에서 갓 태어난 제프리 프레스턴 조겐슨의 첫 보금자리가 될 작은 아파트를 빌렸다. 그 아이는 너무 일찍 어른이 되어야 했던 어린 부모의 불안감이 고스란히 느껴지는 환경에 태어났다.

재키의 부모님이 금전적인 도움을 주긴 했지만, 아무래

도 생활비는 빠듯할 수밖에 없었다. 외발자전거만 타서는 가장 노릇을 할 수 없다는 것을 알게 된 테드는 돈 몇 푼 못 받는 일들을 전전하게 되면서 학업을 이어가려던 몇 번의 시도도 실패했다.

불길한 조짐이 보인다 싶더니, 재키는 결국 제프를 데리고 부모님 집으로 돌아갔다. 제프가 생후 겨우 17개월이었을 때 이혼을 신청한 제프의 부모는 끝내 헤어졌다. 그렇게 테드는 제프의 삶에서 영원히 떠났다.

테드 조겐슨은 2015년 일흔 살에 세상을 떠났다. 그는 평생을 물리적으로도 정신적으로도 제프와 남남으로 지내며 잊혀갔다. 2012년, 기자 브래드 스톤이 애리조나에서 자전거 수리점을 운영하는 테드를 찾아냈다. 믿기 어려울 정도로, 그는 아들이 어떤 인생을 살아왔는지 전혀 몰랐다. 사실을 알고 난 그는 젊은 시절 자신의 실패를 인정하며 유감을 표명했다. 그러면서 다 큰 아들의 삶에 끼어들어 부담을 줄 생각은 없다고 말했다.

쿠바 이민자 양아버지의
따뜻하고 안정된 울타리

재키는 이혼 후 가족의 도움을 받아 어린 아들 양육에 다시 집중했다. 그녀는 힘든 상황에서도 처음부터 꾸준히 아들의 행복과 발전을 위해 헌신했다. 그녀는 자상한 보호자로서 책임을 다하면서도 단호한 어머니의 면모를 보였다. 제프가 자라나는 동안 그녀는 아들의 관심사에 불을 지폈고, 아들의 편에 서서 싸웠으며, 아들의 역량을 믿어주었다. 전기에서 흔히 볼 수 있는 운명론적인 암시는 피해야겠지만, 여러모로 볼 때 그런 존경스럽고 다정한 어머니가 없었다면 제프가 지금처럼 경이로운 삶을 살았을 거라고 상상하기 어렵다.

하지만 재키 혼자 제프를 키운 것은 아니었다. 그녀는 미겔 '마이크' 베조스Miguel 'Mike' Bezos와 사귀면서 운이 트였다. 미겔은 쿠바 이민자였다. 과거에 피델 카스트로 혁명 정권에서 살기를 두려워한 쿠바의 부모들이 6~18세의 아이들 1만 4천 명을 미국으로 보냈는데, 미겔도 그중 한 명이었다. 그 '페드로 판Pedro Pan(피터 팬의 스페인어 표현 _옮긴이) 작전을 통해 스페인어를 쓰는 어린이와 젊은이들은 혼란스럽고 겁에 질린 채 미국으로 몰려들었고, 대규모 임시 수용소나 교육 센터에 수용되었다. 미겔 역시 다른 아이들과 마찬가지로 부모와 헤어져야 했지만, 역시 이민자인 사촌을 만나 가족과의 관계를 어느 정도는 유지할 수 있었고 둘은 떼려야 뗄 수 없는 사이가 되었다.

페드로 판 적응 사업은 대부분 가톨릭교회에서 운영했는데, 미겔과 그의 사촌은 운 좋게도 제임스 번스 신부 밑에서 깨어 있는 훈육을 받았다. 번스 신부는 델라웨어주 윌밍턴 브룸가 1300번지에서 21명의 남자아이가 수용된 카사 데 살레스를 운영했다. 그는 자기가 돌보는 모든 아이가 그 지역의 살레시아눔 학교에서 교육받고, 체계적인 생활을 하고, 소속감과 자존감을 느끼도록 돌보았다.

뿌린 대로 거둔다더니, 2021년 6월에 윌밍턴의 살레시아눔 학교는 아마존 주주인 미겔과 재키로부터 1,200만 달러의 후원금을 받았다. 미겔에게 살레시아눔 학교는 집이나 마찬가지였다. 후원금 중 1천만 달러는 '제임스 P. 번스 신부, OSFS 장학금'이라는 아주 잘 어울리는 이름으로 24명에게 전액 장학금을 주는 데 쓰였다. 가슴 아프게도 번스 신부는 2020년에 세상을 떠났다.

1960년대 중반, 미겔은 앨버커키 대학교 1학년에 다니면서 뉴멕시코 은행에서 아르바이트할 당시에 재키를 만났다. 재키는 그곳에서 회계 업무를 맡았다. 서로 겹치는 근무 시간에 힘겹게 의사소통을 하며(미겔의 영어는 아직 서툴렀다) 사랑을 꽃피우던 두 사람은 1968년 4월에 결혼했다.

'마이크'로도 알려진 미겔은 재키와 그녀의 아들 모두에게 축복이었다. 성실하고 책임감 있는 남편이자 아버지였던 그는 확고한 직업윤리와 공학적 적성 덕분에 석유 기업 엑손모빌ExxonMobil에 좋은 일자리를 얻었고, 가족과 함께 텍사스주 휴스턴으로 이사했다.

과학적이고 탐구적인 사고방식을 가진 마이크는 토론,

말끔하게 차려입은 어린 제프 베조스와 엄마 재클린 베조스. 열여섯 살에 제프를 가진 재키는 아들의 어린 시절 내내 안정적이고 헌신적인 어머니로 곁을 지켰다.

분석, 정밀 조사와 논리를 중시했다. 또 쿠바 출신인 그는 미국에서 누릴 수 있는 시민적 자유와 언론의 자유를 사랑했다. 정부의 과도한 개입에 대한 그의 반감은 제프에게도 영향을 미쳤다. 이 사실은 간혹 제프가 정부 당국 및 관료들과 껄끄러운 관계에 놓이는 것을 어느 정도 해명한다.

그의 새로운 가족이 안정되기를 원한 마이크가 제프를

입양함으로써 제프의 성은 조겐슨에서 베조스로 바뀌었다. 재키와 마이크는 결혼 후에 크리스티나Christina와 마크Mark를 더 낳았다. 엄마 재키가 불안한 시간에서 놓여나자 비로소 제프는 사랑이 넘치고 안정된 가정에서 자라게 되었다.

제프는 어려서부터
재능을 내보였대

— JEFF BEZOS —

세상이 어떻게 이루어졌는지
궁금한 어린 제프

탁월한 기업가라도 대개 어린 시절에는 잠재력을 잘 내보이지 않다가 나중에야 서서히 드러내지만, 제프 베조스는 그렇지 않았다. 처음부터 그는 특출난 모습을 보였고, 그의 어머니는 일찍이 그 점을 알아차렸다.

재키는 두 살 난 베조스를 놀이터에 데려갔더니 벌어진

일을 이야기했다. 거기서 베조스는 다른 아이들과 함께 회전 놀이기구에 올라탔다. 다른 아이들은 빙빙 도는 움직임에 기뻐하며 비명을 질러댔지만, 베조스는 그 놀이기구 자체의 역학에 집중하여 케이블과 도르래가 작동하는 것을 찬찬히 차분하게 관찰했다.

얼마 후, 그는 드라이버로 자기 유아용 침대를 분해하려고도 했다. 그 소년은 세상이 어떻게 이루어졌는지에 마음을 빼앗긴 게 분명했고, 자신의 노력으로 이 세상을 만들어갈 수 있다고 자연스럽게 이해하는 듯싶었다.

학창시절에 베조스는 여러 교육 기관에서 받은 수준 높은 교육에 힘입어, 후에 그의 경력과 아마존 창업에 박차를 가할 많은 특성을 갖췄다. 베조스가 초등학교에 들어가기 전에 다닌 몬테소리 유치원 교사들에 따르면, 어린 베조스는 유독 주의력과 집중력이 뛰어나 주어진 과제에 몰입하여 끝까지 해내고야 말았다. 4학년부터 6학년까지 다닌 리버 오크스 초등학교에서 그는 뱅가드 영재 프로그램에 들어갔다. 그의 적성과 흥미는 몇몇 분야에 뚜렷이 초점이 맞춰졌다.

그는 기술과 관련한 모든 것들, 특히 컴퓨터에 유별난 관심을 보였다. 주로 산업이나 국방 분야에서 사용된 컴퓨터는 1970년대 당시 일반인에게는 아직 희귀하고 생소했다. 하지만 리버 오크스의 학생들은 지역 회사가 메인 프

리버 오크스 초등학교에서 전신 타자기를 통해 처음으로 컴퓨터를 접한 베조스는 그때부터 디지털 기술의 가능성에 푹 빠졌다.

레임 컴퓨터를 사용하게 해준 덕분에 전신 타자기를 통해 컴퓨터를 사용하는 행운을 누렸다.

그 시스템은 요즘 우리가 아는 기술에 비하면 선사시대 유물이나 다름없지만, 기계와 메인 프레임 컴퓨터의 상호 작용은 베조스를 매료시켰다. 그는 특히 시스템을 어떻게 프로그래밍하느냐에 따라 새로운 결과가 나타난다는 점에 매력을 느꼈다.

기술에 대한 베조스의 관심은 더욱 커져 자연스럽게 우주와 관련한 모든 문제로 이어졌다. 1966년에 처음 방영된 〈스타 트렉〉 시리즈는 그의 놀이와 사고에 끝없는 영감을 주었다. 베조스와 친구들은 판지로 테이저건을 만들고, 한 아이에게 우주선 '엔터프라이즈호'의 말하는 컴퓨터 역할을 맡기는 등 어린아이들 특유의 상상력으로 〈스타 트렉〉 장면들을 연기하거나 만들어냈다.

음성 입력 처리 능력을 지닌 그 말하는 컴퓨터는 베조스의 마음속에 계속 남았다가 후에 아마존의 '에코'Echo 스피커와 가상 비서 '알렉사'Alexa를 탄생시키는 기반이 되었다

(2016년, 베조스는 영화 〈스타 트렉 비욘드〉에 카메오로 출연해 외계인 스타플릿 장교 역을 맡음으로써 〈스타 트렉〉의 일부가 되기를 바란 그의 오래된 꿈을 잠깐이나마 이뤘다).

최고의 멘토는
외할아버지

베조스가 세상을 탐구하고 재능을 연마하는 데 도움을 준 것은 교육만이 아니었다. 1968년, 그의 사랑하는 외할아버지는 AEC(미국 원자력 위원회)에서 사임한 뒤 가족 목장에서 더 많은 시간을 보냈다. 제프는 여름방학 거의 내내 그곳에서 보내며 왕성한 탐구 활동을 하는 동안 외할아버지로부터 큰 영향을 받았다.

외할아버지는 자립심이 강하고 강인하며 굉장히 실용적인, 진정한 시골 남자였다. 그는 황소 거세에서부터 복잡한 농기계 수리에 이르기까지 목장의 모든 일을 다른 사람들의 도움보다는 창의적인 생각과 임기응변 그리고 독학으로 해결했다(그는 불필요한 돈 낭비도 싫어했다).

베조스는 목장 일을 도우며 외할아버지와 같은 자립심과 적응력을 길러 나갔고, 목장은 그 어린 소년이 '발명하고 방황하며'(이것은 후에 그의 책 제목이 된다) 직접 체험하는 흥미롭고 개방적인 장소가 되었다.

외할아버지는 또 뭐든지 알고 싶은 베조스의 사고력을 키워주고자 동네 도서관에 데려가서 아이작 아시모프나 로버트 하인라인과 같은 작가들의 위대한 공상 과학 소설을 읽게 하기도 했다. 베조스가 어린 시절 푹 빠져 지낸 우주와 공상 과학 소설에 관한 관심은 2021년 7월 20일 '뉴 셰퍼드'New Shepard 로켓(자신의 항공 우주 탐사 기업인 블루 오리진Blue Origin이 제작하고 발사)을 타고 우주여행을 떠난 것으로 이어졌다. 실제로 아마존 설립과 고공 행진을 중심으로 한 베조스의 혁명에 가까운 모든 기업가적 노력은 우주 탐험, 그리고 인류가 언젠가 다른 행성에서 살고 번성할 가능성에 대한 그의 비전을 실현하기 위한 것이었다고 해도 과언이 아니다.

2018년, 〈와이어드〉 기자 스티븐 레비는 블루 오리진 벤처 기업에 관해 베조스와 인터뷰했다. 인터뷰 조건은 레비가 1975년에 처음으로 방송한 30분짜리 다큐멘터리 〈라운드테이블〉을 보고 오는 것이었다. 그것은 해럴드 헤이스가 천체 물리학자 제라드 오닐과 공상 과학 소설 작가 아이작 아시모프를 인터뷰한 내용이었다.

그 인터뷰(지금도 유튜브에서 볼 수 있다)는 두 거장에게 지구 밖에서의 삶에 대한 비전을 펼칠 기회를 주었고, 오닐은 언젠가는 인류가 우주의 식민지에서 살면서 자연 휴양 공원이 된 지구를 방문하는 날이 올 거라는 생각을 밝혔다. 보다시피 베조스는 그 생각에 계속 매료되었으며, 그것이 실현 가능한 목표가 될 수 있다고 여긴다. 후에 베조스의 여자친구 우르줄라 베르너Ursula Werner는 인터뷰에서 베조스가 억만장자가 되기를 바랐다고 말했는데, 그 이유는 그것이 우주정거장을 가질 유일한 방법이었기 때문이다.

베조스의 어린 시절에는 좋은 영향을 준 어른이 많지만, 그래도 가장 중요한 인물은 외할아버지였다. 프린스턴 대학교 졸업식 연설에서 베조스가 직접 이야기한 일화는 외할아버지가 손자의 지적 능력의 성장뿐만 아니라 도덕적 기준에도 관심을 두었다는 것을 보여준다.

외할아버지, 외할머니와 함께 캠핑카 여행을 하던 중 베조스는 담배를 피우던 외할머니의 흡연 시간을 계산해 그녀의 수명이 흡연 때문에 9년은 단축되었다고 무심하게 말했다. 실제로 암 투병 중이었던 외할머니는 그 말에 울음을 터뜨리고 말았다.

외할아버지는 베조스를 한쪽으로 불러 차분하지만 단호하게 인생에 꼭 필요한 교훈을 주었다. "제프, 언젠가는 영리하기보다 친절하기가 더 어렵다는 걸 알게 될 거다."

이 '영리함을 뒷받침하는 친절함'이라는 주제는 후에 베조스의 연설에서 자주 언급되며 사람들에게 감동을 선사했다.

다방면으로 뛰어난 제프는
꿈도 우주적

학문과 문화에 관심이 컸던 베조스는 학교 스포츠, 특히 야구와 미식축구도 상당히 즐겼다. 그는 운동에 소질이 뛰어나진 않았지만, 승부 욕구가 강하고 열정이 넘쳤으며 뛰어난 기억력과 타고난 게임 시스템 분석력을 갖췄다. 미식축구팀 선수 모집 당시, 그는 강력한 유망주이기는커녕 체중 검사를 간신히 통과했을 뿐이었다. 하지만 2주 뒤 코치는 그에게 수비팀 주장을 맡겼다. 그는 모든 경기를 기억하고 상대팀 선수들의 위치를 전부 머릿속에 그릴 수 있었기 때문이다.

베조스는 13세 때, 직장을 옮긴 양아버지를 따라 가족과 함께 플로리다주 펜서콜라로 이사했다. 학업에서는 이미 궤도에 오른 베조스에게 이사는 별문제가 되지 않았을 뿐더러 그는 예정보다 일 년 빨리 새 학교의 영재 프로그램에 들어갔다. 그는 일찍이 10대 때부터 기술이나 공학과 관련된 모든 것에 관심이 더욱 깊어졌다. 이론 연구에 그치지 않고 가전제품을 개조하거나 동네 라디오 셰크^{Radio} ^{Shack}(미국의 전자제품 판매 체인 _옮긴이)에서 산 키트를 이용해 실제로 여러 가지를 탐구했다. 진공청소기가 공기 부양선이 된 것도 그 때문이었다. 집안 곳곳에 각종 경보 시스템과 센서들이 도사리고 있다 보니, 부모와 형제자매들은 자기 집인데도 마치 지뢰밭을 걷는 심정으로 조심조심

걸어 다녀야 했다. 천 대신 은박지를 씌운 우산은 태양열 조리기가 되었다. 제프는 책으로 배운 지식에만 관심이 있는 게 아니라 그 지식을 현실로 만들어야 직성이 풀리는 아이였다.

플로리다로 이사한 지 2년 뒤, 제프네 가족은 마이애미주 데이드 카운티로 또 한 번 이사했다. 그곳에서 제프는 팔메토 베이에 있는 학교에 다녔다. 제프는 거기서도 끊임없는 노력과 탐구로 우수한 모습을 보여주었으며, 그것은 선생님들과 동료 학생들이 보기에 대단하면서도 가끔은 위협적이기까지 했다.

그는 학교 과학부와 체스부에서 친구도 사귀고 새로운 도전과제를 발견했다. 또 플로리다 대학교의 학생 과학 캠프에서 참가해 과학·공학 및 컴퓨터 기술과 관련된 수준 높은 현장학습을 경험하기도 했다.

제프의 능력은 마치 상을 끌어당기는 자석과 같았다. 과학과 수학 과목에서 수차례 최우수 학생으로 뽑혀 상을 받았을뿐더러 1982년에는 국가 우등 장학금National Merit Scholarship을 받기도 했다. 또 같은 해에 제프는 1959년부터 〈마이애미 헤럴드〉Miami Herald가 학업 성취도가 뛰어난 고등학교 3학년 학생들에게 수여해온 '실버 나이트 상'Silver Knight Award 을 받는 등 알찬 한 해를 보냈다.

10대 후반에 이미 베조스는 타고난 기업가적 성향을 드러냈다. 그것은 일부분 그다지 달갑지 않은 그의 인생 경험으로부터 영감을 받았다. 16세 때(1980년) 여름에 맥도날드에서 일하게 된 그는 수많은 손님이 밀려드는 가게 안쪽에서 수백 장의 패티를 구웠다. 그는 그런 하찮은 일에는 별 흥미가 없었지만, 자동화 과정으로 속도를 높이는 방법 등을 실제로 관찰하며 사업적 교훈을 얻었다. 그는 주문, 버저, 튀김기와 기타 다양한 기계들이 효율적으로 작동하여, 손님들이 음식을 주문하고 받기까지의 과정이 물 흐르듯 이루어지는 모습을 지켜보았다. 후에 인터뷰에서 그는 맥도날드에서 고객 서비스와 고객 중심에 대한 중요한 교훈을 얻었다고 설명했다.

맥도날드에서 값진 경험을 한 제프는 이듬해 여름방학이 다가왔을 때 주방으로 돌아가지 않기로 마음먹었다. 그 대신 그는 4학년부터 6학년까지의 학생들을 위한 10일간의 여름 캠프 '드림 인스티튜트'를 만들어 직접 개발하고 운영했다. 그것은 유치한 애들 장난이 아니었다. 제프는 아이 한 명당 600달러를 받았는데, 결국 친남매 둘을 포함하여 여섯 명이 그 행사에 등록했다.

드림DREAM은 'Directed Reasoning Method'(지향적 추론법)의 약자로, 목적이 있는 목표와 관련된 지능을 추구하는 베조스의 관점이 담긴 이름이다. 캠프 교육과정은 문학과 과학 그리고 공학까지 융합되었으며, 이러한 융합적 접근 방식은 후에 그가 회사를 세울 때도 반영되었다.

학생들은 톨킨의 《반지의 제왕》이나 디킨스의 《데이비드 카퍼필드》를 읽고 토론하기도 하고, 블랙홀이나 애플2 컴퓨터(당시에 베조스가 사용하던 것) 혹은 성간 우주여행에 관한 이론을 알아보기도 했다. 베조스는 부모들에게 돌린 전단에 자녀들을 '오래된 분야에서 새로운 사고방식을 활용'하도록 가르치겠다고 적었다.

학창시절 내내 보여준 우수성과 피어나기 시작한 지도력을 고려할 때, 베조스가 고등학교 졸업식에서 졸업생 대표로 단상에 오른 것은 그리 놀랄 일이 아니다. 어린 청중

omestead High's salutatori-
are Chris Mueller and Tom
lonty.

llian

Iichelle Sernaker, 17, first in
ass of 749, will attend Massa-
setts Institute of Technology
study engineering. Sernaker
won her school's French
award and is one of three
Dade stu-
dents to win
a corporate-
sponsored
National
Merit Schol-
arship.

rnaker "I sort of
wanted to be
dictorian the whole time. I
Idn't have done it if I hadn't
ked toward it," she said.
alutatorian is **Joanne Kirk**.

Jeffrey Bezos, 18, first in a
class of 680, will study electrical
engineering and business admin-
istration at Princeton University.

Bezos

He wants to
build space
hotels,
amusement
parks, yachts
and colonies
for two or
three million
people orbit-
ing around
the earth.
"The
whole idea is
to preserve
the earth,"
he said. His final objective is to
get all people off the earth and
see it turned into a huge national-
park.

Bezos won the Silver Knight
winner in science and is a Nation-
al Merit Scholar. He has won his
school's Best Science Student
award for the past three years

Please turn to **BEST / 24**

inday, June 20, 1982   w   The MIAMI HERALD   25

〈마이애미 헤럴드〉(1982년 6월 20일)에 실린 18세 때 제프의 간략한 프로필을 보면,
그가 우주의 미래 비전에 얼마나 큰 관심을 가졌는지 알 수 있다.

앞에 선 그는 연설에서 우주에 식민지를 건설해 인류를 지구에 대한 의존으로부터 해방하겠다는 자신의 꿈과 함께 우주 만물에 대한 사랑과 원대한 포부를 전했다. 돌이켜보면, 다른 10대들은 대개 망상에 가까운 상상으로 여긴 것을 제프는 자기 삶의 분명한 목표로 삼았다.

조기 입학한
프린스턴 대학교에서
우등생이었대

JEFF BEZOS

　베조스는 뛰어난 학업 성적과 실버 나이트를 비롯한 수상 이력 덕분에 프린스턴 대학교 전기전자컴퓨터공학과에 조기 입학했다. 그는 공학 학사 학위를 목표로 입학한 스무 명의 학생 중 한 명이었다. 당시 프린스턴 대학교의 공학과 컴퓨터 과학은 하나의 전공에 속하는 두 개의 하위 전공이었다. 베조스가 졸업한 지 일 년 만에 그 두 과목은 각각 별도의 단독 전공으로 분리되었다. 하지만 베조스가 경험한 융합적 접근은 그가 아마존을 설립할 때 부딪힌 여러 가지 문제들(창고 관리와 유통 효율성에서부터 인터넷 초창기의 온라인 주문 및 마케팅의 복잡함에 이르기까지)을 해결하는 데 큰 도움이 되었다.

억만장자 기업가들이 대학을 중퇴하고 나서야 성공의 길로 접어들었다는 글을 읽으면 우리 같은 일반인에게는 일말의 위안이 되겠지만, 베조스는 그렇지 않았다. 사실, 자기 주도적이고 경쟁적인 성격을 가진 그는 대학 공부에서 남들보다 앞서기 위해 굉장히 노력했다. 그리고 결국 1986년에 4.2학점으로 최우등 졸업생이 되었다.

하지만 그렇다고 해서 사회적 참여를 게을리한 것은 아니었다. 여전히 우주에 매료된 그는 SEDS(우주 탐사 및 개발을 위한 학생회)의 프린스턴 지부장이 되었다. 이 단체는 '커지는 우주 산업의 미래 리더와 공헌자 개발 촉진'을 목적으로 하는 국제 학생 단체이다.

베조스는 또 프린스턴 지부에서는 4학년 최우수 학생 열명만 들어갈 수 있는 미국에서 가장 오래된(1776년 설립) 우등생 단체 '파이 베타 카파'의 회원이기도 했다. 마찬가지로 그는 학업능력이 아주 뛰어난 학생만 들어갈 수 있는, 1885년에 설립된 국립 공학 우등생 단체 '타우 베타 파이 협회'의 회원으로도 뽑혔다.

그 밖에도 대학 생활 중에 다양한 활동을 한 베조스는 프린스턴의 총 열한 개의 '이팅 클럽'eating club들 중 하나인 '쿼드랭글 클럽'Quadrangle Club(일명 쿼드)에도 가입했다. 이팅 클럽은 본래 프린스턴 학생들이 함께 음식을 나눠 먹으며 친목을 다지는 클럽으로, 프로스펙트 가의 저택들 가운데 33번지에 있었다. 쿼드 출신 중에는 미국 상원 의원, 주지사, 대사, 판사, 고위 군인과 영향력 있는 작가 등이 있다.

베조스는 프린스턴 대학교 학생과 교직원들 앞에서 연설하는 등 프린스턴과의 긴밀한 관계를 유지해 오고 있다. 그가 받은 최상의 교육이 후에 기술적으로 크나큰 도움이 된 것은 의심할 여지가 없다. 하지만 프린스턴의 교육이 준 가장 큰 영향은 아마도 그가 재능의 본질과 한계를 분명히 깨닫게 해준 일일 것이다.

대학 공부 시작 당시 베조스는 원래 이론 물리학을 전공하려 했지만 다른 학생들, 특히 스리랑카 출신의 야산타 라자카루나나야케가 내보인 엄청난 수학 실력을 보고 생각을 고쳐먹었다.

　어느 날, 베조스는 아주 똑똑한 물리학과 친구와 어려운 수학 문제를 가지고 몇 시간이나 씨름했지만, 도무지 답을 알아낼 수 없었다. 그래서 그들은 정말 뛰어난 수학 영재로 알려진 야산타에게 도와줄 수 있는지 물었다. 즉시 분석에 돌입한 야산타는 세 쪽 분량의 상세한 풀이 과정을 적어가며 문제를 풀어냈다. 2018년 9월 13일, 베조스는 워싱턴DC에서 열린 워싱턴 경제 클럽의 축하 만찬에서 그 일의 중요성을 설명하는 인터뷰를 했다.

그때가 제게는 중요한 순간이었습니다. 제가 결코 위대한 이론 물리학자가 될 수 없다는 것을 깨달았으니까요. 저는 저 자신에 관해 탐구하기 시작했습니다. 대개의 직업에서는 상위 10퍼센트에만 속해도 뭔가 이바지할 수 있을 겁니다. 이론 물리학에서는 세계 50위 안에는 들어야지, 그렇지 않으면 별로 도움이 되지 못할 거예요.

　베조스는 '자신의 장점을 살리라'는, 아주 오랜 교훈을

Junior Jeff Bezos: the future scientist hopes to follow his flies into space someday. Photo by Barry Carothers

Bezos' ideas for future anything but earthbound

By J.L. WEINSTEIN

He wants to send flies into space; he has fixed everything from a windmill in Texas to a binary electronics system in Miami; he is President of Phi Beta Chi and past president of JETS; and he was first runner-up for the Miami Herald Grand Award in science at Dade County Youth Fair Science Fair.

Junior Jeff Bezos is obviously not the average student.

The National Space and Aeronautics Administration (NASA) and its Space Shuttle Student Involvement Program selected Bezos as one of the top 200 young scientists in the nation for his project, "The Effect of Zero Gravity on the Common Housefly."

For this, he and his faculty advisor Deonna Huel, have won an all-expense paid trip to the Marshall Space Flight Center, located in Huntsville, Alabama. This Space Flight Center is NASA's main research complex.

Bezos's idea calls for the sending of 9 "ages of 75 houseflies each aboard the space shuttle." "My original idea," says Bezos, "was to find out whether zero gravity would reduce the aging process."

On the eighth and ninth of April, Bezos attended the Florida State Science Fair in Bradenton, Florida where he received a superior rating and the second place award

in physics for his project "The Effects of Ultrasonics on Air Friction."

Last summer he attended the Governors Program for Physics.

Bezos, who is a member of Spanish National Honor Society, Social Science Honor Society, Mu Alpha Theta, English Honor Society, and Phi Beta Chi, along with the Junior Engineering and Technological Society (JETS) and the Spanish Club plans on pursuing a career as a "Space Entepreneur."

Bezos says "The earth is finite, and if the world economy and population is to keep expanding, space is the only way to go." As a "space entrepreneur," he would "construct solar power satellites that would make the world peaceful and affluent through abundant, cheap energy."

Last summer, Bezos attended the Governors Program for Physics, but most of his summers are spent of his grandfather's 2,900 acre ranch in Texas fishing and rounding up cattle on horseback.

Bezos says that the 3 people he admires most are "Benjamin Franklin, because he could do so many things well, Thomas Edison, because of his inventive mind, and Walt Disney, because of his ability to make people see his dreams."

마이애미 지역 신문에 실린 이 기사는 젊은 제프 베조스의 뛰어남을 보여준다. '우주 기업가'가 되고 싶다고 말한 것을 보면, 기자의 말처럼 '베조스는 분명 평범한 학생은 아니다.'

얻었다. 그는 또한 사람들이 저마다 다른 재능을 타고나며, 어떤 사람은 아무리 노력해도 될까 말까 한 수준의 능력을 아주 적은 노력만으로 달성해내는 사람도 있다는 것을 깨달았다. 이러한 인적 자원에 대한 통찰은 후에 아마존에서의 고용과 해고에도 반영되었다. 베조스는 가장 우수하고 똑똑한 인재를 찾아내고 아마존의 빠른 성장에 이바지하지 못한 사람은 해고했다.

이론 물리학 분야에서는 두각을 나타낼 수 없을 거라고 인정한 그는 전공을 바꿨으며, 1999년 〈와이어드〉와의 인터뷰대로 사업에 전념하기로 마음먹었다. 비록 1985년의 베조스는 알아채지 못했겠지만, 프린스턴은 그의 미래뿐만 아니라 온 지구의 미래를 새롭게 정의할 신기술을 그에게 소개했으니, 그것은 바로 인터넷이었다.

그는 열정이 넘치는
비범한 인재였대

—————— JEFF BEZOS ——————

'금융 통신' 업계에서 시작한
직장생활

뛰어난 학업 성적, 명문대 타이틀, 프린스턴에서 쌓은
사회적 인맥, 그리고 과학·사업·금융 및 정부의 거의 모
든 분야에서 커지는 컴퓨터 기술의 영향력 덕분에 베조스
는 졸업 당시 어디서든 환영받는 인재였다. 그는 곧장-급
성장 중이던 PC 시장의 마이크로프로세서 생산 부문에서

우위를 차지한-인텔, 벨 연구소, 앤더슨 컨설팅을 비롯한 여러 유수의 기업으로부터 입사 제안을 받았다.

그러나 베조스가 선택한 첫 직장은 빠른 성장세를 보이던 금융 통신 스타트업 피텔Fitel이었다. 그곳은 패기만만하고 혁신적인 베조스가 사회생활 초기에 많은 것을 배우고 재정 자립을 이루기에 더없이 좋은 회사였다. 1985년에 이회사를 설립한 수학자이자 과학자인 그라시엘라 치칠니스키와 제프리 힐은 함께 '에퀴넷'Equinet이라는 금융 거래 및 결제 자동화 시스템을 만들었다. PC들을 대규모 금융 데이터베이스에 연결한 이 시스템으로 인해 더욱 빠르고 대응력 높은 실시간 거래를 할 수 있게 되었다.

이때 베조스는 인터넷이 귀중한 정보의 출처 및 고객의 직접적인 요구와 연결되었을 때 어떤 가능성을 갖게 되는지를 깨달았다. 에퀴넷은 금융 거래의 체결·확인·결제·기록에서부터 완전한 데이터 암호화까지 보장되었으므로, 이전의 다른 어떤 시스템보다 훨씬 더 큰 효율성을 가질 수 있다는 사실 또한 깨달았다. 그 시스템의 효능을 증명하듯 피텔은 급속도로 성장했으며, 베조스가 입사할 무렵에는 뉴욕, 런던, 도쿄에 사무실이 있었다.

처음부터 베조스는 특유의 문제 해결 능력과 오랜 시간 뚜렷한 목적을 가지고 일하는 근성으로 새로 만난 상사들에게 감동을 주었다. 그는 곧 개발 책임자 겸 고객 서비스 부서장이 되었다. 사실 그가 아마존의 창립과 초기 성장에 관련된 경험을 하는 데 이보다 더 나은 직책은 없을 것이다. 그는 또 런던과 뉴욕의 사무실들을 서로 다르게 운영하며 리더십을 보여주었다.

베조스가 성공한 핵심 요인 중 하나는, 그가 컴퓨터 공학 분야에서 흔한 내성적 성향의 소유자가 아니었다는 것이다. 수많은 재능 있는 컴퓨터 공학자들이 컴컴한 방 안에 틀어박혀 컴퓨터에만 매달리느라 리더십을 발휘하지 못했지만, 베조스는 전혀 그렇지 않았다. 그는 까다로운 면도 있지만, 호기심이 무척 강하고 미친 듯이 일했다. 한번 목표를 설정하면 달성하는 데 집중하고, 그것을 위해 체계를 설계하고 실행하는 최고의 능력을 지녔다. 그는 불가능한 것도 있다는 생각조차 거부했는데, 지금도 여전하다.

1980년대 후반에 첫 직장으로 피텔에 들어가 일한 베조스의 다음 직장은 뉴욕의 뱅커스 트러스트 컴퍼니였다. 거기에서도 그의 업무는 금융과 컴퓨터화의 교차점에 있었는데, 1992년 입사 2년 만에 역대 최연소 부사장이 될 만큼 능력을 인정받았다. 그는 그곳에서 일하는 동안 2,500억 달러가 넘는 자산을 컴퓨터 네트워크를 통해 처리하면서 막대한 거래를 다루는 데 익숙해졌다.

데스코의 싱크 탱크
그리고 연애와 결혼

베조스가 아마존을 만드는 데 정말 중요한 디딤돌 역할을 한 것은 그다음 경력이었다.

1988년, 컬럼비아 대학교 컴퓨터 공학부의 조교수인 데이비드 엘리엇 쇼는 헤지 펀드 회사 '디이쇼 앤 컴퍼니'(데스코)를 차렸다. 이 회사는 업무와 기술, 고객 포트폴리오를 일부러 간소하게 유지하려고 노력하여 1996년 〈포춘〉의 제임스 알레이로부터 '월가에서 가장 흥미롭고 불가사의한 세력'이라는 평가를 받기도 했지만, 결국 월가에서 가장 혁신적인 회사 중 하나가 되었다. 그 기사가 발표될 당시 데스코는 300명의 직원과 총자본금 6억 달러를 보유한 회사로, 거래량이 뉴욕증권거래소 전체의 5퍼센트에 달했다. 베조스 입사 당시만 해도 규모가 훨씬 작았는데, 이미 무시할 수 없는 세력이 되었다.

베조스처럼 인터넷의 잠재력에 이끌린 쇼는 고속 네트워크에 연결된 맞춤형 양적 거래 소프트웨어를 개발했다. 그 소프트웨어의 알고리즘은 거래 속도는 물론이고, 기회를 식별하고 이용하는 과정을 더욱 빠르게 해주었다. '퀀트 왕'으로 알려진 쇼는 〈포춘〉과의 인터뷰에서 데스코의 성공 비결을 한마디로 요약했다.

"우리의 목표는 컴퓨터와 자본의 교차점에 주목하고, 거기에서 흥미롭고 수익성 있는 일들을 가능한 한 많이 찾아내는 것입니다."

데스코가 오래된 대기업들을 능가하는 작고 민첩한 기술 주도적 회사라는 점에서 베조스는 매료되었지만, 그곳에는 후에 아마존에 영향을 준 다른 문화적 요소들도 있었다. 캐주얼웨어를 입고 일하는 등 격식을 따지지 않는 기업 문화 속에서도 직원들은 혁신과 탁월함을 추구하며 매우 열심히 일했다.

데스코는 금융 전문가를 모집하는 데 집중하기보다는, 기술 및 혁신과 관련된 다양한 분야의 최신 지식을 이용해 금융 거래의 시스템적 과제들을 새로운 시각으로 다룰 줄 아는 과학자와 엔지니어들을 여럿 고용했다. 지적인 요구 수준이 높은 그 회사는 면접에서 지원자들에게 "미국에 팩스 기기가 몇 대나 있을까요?"와 같은, 일면 엉뚱하고도 단순해 보이지만 기습적인 질문을 던졌다. 이런 식의 질문을 통해 단순히 기억에 의존하거나 미리 준비한 답이 아닌 추론과 계산을 통해 문제에 어떻게 접근하는지를 보는 것이다.

그곳은 베조스에게 편안함을 주는 동시에 도전정신을 불러일으켰다. 한번 일에 몰두하면 시간 가는 줄 모르는 그의 불가사의한 능력은 금세 드러났다. 심지어 그는 책상 옆에 둘둘 만 침낭을 놓아두고 일하다가 너무 늦어지면 사무실에서 자기도 했다.

1993년경, 베조스는 시카고에 있는 옵션거래 그룹을 운영하면서 투자자들이 거래소를 거치지 않고 장외 거래 방식으로 증권을 거래함으로써 수수료를 절약하는 '제3시장 비즈니스'에 회사가 진출하는 것을 감독했다. 그 무렵 베조스는 회사의 수석 부사장이었다. 뱅커스 트러스트에서처럼 데스코에서도 그 직책으로는 역대 최연소였다.

데스코에서 일하는 동안 베조스에게는 직업 외에 가정을 이루는 사적인 경사도 따랐다.

매켄지 스콧 터틀MacKenzie Scott Tuttle은 1970년 4월 7일에 캘리포니아주 샌프란시스코에서 태어났다. 그녀는 베조스와는 달리 창작 행위, 특히 소설 쓰기에 관심이 깊어서 겨우 여섯 살에 〈책벌레〉The Book Worm라는 첫 작품을 썼다. 글쓰기에 대한 그녀의 열정은 10대 때도 계속되었고 또 재능도 있었다.

매켄지는 1988년 코네티컷주 레이크빌에 있는 호치키스학교를 졸업한 뒤에는 프린스턴 대학교에서 영어 학사 학위를 받았다. 그녀를 가르친 위대한 소설가 토니 모리슨(1993년 노벨 문학상 수상)은 후에 매켄지를 '내가 창의적인 글쓰기 수업에서 가르친 최고의 학생 중 한 명'이라고 평가했다. 매켄지는 비평가들의 호평을 받은 모리슨의 소설 〈재즈〉(1992)의 연구 보조를 맡았다. 나중에 그녀는 여러 권의 소설과 논픽션을 썼다.

   그녀는 프린스턴을 졸업하자마자 데스코에서 행정 보조 원으로 일했다. 그곳에서 베조스를 만났고, 그는 결국 그녀의 직속 매니저가 되었다. 두 사람은 서로에게 빠르게

제프 베조스와 양아버지 마이크 베조스. 마이크는 쿠바 이민자로 미국에서 성공적 인 삶과 가정을 이루었다.

빠져들었다. 매켄지는 특히 베조스의 호탕하고 꾸밈없는 웃음에 매료되었는데, 그 웃음은 많은 평론가가 베조스의 가장 활기차면서도 상대의 마음을 동요시키는 특징 중 하나로 꼽았다. 그러한 끌림은 사내 로맨스로 이어졌다. 둘은 첫 데이트를 한 지 3개월 만에 약혼했고, 1993년 9월 플로리다주 웨스트 팜 비치에서 결혼식을 올렸다.

베조스는 데스코에서 직업적으로나 개인적으로 득의만만했다. 그곳은 또 베조스와 쇼를 비롯한 유능한 인재들이 특히 인터넷과 관련된 미래 혁신에 대해 논의할 환경을 제공했다. 여러 아이디어 중 하나는 광고에 따라 재정 지원이 되는 무료 이메일 서비스를 만드는 것이었다. 데스코만 그 방법을 찾은 것은 아니다.

핫메일은 1996년 7월 4일 사비르 바티아와 잭 스미스가 상업 출시를 했지만, 이듬해 말경 4억 달러에 마이크로소프트에 매각되었다. 야후 메일은 1997년 10월에 출시되었으며, 두 서비스 모두 맞춤형 소프트웨어가 아닌 표준 웹 브라우저를 통해 이메일을 사용할 수 있도록 했다(지메일은 훨씬 더 나중인 2004년에 출시되었다).

1996년 5월, 데스코는 이듬해 8월 무료 이메일 서비스를 시작한 ISP(인터넷 서비스 사업자) '주노 온라인 서비스'에 자본금과 본사 건물을 제공했다(2001년, 주노는 오랜 특허 싸움 끝에 '넷제로'와 합병하여 '유나이티드 온라인'이 되었다). 데스코는 또 온라인 중개 업체이자 인터넷 기반 개인 금융 서비스 사업부인 '파사이트 파이낸셜'을 만들었으며, 이곳은 후에 메릴 린치에 매각되었다.

하지만 그 무엇보다도 베조스의 관심을 끈 것은 그와 쇼가 자유분방한 대화를 나누던 중에 탄생한 하나의 아이디어였다. 그들은 그것을 '모든 것을 파는 가게'라고 불렀다.

PART 2

아마존의
시작은
온라인 서점

컴퓨터 기술의 역사를 조금 알면 베조스가 아마존을 창업한 초기 단계를 그려보는 데 도움이 될 것이다. 1980년대 이전에 컴퓨터와 전자 네트워크는 엉성했고 전문가들이나 쓰는 것이었다. 1950년대에 탄생한 전자식 컴퓨터는 주로 국방 정보와 지휘 통제 시스템 영역에서, 특히 핵무기 체계와 병력과 관련해 사용되었을 뿐 민간기업에서는 생소했다.

인터넷에서
온라인 소매업의
가능성을 발견했지

— JEFF BEZOS —

인터넷의 시초가 된
아르파넷

초기의 컴퓨터 공학자들은 하나의 중요한 과제에 직면했다. 컴퓨터와 오퍼레이터가 멀리서도 서로 '대화'할 수 있는 시스템 개발의 필요성을 깨달은 것이다. 그러면 오퍼레이터가 기계 사이를 오가는 시간을 줄일 수 있으며, 단한 번의 핵 공격으로 그 무엇보다 중요한 컴퓨터 제어 시스템을 잃고 속수무책이 되는 위험을 피할 수 있다.

그 후 별도의 단말기들을 통해 중앙 컴퓨터를 공유할 수 있게 되는 등 약간의 진전이 있었지만, 정말 큰 도약은 1965년에 일어났다. 그 해, MIT 링컨 연구소의 컴퓨터 과학자 로렌스 로버츠는 두 대의 컴퓨터가 음향 모뎀이나 전화기로 통신하는 방법을 보여주었다. 대용량 메시지를 처리하기 쉬운 덩어리들로 나눈 데이터의 묶음인 '패킷'을 이용해 데이터를 전송하면, 수신자 쪽에서 다시 완전한 메시지로 재구성되는 방식이다.

1967년, 미국 정부의 고등연구계획국ARPA의 정보처리기술국IPTO에서 일하게 된 로버츠는 '아르파넷'ARPANET이라는 '패킷 교환' 네트워크를 개발해 국제적 디지털 통신 네트워크를 구축하고자 노력했다. 패킷 교환과 아르파넷의 뒤에 있던 또 한 명의 위대한 인물은 UCLA(캘리포니아 대학교 로스앤젤레스캠퍼스)의 레너드 클라인록 교수였다.

1969년 10월 29일, 클라인록은 UCLA 학생인 찰리 클라인이 UCLA에 있는 단말기에서 645킬로미터 떨어진 스탠퍼드에 있는 단말기로 첫 메시지를 전송하는 것을 감독했다. '인터넷'의 탄생이다.

아르파넷은 계속 성장해나갔다. 1973년에는 전 세계 30여 개 기관이 아르파넷을 통해 초기 형태의 이메일이나 다른 여러 가지 데이터 패키지를 전송하는 등 전자 방식으로 서로 대화할 수 있게 되었다. 하지만 그것은 여전히 학계나 국방 분야의 엘리트층만을 위한 것일 뿐, 일반 대중은 이용할 수가 없었다. 이러한 상황은 혁신이 급물살을 타기 시작하면서 일어난 기술적·상업적 변화들 덕분에 크게 달라졌다.

1971년 매사추세츠주 케임브리지의 컴퓨터 과학자 레이먼드 톰린슨은 '@' 기호로 사용자 이름과 컴퓨터의 목적지를 구분 짓는, 오늘날 우리가 즐겨 사용하는 효율적인 이메일 주소 형식을 개발했다. 다양한 파일 전송 프로토콜^{FTP} 체계가 설계되어 파일 공유가 더 단순해졌다.

1974년부터 1978년 사이, 미국의 컴퓨터 과학자 밥 칸과 빈트 서프는 컴퓨터들이 서로 공통된 언어로 대화하고 모든 컴퓨터에 고유한 IP 주소를 부여하는 전송 제어 프로토콜/인터넷 프로토콜^{TCP/IP}을 개발했다. 1983년, 서던 캘리포니아 대학교의 폴 모카페트리스와 존 포스텔이 고안한 도메인 이름 시스템Domain Name System은 IP 주소(기억이 불가한 긴 숫자의 나열)를 간단한 이름으로 바꿀 수 있게 해주었다.

결정적으로, 1970년대에는 세계 최초의 개인용 컴퓨터PC가 많은 가정과 사무실에 설치되기 시작했으며 1980년대에는 대중화될 만큼 저렴해졌다. 누구나 컴퓨터를 사용할 기회를 가진 이상, 세상은 결코 예전 같지 않을 터였다.

월드와이드웹으로
대중화한 인터넷

이러한 모든 변화가 '인터넷'(1974년에 서프와 칸이 만든 용어)으로 알려진 컴퓨터 네트워크의 성장을 이끌어, 1987년경에는 호스트 컴퓨터(네트워크로 연결된 컴퓨터) 수가 3만 대에 달했다. 그러나 여전히 인터넷 접속은 대부분 기술 전문가들에게 국한된 일이었다. 그 후 1980년대 후반과 1990년대 초반, 스위스 제네바의 세른CERN(입자물리연구소)에서 일하던 영국의 컴퓨터 과학자 팀 버너스 리Tim Berners-Lee는 인터넷 대중화의 포문을 열었다.

그가 개발한 HTML^{HyperText Markup Language}은 외부인들은 이해하기가 어려웠지만, 혁신적인 결과를 가져왔다. HTML로 작성된 정보 페이지들은 HTTP^{HyperText Transfer Protocol}를 이용하여 인터넷을 통해 접속되었으며, 개별 문서는 URI^{Uniform Resource Identifier} 체계상의 주소로 이동하는 '하이퍼링크'를 통해 접속되었다.

우리에게 익숙한 URL^{Uniform Resource Locator} 웹 주소는 URI의 하위 개념으로 볼 수 있다. 결정적으로, 1990년 버너스 리는 누구나 HTML 문서를 액세스하고 읽을 수 있도록 설계된 '브라우저' 소프트웨어를 만들어냈다. 그가 '월드와이드웹'^{WorldWideWeb}이라 부른 그것은 인류 역사의 획기적인 기술혁명 중 하나가 되었다.

이로써 사실상 사업 분야 전반에서 인터넷을 자유롭게 이용할 수 있게 된 것이다. 인터넷이 민간 부문으로 거침없이 확장되는 사이 아르파넷은 1990년 공식적으로 해체되었다.

브라우저의 성능은 1993년 미국의 컴퓨터 과학 전공생

마크 앤드리슨이 개발한 모자이크Mosaic 소프트웨어 덕분에 크게 향상되었다. 모자이크는 하나의 소프트웨어를 여러 운영 체제에 설치하는 기능과 마우스로 조작 가능한 인터넷 액세스처럼 오늘날 우리가 당연하게 여기는 기능과 요소들을 제공했다.

이듬해, 앤드리슨은 기업가 짐 클라크와 함께 회사의 명칭을 모자이크 커뮤니케이션스에서 넷스케이프 커뮤니케이션스로 바꾸었다.

이로부터 등장한 넷스케이프 내비게이터는 1990년대 중반 최고로 인기 있는 웹 브라우저로 등극해, 1996년에는 사용자 1천만 명으로 86퍼센트의 시장 점유율을 기록했다. 그것은 1995년에 출시된 인터페이스이자 떠오르는 인터넷 시대에 훨씬 더 적합했던 마이크로소프트의 새로운 운영 체제 윈도우 95에서 완벽하게 작동했다. 윈도우는 컴퓨터가 얼마나 유용할 수 있는지를 사람들에게 보여주었다. 1995년은 또 마이크로소프트가 윈도우 체제의 일부로 인터넷 익스플로러 브라우저를 도입한 해였다. 1999년경에는 이 브라우저가 내비게이터의 시장 점유율을 크게 역전했다.

여하튼, 인터넷 붐으로 인해 1996년 즈음에는 10만 개가 넘는 웹사이트들이 운영되었다. 최초의 전자 상거래 사이트들도 등장했다. 분명한 것은, 아마존이 최초의 온라인 도서 소매점은 아니었다는 것이다. 그 영예는 클리블랜드의 찰스 M. 스택이 만든 북 스택스 언리미티드^{Book Stacks Unlimited}가 차지했다. 검색과 분류 기능을 제공하는 북스닷컴^{Books.com} 웹사이트는 1994년에 개설되어 50만 권의 책을 소개했으며, 매달 같은 수의 고객들을 유치해 신용카드로 온라인 결제를 할 수 있도록 했다. 또 직원 리뷰와 추천을 통해 판매를 유도하기도 했다. 곧 미국 전역 여기저기에서 그와 비슷한 온라인 서점들이 생겨났고, 베조스도 그러한 상황을 눈여겨보았다.

사실, 그가 틈새시장을 찾고 자기가 더 잘할 수 있다고 믿게 된 것은 부분적으로는 그 상점들의 서비스에 대한 불만 때문이었다.

인터넷 소매업은 엄청난 성장 잠재력을 지녔으며, 베조스도 그 사실을 잘 알았다. 아마존을 시작하기 전, 그는 인터넷 트래픽이 단 1년 만에 23만 퍼센트 증가한 것을 보고 그건 시작에 불과하리라고 추정했다. 뭔가를 하려면 지금 해야 했다(다만 온라인 소매업이 빠르게 시장을 장악했다고 보는 인식을 약간 수정하자면, 2010년경 온라인 쇼핑이 미국 내 총 소매 매출에서 차지하는 부분은 여전히 6퍼센트에 불과했다).

마침내
'모든 것을 파는 가게'가
탄생했어

—— JEFF BEZOS ——

'후회 최소화 법칙'에 따라
데스코를 떠난 제프

베조스는 초기 인터넷 혁명이라는 비옥한 동시에 위험한 토양에 새로운 온라인 쇼핑 경험이라는 그의 비전을 심고 싶었다. 그는 직접 연구해서 얻은 데이터를 통해 인터넷 웹 트래픽은 실로 폭발적인 성장세를 보였지만 아직은 더 두고 봐야 한다는, 분명한 메시지를 얻었다. 그는 쇼Shaw

와의 논의 끝에 그들이 '모든 것을 파는 가게'라 불렀던 계획의 실행 가능성을 확신했다. 그것은 온라인 소매 인터페이스와 빠른 유통 네트워크를 통해 점점 더 확대되는 인터넷 시장(바다)과 제조업자 및 공급업자(강)를 서로 연결해주는 온라인 소매점이었다. 하지만 베조스가 진정한 소명을 느낀 것과는 다르게 쇼는 그것을 그저 흥미로운 논의로만 여겼다. 베조스로서는 이제 홀로 나아가야 할 때가 온 것이다.

온라인 소매업이라는 비전을 추구하기 위해 창의적인 근무 환경, 안정적인 고용과 훌륭한 수입원을 보장해준 데스코를 떠나는 것은 베조스에게 당연히 힘든 결정이었다. 그러나 그는 1988년 캘리포니아 커먼웰스 클럽에서 한 발표에서 다음과 같이 설명했다.

내가 80세가 되었을 때, 왜 내가 1994년 월가에서의 보너스까지 포기하면서 일 년 중 사직서를 쓰기에 제일 좋지 못한 시기에 회사를 그만두었을까 하고 후회하지는 않을 겁니다. 80의 나이에 신경 쓸 만한 일은 그런 게 아니죠. 동시에, 인터넷이 혁명적인 사건이 되리란 걸 알면서도 거기에 뛰어들지 않는다면 마음속 깊이 후회하게 되리라고 생각했습니다. 그렇게 생각해보니 결정을 내리기가 아주 쉬워졌어요.

베조스는 이러한 미래에 대한 의사결정의 공식을 '후회 최소화 법칙'이라 부르며, 이것은 그의 기업가적 추진력과 위험 감수의 중요한 요소이다. 그는 수년에 걸쳐 이 공식을 반복하고 개선해왔다. 2018년 4월 〈비즈니스인사이더〉의 마티아스 되프너와의 인터뷰에서, 베조스는 경력에 관한 한 사람들은 자기가 한 것보다 하지 않은 것을 더 후회하는 경향이 있으므로 미래에 후회할 위험을 최소화하는 방향으로 행동하는 것이 바람직하다고 설명했다. 이 법칙을 '모든 것을 파는 가게'에 적용한 그는 분명한 결정을 내렸다. 위험을 감수하고서라도(또는 아마도 바로 그 위험 때문에) 데스코를 떠나기로.

결국은 1998년 말, 베조스는 디이쇼D.E. Shaw에서 나와 인터넷 스타트업이라는 험난한 여정을 시작했다. 그러나 문제는 '무엇을 팔 것인가?'였다. 비록 '모든 것을 파는 가게'

라는 개념은 거의 모든 소비재를 파는 것을 지향했지만, 처음부터 그게 가능할 리는 없었다. 그래서 베조스는 우선 단 하나의 상품 카테고리, 바로 책부터 시작하기로 마음먹었다.

책은 여러 면에서 온라인으로 판매하기에 이상적인 상품이었다. 이전에 출간된 수많은 책도 구할 수 있는 데다, 출간 중인 책들은 훌륭한 도서 유통업체들인 잉그램과 베이커앤테일러를 통해 쉽게 조달할 수 있었다. 독서에 대한 대중의 욕구는 이미 엄청났지만, 각 고객의 독서 선호도에 초점을 맞춘 프로필을 작성하여 앞으로의 판매 촉진을 위한 강력한 데이터베이스를 만드는 것도 도움이 될 터였다. 배달의 실용성 면에서도 책은 편리했다. 보통은 예측 가능한 크기와 형태, 즉 포장하기 쉬운 균일한 모양으로 생산되기 때문에 포장하고 보내기가 쉬웠다.

상품은 정해졌지만 많은 어려움이 따랐다. 전자 상거래의 세계는 여전히 매우 초기 단계라 인터페이스와 인프라의 거의 모든 측면을 맨땅에서부터 시작해야 했으며, 그러는 동안 경비는 빠르게 소진되었고 얼마 안 되는 재원은 고갈되었다. 그보다 훨씬 더 큰 위협은 그 당돌한 스타트업과 경쟁하게 될 대형 체인 형태의 무시무시한 경쟁사들이었다.

그 예로, 1993년 크라운북스는 미국 전역에 196개의 매장을 가졌다. 보더스^{Borders}는 규모가 더 커서, 1990년대에 미국 도서 시장의 큰 부분을 차지했을 뿐 아니라 국제적으로도 잘 알려졌다. 보더스의 대형 매장들에서는 원하는 책을 찾고 구매하는 것은 물론이고, 먹고 마시고 사람들과 교제도 할 수 있었다.

하지만 도서 업계의 진정한 거물은 반스앤노블이었다. 특히 1987년 797개의 매장을 가진 달튼 서점 체인을 사들이면서부터는 무서운 성장세를 보였다. 반스앤노블의 규모를 아마존과 비교하면, 1997년 반스앤노블이 온라인 서점을 시작했을 당시 직원 3만 명에 연간 매출액이 30억 달러였던 데 비해, 아마존은 직원 125명에 매출액은 6천만 달러였다. 잠재적 투자자들은 아마존이 두각을 나타내기가 무섭게 반스앤노블을 비롯한 대형 경쟁사들이 그에 맞설 서비스를 시작하고 막대한 자본과 고객에게 미치는 영

향력을 이용해 아직 일어서지도 못한 아마존을 무너뜨릴
거라고 지적했다.

이 모든 상황을 알고도 베조스는 자신이 인터넷 혁신의
선두에 서서 아무리 대단한 경쟁자들이 쫓아오려고 애써
도 앞지를 수 없는 존재가 될 수 있다고 믿으며, 자신의 비
전을 단단히 움켜쥐었다. 하지만 그렇다고 위험에 무심했
던 건 아니다. 그는 아마존의 초기 투자자들에게 실패할
확률이 70퍼센트라고 미리 말했다. 어떤 사람들은 그러한
비관적인 예측조차 좀 후하게 잡은 것으로 보았을 것이다.

베조스의 집 차고에서
시작된 아마존

신생 기업의 제대로 된 출발을 위해서는 이전이 필요했
는데, 베조스가 선택한 이상적인 목적지는 워싱턴주 시애
틀이었다. 그 결정은 엄격한 계산 끝에 이루어졌다. 미국
상법은 회사가 위치한 주에서만 판매세를 내면 된다고 명
시하고 있으므로, 수백만 명의 고객이 있는 주(예를 들어

뉴욕주)보다는 비교적 인구가 적은 주에 회사를 설립하는 것이 유리했다. 또 시애틀은 두 가지 장점을 더 가지고 있었다. 인근에 잉그램 물류 창고가 있는 데다가 기술 애호가들의 성지와 같은 곳이어서 베조스의 풍부하고 전문적인 관련 지식을 활용할 수 있었다.

그리하여 사업의 첫 순서는 베조스와 매켄지가 시애틀로 이사하는 것이었다. 그것은 1994년 7월의 자동차 여행을 통해 이루어졌다. 두 사람은 텍사스로 날아가 베조스의 아버지로부터 1988년식 쉐보레 블레이저를 빌린 다음 미대륙을 가로질러 시애틀로 차를 몰았다. 여행 중에 베조스는 노트북 컴퓨터의 자판을 두드려가며 매출 예상치를 엑셀 시트로 작성했다.

시애틀에서 베조스의 첫 사무실은 그의 새집 차고였다. 예산은 모든 면에서 빠듯했다. 자기 돈 1만 달러를 가지고 사업을 시작한 베조스는 이후 6개월에 걸쳐 8만 4천 달러의 대출을 받았는데, 이는 주요 기술 스타트업의 자금이라기에는 많지 않은 액수였다. 그들은 차고에 홈디포에서 산 테이블들을 설치해 포장 구역을 만들고, 컴퓨터도 몇 대

구매했다(어쨌든 온라인 회사였으니까).

베조스가 그의 새 벤처 사업을 위해 선택한 이름은 '카다브라'Cadabra Inc.였다. 눈에 띄는 이름이긴 했지만 한 가지 문제가 따랐다. 전화상에서 '카다브라'라는 단어가 '카다버'cadaver(사체를 뜻하는 말 _옮긴이)로 잘못 들리는 경우가 종종 있다는 것이다. 그것은 긍정적인 브랜드 이미지를 만드는 데 전혀 도움이 되지 않았다. 그리하여 새로운 이름 찾기가 시작되었고, 여러 가능한 이름들의 소용돌이 속에서 베조스는 '아마존'을 생각해냈다. 지구상에서 가장 큰 남미의 거대한 강에서 따온 그 이름에는 규모와 야망뿐만 아니라 흐름과 연결이라는 의미까지 담겼다. 마침내 회사 이름이 정해졌다. 그 이름은 이제 지구상에서 가장 인지도 높은 브랜드가 되었다.

회사의 첫 신입 사원들도 채용해야 했다. 베조스야 물론 높은 수준의 기술 지식과 탁월한 업무 능력을 보유하고 있었지만, 단기간에 회사를 발전시킬 인재가 필요했다. 최초의 직원은 매켄지로, 회계와 재무를 담당했으며 직원 고용 과정에서 베조스를 도와 후보자들을 평가했다. 첫 번째 외부 채용자는 셸 카판이었다. 카판은 수학과 컴퓨터 과학을 전공했고 캘리포니아 대학교 산타크루스캠퍼스를 졸업한 이후 다양한 기술 중심 업무를 능숙하게 처리했다. 그가 일한 회사로는 칼레이다 랩스(크로스 플랫폼 멀티미디어 플레이어 개발을 위한 IBM과 애플의 합작 투자 기업으로 결국에는 문을 닫았다)와 반문화 잡지 〈홀 어스 카탈로그〉 등이 있는데, 특히 후자는 그에게 통신 판매업에 대한 강력한 통찰력을 갖게 해주었다. 그는 인맥을 통해 베조스와 연락을 하게 되었고, 두 사람은 스타트업과 관련된 기회를 논의하기 위해 만났다.

훗날 카판은 베조스에게 개인적으로 특별한 인상을 받았다고 말했다. 그가 본 베조스는 목적의식이 뚜렷하고 대단히 총명하고 성공에 대한 열망이 강했던 동시에 유머 감각도 제법 있었는데, 그것은 앞으로 몇 달 동안 그들에게 필요한 것이었다. 베조스도 카판에게 깊은 인상을 받아 그를 연구개발 부사장으로 고용했다.

또 다른 초기 신입 사원은 1989년 미국 이민을 온 영국 출신 소프트웨어 개발자, 폴 데이비스였다. 데이비스는 워싱턴 대학교의 컴퓨터 과학 및 공학부에서 일했으며, 그 후 여러 소프트웨어 개발 회사에서도 근무했다. 데이비스와 카판은 아마존 웹사이트 구축 업무를 맡게 될 터였다.

그들로서는 알 수 없었지만, 이 소규모 핵심 팀은 아주 기본적인 것만 갖춰진 환경에서 역대 최대 규모의 소매 기업 중 하나의 초석을 놓는 책임을 지게 되었다. 1994년 11월 1일, 아마존의 URL이 등록되었다. 이제 회사는 사업을 시작해야 했다. 물리적·재정적·기술적으로 할 일이 많았다. 베조스의 집 차고를 아마존 물류 센터로 쓰기는 힘들다는 사실을 금세 깨달은 그 신생 기업은 시애틀 산업 지구의 소도^{SoDo} 지역에 있는 작은 사무실과 18.5평방미터의 창고로 이사했다.

아마존의 설립과 성장이라는 장대한 여정 동안 베조스와 매켄지는 가정을 꾸리는 일에도 신경을 써야 했다. 그들은 아들 셋을 낳고 딸 하나를 입양했으니, 삶은 바빠질 수밖에 없었다.

아마존의 성장에는
한계가 없었지

JEFF BEZOS

끊임없는 열망으로 이룬
눈부신 성장

잠깐 몇 년을 건너뛰어 1999년, 제프 베조스는 주주들에게 연례 서한을 보냈다. 그 서한에서 베조스는 새로운 세기의 출발을 목전에 둔 아마존의 상태를 주주들에게 알기 쉽게 설명했다. 그 스타트업이 불과 6년 전에 세워졌음을 고려할 때(통계적으로는 대다수의 신생 기업들이 실패하게 되는 시점이다), 그가 보여준 기본 통계 중 일부는 눈길을 끌었다. 전년 대비 169퍼센트 증가한 16억 4천만 달러의 매출액과 단 3개월 만에 이룬 90퍼센트의 수익 증대, 연초에 620만 명에서 1,690만 명으로 증가한 고객 수, 73퍼센트 이상을 차지하는 재구매 주문, 전체의 22퍼센트에 달하는 미국 이외 지역(특히 영국과 독일)에서의 매출, 12개월도 안 되어서 2만 7,870평방미터에서 46만 4,000평방미터 이상으로 확대된 물류 시설 등.

처음에는 베조스 본인조차 실패 확률을 70퍼센트로 예측했던 것을 고려할 때, 시애틀의 이름 없는 창고에서 최소한의 직원들이 모여 시작한 아마존이 어떻게 그렇게 거대한 회사로 번창할 수 있었을까?

시장의 힘이라는 외부 요소와 과소평가된 행운의 힘도 생각해볼 수 있겠지만, 회사를 점점 더 높은 정상의 자리로 밀어 올리고자 하는 베조스의 지칠 줄 모르는 열망이야말로 진정한 견인차였음은 의심할 여지가 없다. 아마존 초기에 유행한 '빠르게 성장하기'^{Get Big Fast}는 생존과 성공 모두를 위한 주문이었다.

URL이 등록되면서, 아마존은 이제 완전한 기능을 갖춘 전자 상거래 사이트를 구축해야 한다는 더 힘든 도전에 직면했다. 그때는 아직 컴퓨터 프로그래밍의 형성기이던 1990년대라 거의 모든 것을 처음부터 코딩해야 했다. 베조스의 프로그래머들은 C언어를 이용해 고객 인터페이스를 개발하고 버클리 DB(이 자체도 C언어로 작성됨)로 데이터베이스 뒷단(백엔드)을 제공했다. 그 웹사이트는 우선 가까운 가족과 친구들의 테스트를 거쳤다.

1995년 4월 3일, 카판의 동료 존 웨인라이트가 Amazon.com의 첫 번째 주문자였다. 그가 주문한 책은 더글러스 호프스태터의 《유동적 개념과 창조적 유추: 사고의 근본적인 메커니즘에 대한 컴퓨터 모델》이었다. 2013년 쿼라 Quora(소셜 질의응답 웹사이트)의 한 포스팅에서 웨인라이트는 아직도 그 주문은 그의 주문 내역에 남았으며, 책과 포장 명세서도 가지고 있다고 말했다.

초기의 아마존 웹사이트는 오늘날 우리가 이용하는 것에 비하면 아주 초보적이었다. 도서 검색 기능(주요 도서 유통업체의 목록을 통해 색인화한), 장바구니, 신용카드 결

제 기능을 갖췄고, 한 가지 혁신은 고객이 서평을 남기도
록 한 것이다. 흥미로운 점은, 고객은 부정적인 리뷰를 포
함해 어떤 종류의 리뷰라도 남길 수 있다는 것이었다. 어
떤 이들은 그로 인해 고객들이 아마존의 도서 판매 노력을
적극적으로 해칠 수 있다며 의아해했지만, 베조스는 그 웹
사이트가 고객을 위한 것이지 출판사나 작가를 위한 것이
아니라고 주장했다.

　고객이 주문하면 아마존은 도서 유통업체로부터 해당
도서를 구매한 다음 포장해서 보냈다. 그 과정에 포함된
외부 업체들이 그들의 몫을 가져가고 나면 남는 이윤은 거
의 없었다.

거대 기업을
앞지를 수 있다는 믿음

　1995년 7월 16일, Amazon.com 웹사이트가 마침내 대중
에 공개되었다. 뜨문뜨문하던 주문은 며칠 만에 꾸준히 이
어졌고, 2주 차에는 1만 4천 달러에 달했다(처음에는 주문

이 들어올 때마다 아마존 직원이 벨을 울렸는데, 그런 축하 의식은 곧 중단되었다). 당시 세계 최대의 검색 엔진 중 하나이던 야후가 등장한 이후 그 신생 도서판매업체의 주문은 더 빠른 속도로 들어오기 시작했다. 판매가 가속화되자 고객 데이터베이스에서부터 포장과 물류 시설에 이르기까지 모든 운영 체계가 감당해낼 수 없을 정도가 되었고, 창고 직원들도 주문을 처리하기 위해 지속 불가능한 속도로 일해야 했다. 베조스의 계획대로, 아마존은 성장해야 했고 그러려면 돈이 필요했다. 그것도 아주 많이.

베조스는 100만 달러를 모금하는 것을 목표로 세우고 투자자 명단을 작성했다. 직접 발 벗고 나선 그는 끈기 있게 미국 전역을 돌아다니며 개인적인 존재감을 이용해 각 투자자가 그의 기술 전망에 투자하도록 설득했다. 대개들 투자하기를 꺼렸는데, 애초에 베조스의 제안을 제대로 이해하지 못했기 때문이다.

훗날 베조스는 투자자 대부분이 처음으로 한 질문이 "인터넷이 뭔가요?"였다고 했다. 그러나 60번의 회의 끝에 베조스는 22명이 각각 약 5만 달러를 투자하도록 설득해냈

1995년, 일본 TV 방송국과의 인터뷰에서 스프레이 페인트로 쓴 아마존의 첫 간판을 들어 보이는 제프.

다. 대부분이 자기 앞에 있는 남자의 거부할 수 없는 자신감, 성격, 영리함 때문에 성공을 확신하게 되었다. 이렇게 베조스는 필요한 돈을 얻었다.

그는 그 돈을 잘 활용해 1996년 초까지 아마존을 30퍼센트 성장시켰다. 하지만 '빠르게 성장하기' 기준에 따르면, 성장은 미래의 원동력이 될 더 많은 자본의 필요성을 낳을 뿐이었다. 아마존은 그 이름과 서비스가 널리 알려지기 시작하면서 빠르게 커져 1997년 3월경에는 하루 평균 8만 건의 조회 수를 기록했다.

1995년, 아마존은 벤처 캐피털 기업 클라이너 퍼킨스 코필드 앤 바이어스로부터 800만 달러를 투자받았다(그들은 이 현명한 결정으로 1999년까지 5만 5천 퍼센트 이상의 투자 수익을 냈다). 그 돈으로 사업을 더욱 확장한 베조스는 재무팀, 특히 대단한 실력자인 최고재무관리자 조이 코비와 함께 기업 공개(IPO, 주식을 대중에게 처음으로 판매하는 것)를 준비하기 시작했다. IPO 주관사는 도이체 방크였으며 주식의 가치를 평가하는 데에는 두 달에 걸친 길고 복잡한 과정이 필요했다. 아마존이 빠르게 성장하고 있기는 하지만, 앞으로도 계속 그럴 것인지는 여전히 불확실했기 때문이다.

가장 의미 있는 일은, 반스앤노블이 아마존이라는 신생 기업의 존재에 주목하기 시작했다는 것이었다. 실제로, 반스앤노블 제국을 운영하던 터프한 성격의 리지오 형제(렌과 스티브)는 베조스와 시애틀의 한 레스토랑에서 만났으며, 베조스는 아마존 이사회 멤버 톰 앨버그와 함께 나갔다. 리지오 형제는 정중하지만 강력하게, 반스앤노블이 시작할 온라인 서점이 아마존을 무너뜨릴 것이며, 그래도 베조스의 회사와 함께 일할 수 있는 분야를 찾아볼 수는 있을 것이라고 말했다.

당시 평판이 높던 분석가 중 일부는 그것만 보고 아마존의 파멸을 자신 있게 예측했지만, 베조스는 리지오 형제의 제안을 따를 생각이 없었다. 궁극적으로, 그는 작고 빠르고 혁신적인 회사가 느릿느릿 움직이는 거대 기업을 앞지를 수 있다고 믿었다. 그의 믿음은 옳았다.

PART 3

현실에
안주하지 않는
꾸준한 성장

아마존은 1997년 5월 15일에 1주당 18달러로 기업 공개를 하여 5,400만 달러를 모았다. 그리 대단한 규모는 아니지만, 아마존을 계속 전진시키는 데 필요한 자본은 되었다. 하지만 아마존의 매출이 급격히 증가하고 자본이 투입되었다고 해서 곧바로 수익이 발생한 것은 아니었다. 사실, 그건 어림없는 소리였다. 그 예로 1996년 아마존의 매출은 51만 1천 달러에서 1,575만 달러로 급증했지만, 손실도 30만 3천 달러에서 578만 달러로 크게 늘었다. 베조스는 아직 수익보다는 성장이 중요한 단계라는 생각에서, 책 사업으로 돈을 벌기가 무섭게 다시 회사에 투자했다.

그는 언제나
미리 앞을 내다보았다

— JEFF BEZOS —

장기적인 목표,
과감한 투자

　베조스가 해마다 주주들에게 보내는 각종 서한은 그의
경영에 대한 접근 방식과 전략에 필요한 철학을 엿볼 수
있는 좋은 자료이다. 그중에서도 1997년의 한 서한은 이
제는 전설이 되어, 베조스 제국의 성장 과정에서뿐만 아니
라 업계의 스타가 되기를 꿈꾸는 모든 야심 찬 스타트업

에게도 청사진 역할을 한다. 베조스는 서두에서 핵심 성장 수치를 언급한 데 이어 그날이 인터넷의 '첫날'(Day 1)이며, 따라서 무궁무진한 기회가 펼쳐졌다고 설명했다. 또 그는 자신의 초점이 지금 서 있는 발밑이 아니라 저 먼 지평선에 맞춰져 있음을 알렸다.

가장 중요한 것은 장기적 시각입니다.

우리는 우리가 장기간에 걸쳐 창출하는 주주 가치가 곧 성공의 기본적인 척도가 될 것이라고 믿습니다. 이 가치는 시장에서의 주도적 지위를 확대하고 공고히 하는 우리 능력의 직접적인 결과일 것입니다. 시장 주도권이 공고해질수록 우리의 경제 모델도 더 큰 힘을 얻게 됩니다. 시장 주도권은 매출 증가, 수익성 증가, 자본 회전율 증대 및 그에 따른 투자 자본 수익률 증대로 직결됩니다.

우리의 결정은 이런 목표를 일관되게 반영해 왔습니다. 우리는 고객 수와 매출 증가, 고객의 재구매율, 브랜드의 강점 등 우리의 시장 주도권을 가장 잘 보여주는 지표들을 통해 자기 평가를 합니다. 우리는 지속 가능한 프랜차이즈를 구축해나가는 데 고객층, 브랜드, 인프라를 확대하고 활용하기 위해 지금까지 그래온 것처럼 공격적인 투자를 이어갈 것입니다.

　어떤 면에서 이것은 닷컴 버블 시대에 대한 전형적인 진술이다. 그 시기는 디지털로 고객에게 직접 닿을 수 있는 최상의 상황이라는 점에서 무한한 성공 가능성이 있는 것처럼 보였기 때문이다.

　이러한 관점은 부분적으로 시장이 많은 인터넷 회사들의 지나친 과대평가를 용인하도록 만들었다. 중요한 것은 야망이지 손실이 아니었다. 그러나 베조스의 모델에서 '고객'이라는 단어가 얼마나 자주 등장하는지 주목해보자. 게다가 말미의 소제목 중 하나는 '고객에 대한 집중'이었다. 절대적인 고객 중심, 그리고 고객에게 최적의 경험을 선사하는 서비스에 대한 꾸준한 열망은 예나 지금이나 아마존의 단단한 뼈대를 이룬다.

　훗날 베조스는 잠재적 파트너나 투자자들과의 중요한 비즈니스 미팅 자리에서 좀 과장되게 의자 하나를 비워두곤 했다. 그것은 고객의 의자로, 힘 있는 사람들끼리 어떤 결정을 내리든 간에 그 결정이 궁극적으로는 고객 가치를 지향해야 한다는 점을 참석자들에게 상기시키곤 했다.

또 베조스는 이 서한에서 "우리는 장기적인 시각을 강조하므로 결정을 내리거나 절충안을 검토하는 데 일부 회사들과는 다를 수 있다"라고 설명했다. 그는 여러 개의 항목을 통해 이 점을 분명히 했는데, 다음은 그중 몇 개를 요약한 것이다.

– 단기적 수익성보다는 장기적 시장 주도권을 고려한 투자를 결정할 것.
– 시장 주도권이라는 우위를 점할 가능성이 충분한 경우에는 주저하지 않고 과감한 투자 결정을 내릴 것.
– 규모가 비즈니스 모델의 잠재력을 달성하는 핵심 요소라고 생각하기 때문에 성장을 우선시하는 방향으로 결정을 내릴 것.
– 융통성과 재능을 갖춘 직원들을 채용하고 붙잡아두는 데 계속 집중할 것이며, 그들에 대한 보상은 현금보다는 스톡옵션을 주로 활용할 것.

장기적인 성장에 집중하는 분위기는 2000년대 초 닷컴 버블이 꺼진 이후 현금흐름과 생존이라는 현실에 대처하기 위해 바뀌었다. 하지만 확고한 장기적 확장과 끊임없는 고객 중심의 융합, 여기에 베조스와 그의 팀의 지칠 줄 모르는 추진력까지 더해져 아마존은 상상할 수 없는 규모로 성장했으며, 다른 회사들이 궁지에 몰리거나 인수당할 때도 살아남았다.

아마존의 기업 공개는 시작에 불과했다. 베조스와 그의 회사가 투자자들에게 서서히 주입한 확신과 닷컴 주식 열풍에 힘입어 자본금 모금은 이후 3년에 걸쳐 이어졌다. 1998년과 2000년 사이, 아마존은 채권 판매를 비롯한 여러 방식을 통해 22억 달러에 이르는 막대한 자금을 모았다. 베조스는 그 자금을 곧장 다시 사업에 투입하여 성공 레시피의 주재료들인 인재(특별한 재능을 가진 사람이나 일반 노동자), 물류 시설, 새로운 혁신 및 추가적인 수익원 또는 서비스, 타 기업 인수 등을 추가했다. 그는 벌어들인 돈을 그냥 쌓아두는 법이 없었다. 그만큼 베조스는 도전적이고 모험적인 사업가의 기질을 유감없이 발휘했다.

최고의 인재를
고용하기 위한 노력

그중 첫 번째 요소인 신규 인력 유치 및 채용은 베조스의 경영 관점을 들여다볼 수 있는 또 하나의 창과 같다. 베조스가 중시하는 임원의 자질은 아주 똑똑하고 성공에 대한 의욕이 강하면서도, 때로는 전통적으로 업계에서 높이 평가되는 것 외의 다양한 기술과 지식을 제공하는 것이다. 따라서 과학자나 수학자(신선하고, 깊은 통찰력이 있는 관점에서 사물을 볼 줄 아는 사람)가 일반적으로는 프로젝트 매니저나 해당 분야의 경험이 있는 사람이 차지할 법한 자리에 임명될 수도 있다.

베조스가 원하는 건 순응자가 아닌 방해꾼이다. 2017년 레이건 국방 포럼Reagan National Defense Forum과의 인터뷰에서 그는 이상적인 아마존 직원의 세 가지 특징과 업무 환경을 언급하기도 했다. 핵심은 '용병'이 아니라 '선교사'를 원한다는 것이다. 그는 선교사는 임원진의 특전이 아닌 성공이라는 이상을 바탕으로 열심히 일한다는 점을 설명했다.

선교사는 임무를 중시합니다. 사실 그건 그리 복잡하지 않아요. 게다가 공짜 마사지는 사람을 헷갈리게 하죠. '아, 이 회사에서 맡은 임무는 별로지만 공짜 마사지는 너무 좋아'라고 생각할 수도 있으니까요.

이제는 다들 아는 베조스의 또 다른 원칙, 즉 운영 관리에서의 철통같은 검소함이 여기서도 작용한다. 그러나 동시에 베조스는 핵심 가치에 의해, 그리고 목표 달성에서 탁월한 능력을 발휘해야 한다는 절실한 필요에 따라 움직이는 사람들을 원한다. 특전을 얻는 데에만 열중하며 퇴근 시간만 기다리는 사람은 그러한 성격과는 거리가 멀다. 게다가, 베조스는 업무 환경 자체가 선교사적 열정의 표현을 뒷받침해야 한다는 점을 인정한다.

하지만 의사 결정이 늦거나 하면 훌륭한 사람들이 떠나버릴 수도 있습니다. 훌륭한 사람들이 일을 제대로 못 하게 하는 조직에 남을 이유가 있을까요? 얼마 후 그들은 주위를 둘러보며 "이봐요, 난 그 임무를 사랑하지만 의사 결정 속도가 너무 느려서 내 일을 제대로 끝낼 수가 없어요"라고 말할 겁니다. 그러니까 아마존과 같은 대기업들은 그 점을 우려할 필요가 있어요.

아마존 간부급(실제로는 창고 직원들까지)의 치열한 삶의 속도는 수년간 논란과 논평을 불러일으켰다. 베조스 개인의 속도에 맞추고 그것을 지속할 수 있는 사람은 분명 소수에 불과하지만, 베조스는 야심 찬 사람들이 제한을 거의 받지 않고 탁월함을 발휘할 수 있도록 환경을 재구성한다. 후에 그는 사내 포상 제도를 만들어 자발적 혁신을 통해 아마존의 효율성 개선을 시도한 사람들의 공로를 인정했다(그 노력이 결국 아무런 열매를 맺지 못했더라도). 이것은 다재다능함과 마찬가지로 베조스가 추구하는 사고방식이다.

아마존의 인력이 수백 명까지 꾸준히 증가함에 따라 탐욕적인 채용 공세가 이어졌다. 임원진의 채용 목표는 '빠르게 성장하기'에 확실히 이바지할 것 같은 사람들을 영입하는 것이다. 특히 아마존은 미국의 초대형 소매업체인 월마트로부터 상당수의 고위급 임원들을 영입했는데, 이는 주로 제품 처리 및 유통 분야에서 규모의 경제와 고객 및 상점 정보 처리 전략에 대한 월마트의 통찰력을 얻기 위해서였다.

신입 직원 중에는 거칠어도 인기 있는 전직 미 육군 장교이자 전 월마트 정보 시스템 부서 부대표 릭 달젤Rick Dalzell도 있었다. 베조스와 그의 팀원들로부터 수차례 스카우트 제안을 받은 끝에 마침내 수락한 달젤은 최고정보책임자CIO로 합류해 아마존의 전산화 판매 촉진 계획 및 물류 체계 개발에 집중했다. 달젤은 1997년부터 2007년 퇴사할 때까지 아마존에서 전무직을 맡았다. 월마트에서 영입된 또 한 명의 인재는 최고 물류 책임자 지미 라이트Jimmy Wright였다.

아마존은 월마트의 전·현직 직원 및 컨설턴트 15명을 데려갔고, 결국 1998년에는 월마트가 아마존이 월마트의 영업 비밀을 훔치고 일부 공정을 카피하려 한다고 주장하며 소송을 제기하기에 이르렀다. 이 소송은 2002년에 최종 결론이 났는데 대체로 아마존에 유리했다. 월마트는 피해 보상을 전혀 받지 못했으며, 아마존은 그저 핵심 인물한 명을 사내에서 재배치하고 다른 여덟 명의 업무 할당에 제한을 두는 데 동의하기만 하면 되었다.

그 월마트 직원들은 20세기 말에 아마존의 문턱을 넘은 수많은 재능 있고 추진력 있는 사람 중 일부에 불과했다. 미국 내의 내로라하는 대기업에서 고위직을 지낸 사람부터 업계 경험은 없지만 젊은 에너지와 아이디어를 제공할 열정 넘치는 젊은이까지 다양한 사람들이 있었다. 그러나 아마존의 문은 회전하고 있었기에 들어오는 사람이 많은 만큼 떠나거나 번아웃에 빠지거나 성과에 대한 기대를 충족시키지 못하거나 신선하고 열정적인 임원진의 유입으로 인해 소외되는 사람들도 있었다. 그중 하나가 셸 카판으로, 아마존 전설을 창조하는 데 핵심 역할을 했던 그는 1999년에 아마존을 떠났다.

최고의 인재를 고용하는 것은 예나 지금이나 변함없는 베조스식 프로젝트 모델의 핵심이다. 전 직원들에게 그 점을 인식시키기 위해 베조스는 1999년 '바키퍼 프로그램'Barkeeper Program을 도입했다. 초기에는 뛰어난 기술 인력 채용에 중점을 두고 인터뷰 과정에 객관적인 제3자, 즉 성과가 높은 사람을 채용한 실적이 있는 인물을 참여시켰다. 이는 한 사람이 자신과 주변 사람들보다 더 나은 사람을 채용함으로써 회사에서 자신의 지위를 높일 수 있다는 것을 의미한다. 실제로, 현재는 '바 레이저 프로그램'이라 불리는 이 채용 방식은 "고용된 모든 사람은 현재 비슷한 역할을 하는 사람들의 50퍼센트보다 더 나아야 한다"고 명시한다.

아마존의 급격한 성장에는 인력뿐만 아니라 시설의 확대도 필요했다. 아마존 초기의 큰 골칫거리 중 하나는 밀려드는 주문의 홍수를 처리할 수 있는 물리적 공간과 주문 처리 체계를 갖추는 것이다. 이 회사는 1999년 한 해에만 미국 전역에 물류 센터들을 새로 만드는 데 3억 달러를 지출했다.

이 공장들은 자동화 주문 처리 및 포장 시스템에 많은 투자를 했지만, 인력 의존도는 여전히 높았다. 크리스마스 전과 같은 대목에는 심지어 고위 임원들도 창고로 파견되었다. 그들은 모든 고객이 크리스마스 날에 맞춰 주문품을 받아볼 수 있도록 차나 사무실에서 자고, 가족과 함께하는 크리스마스 휴가를 취소하고, 며칠을 밤낮없이 일하는 등의 노력을 기울였다. 앞서 언급했듯이, 베조스가 생각하는 아마존 계급의 정점은 고객이지 임원진의 편안함이 아니다.

책뿐만 아니라
다른 제품들도 팔기 시작

1990년대 후반은 아마존이 도서 외의 분야로 손을 뻗으며 '모든 것을 파는 가게'가 되기 위한 다음 단계로 접어든 시기이기도 했다. 베조스는 책 파는 일만으로는 시야를 넓힐 수 없음을 깨달았고 그의 팀도 통계적·재정적 분석을 통해 그의 생각을 더 확고하게 만들었다. 상황은 불과 몇 년 전보다 더 치열했다. 여러 위협 중 일부는 물리치거나 통제할 수 있었다. 예를 들어 반스앤노블은 1997년 온라인 스토어를 열었지만, 그 대형 서점을 넘어설 만큼 제품군을 확대함으로써 점점 더 많은 고객을 끌어들이던 민첩한 경쟁자를 따라잡을 수는 없었다.

베조스와 아마존 팀에게 더 큰 위협은 다른 경쟁사들이

었다. 1995년, 프랑스 출신 기술 기업가 피에르 오미디야르가 시작한 온라인 경매 사이트 이베이ᵉᴮᵃʸ는 1996년에 25만 건의 경매를 처리했지만, 1997년에는 1월에만 20만 건을 해내며 아마존만큼이나 가파른 성장 궤도를 그렸다. 2000년이 되자 이베이 사용자는 1,200만 명이 되었다. 베조스는 충분히 불안할 만했다. 이베이는 진짜 '모든 것을 파는 가게'(2000년에 이베이에서는 매일 450만 개의 물건이 판매되었다)이자 그 대안이었다. 비록 개인 경매 방식이었지만, 덕분에 이베이는 창고 및 물류 관련 걱정을 덜 수 있었다.

이베이는 수년간 아마존의 동종 업계 경쟁상대로 남았다. 사실, 1998년에 베조스는 오미디야르를 시애틀로 초대해 사적인 만남을 가졌다. 이 자리에서는 고객이 아마존 사이트에서 특정 품목을 못 찾을 때 이베이 링크를 달아두는 것이나 베조스 자신이 이베이에 투자할 가능성 등을 포함한 몇 가지 아이디어들이 오갔다. 이러한 논의는 실질적 성과에 이르지는 못했다. 오미디야르와 그의 팀은 성장하는 전자 상거래 시장에서 그들의 모델이 아마존이 제시한 것보다 더 강력하다고 생각했는데, 그 주된 이유는 이베이는 창고, 재고 및 유통과 관련된 인프라에 그렇게 크게 전념하지 않아도 되었기 때문이다.

이베이가 아마존에 위태로운 도전이 되리라는 걸 감지한 베조스는 1999년 3월에 이베이의 경쟁사인 아마존 옥션Amazon Auctions을 설립해 온라인 경매 시장의 일부를 점유하고자 시도했다. 1999년 4월 8일에 공개된 CBS 인터뷰에서 베조스는 이렇게 설명했다.

저는 많은 기업에 기회가 있다고 생각합니다. 우리는 상황을 최대한 간단하고 쉽게 만드는 우리의 전통을 경매 공간으로 옮겨 놓으려고 했어요. 기존에 우리가 해왔던 원클릭 쇼핑처럼 이제 '입찰 클릭'bid click으로 경매 입찰을 쉽게 만들었죠.

단 2주 만에 아마존은 온라인 경매의 선구자인 라이브비드를 인수함으로써 이 분야에서 더 큰 관심을 얻고자 했다. 아마존 옥션와 라이브비드는 모두 오래지 않아 실패할 운명이었는데, 이에 관해서는 뒤에서 다시 이야기하겠다.

아마존 옥션의 설립은 1990년대 후반 아마존의 뿌리를 훨씬 더 광범위한 제품 시장으로 뻗어 나가게 하려는 베조스의 초조한 열망을 보여주는 한 가지 예시에 불과했다. 이제 세계에서 가장 성공한 온라인 서점이라는 타이틀만으로는 부족했다.

1998년부터 1999년 사이 사업 확장의 주요 품목은 음악, DVD, 장난감, 전자제품이었다. 그중 음악과 DVD 시장에서 베조스와 그의 팀은 큰 성공을 거두었는데, 제품의 형태(배송이 쉬운 CD나 DVD)와 접근성 좋은 유통업체들 덕분에 비교적 원활하게 아마존 제품군에 추가할 수 있었다. 그러나 장난감과 전자제품은 전혀 다른 문제였다.

아마존의 골칫거리는 주요 유통업체가 아닌 제조업체나 판매업자와 직접 거래해야 한다는 것이었다. 즉 아마존은 해즈브로, 소니, 도시바와 같은 크고 공격적인 회사들과 상호 작용을 해야 했는데, 이 회사들은 당연히 아마존에 최적의 기회를 제공하기보다는 자기 회사에 최선인 거래를 추진하는 데 중점을 두었다.

이로 인해 발생한 공급 문제로 아마존은 재고를 얻기 위해 2차 유통업체들을 비롯한 여러 곳을 전전해야 했다. 심지어 1999년 크리스마스 시즌에는 아마존 임원들이 토이저러스Toys "R" Us 지점들을 급습해 인기 있는 브랜드의 장난감들을 필사적으로 사들여 되파는 방식으로 아마존 고객들이 크리스마스 날에 맞추어 상품을 받을 수 있게 한 일도 있었다.

장난감과 전자제품으로의 확장은 베조스가 큰 생각을 얼마나 중요하게 여기는지를 잘 보여준다. 그는 장난감에만 1억 2천만 달러를 투자하겠다는 뜻을 밝혀 많은 임원진을 깜짝 놀라게 했다. 상황이 아무리 모호하더라도 모든 아이의 욕구와 부모들의 주머니 사정을 충족시킬 수 있도록 상품을 아주 다양하게 보유하고자 했다. 새로 생긴 장난감 부서의 책임자로 임명된 해리슨 밀러는 불안해졌다. 그도 그럴 것이, 그는 장난감 관련 경험도 전혀 없고 소매업 경험도 거의 없었지만 밀접한 관련 경험보다는 태도와 패기로 고용되었기 때문이다. 장난감 시장은 유행, 추세, 시기 면에서 판단이 어려운 분야로 악명이 높았기에 '크게 생각하라'는 비전은 굉장한 위험처럼 느껴졌다.

게다가, 장난감은 조달 방식상 아마존이 구매해서 보관하고 있어야 했기에 판매되지 않은 재고가 높이 쌓이게 될 가능성이 있었다. 그리고 실제로 그런 일이 벌어졌다. 1999년 연말 휴가 시즌 이후, 아마존에는 3,900만 달러 상당의 팔리지 않은 장난감들이 남아 결국 폐기되고 말았다. 그해에 아마존이 95퍼센트라는 놀라운 매출 증가를 이룬 덕분에 그러한 타격을 감당할 수는 있었지만, 손실 규모는 커졌고 아마존은 여전히 이익을 못 내고 있었다.

1990년대 후반, 베조스의 야망에 또 한 번 불이 붙었다. 수백만 달러의 매출액과 투자금이 아마존으로 흘러들자, 베조스는 탐욕스러운 인수 계획에 착수함으로써 아마존이 시장 지배적 위치를 차지하는 데 도움이 되리라 여겨지는 회사들을 사들이는 동시에 항상 새로운 것을 원하는 대중을 위해 아마존의 제품과 서비스를 확대했다. IMDb, 북페이지, 텔레부흐, 익스체인지닷컴, 플래닛올, 알렉사 인터넷과 같은 회사들을 인수하는 데 수억 달러가 들었다(아마존은 1999년 4월 26일 하루에만 6억 4,500만 달러 규모의 주식 거래를 발표했다). 베조스가 인수한 회사들도 새로운 온라인 시장에서 거부할 수 없는 성장의 물결을 타고 있는 듯 보였다.

예를 들어, 북페이지는 영국 최대 온라인 서점으로 120만 권의 도서를 보유하고 월간 성장률이 28퍼센트에 달했다. 익스체인지닷컴은 구하기 어렵거나 희귀한 책을 판매하는 www.bibliofind.com(상품 목록 900만 개)과 소규모 소매상, 딜러, 개인 수집가 등이 보유한 음반이나 음악 기념품을 판매하는 www.musicfile.com(상품 목록 300만 개), 두 개의 웹사이트를 운영하는 온라인 시장 전문가였다. 알렉사 인터넷은 통찰력과 여러 도구를 활용해 고객의 요구에 맞추어 보다 개별화된 웹 검색 및 경험을 제공하는 웹 트래픽 분석 회사로, 아마존에 2억 5천만 달러 상당의 주식을 대가로 인수되었다. 1998년, 베조스는 젊고 흥미로운 온라인 가격 비교 웹사이트인 정글리닷컴Junglee.com을 아마존 주식 1억 7천만 달러로 인수했다.

각 회사가 인수될 때마다 거대하지만 여전히 계속 성장 중인 퍼즐의 또 한 조각이 맞춰지는 것 같았다. 베조스는 인수 외에도 그가 생각하기에 흥미롭거나 그의 포트폴리오를 다양화할 것으로 보이는 회사들에 투자를 아끼지 않았는데, 기어닷컴, 펫츠닷컴, 와인쇼퍼닷컴, 홈그로서닷컴, 그린라이트닷컴 등이 그에 속했다.

자금과 주식이 쏟아져 나옴에 따라 아마존의 미래에 대한 베조스의 비전은 더욱 높아졌다. 베조스가 어떤 제안을

1999년 8월, 초기 '아마조니안'Amazonian(아마존 사람)들과 함께 소풍을 가서 브룸볼을 하는 제프. 아마존 건설이라는 힘든 일을 하는 중에도 놀기는 포기하지 않았다.

1997년 10월, 아마존의 100만 번째 주문품을 들어 올리는 제프. 아마존은 1995년 7월 웹사이트를 열면서부터 빠르게 성장했다.

amazon [   ] Go

1997년 10월, 고객 서비스를 최우선으로 여기는 제프가 아마존의 100만 번째 주문
품을 고객에게 직접 배달하고 있다.

할 때마다 안 그래도 혼란을 막기 위해 고군분투하고 있는
회사에 어떤 영향을 줄지 진심으로 겁을 먹고는 했던 아마
존의 임원진은 간혹 그가 근거 없는 야심을 갖고 하는 제
안을 '피버 드림'$^{fever\ dream}$('열병 중에 꾸는 꿈'이라는 뜻으로 실
제로 일어날 가능성이 없는 꿈처럼 보이는 일을 의미 _옮긴

이)이라고 불렀다.

일례로, 베조스가 아마존 미국 창고 두 곳에 이제까지 출판된 모든 책을 두 권씩 보관하기를 원했던 알렉산드리아 프로젝트^{Alexandria Project}가 있었다. 그리고 이제까지 제조된 모든 제품을 하나씩 보관하고자 했던 파고 프로젝트^{Fargo Project}도 있었다. 아마존 임원진의 반항과 반발로 그러한 높이 솟은 비전들은 결코 시작될 수 없었다.

하지만 그 비전들은 베조스식 사고방식의 핵심을 또 한 번 보여준다. 첫째는, 비용에 상관없이 고객이 최우선이어야 한다는 것이다. 알렉산드리아와 파고에는 모든 고객이 원하는 것을 항상 얻게 하려는 베조스의 노력이 담겼다. 둘째는, 언제나 최대 규모로 사고하는 베조스의 버릇이다. '비록 의도한 계획을 달성하지는 못하더라도 무언가는 반드시 일어날 것이다.'

닷컴 버블의 붕괴로
위기가 닥쳤지

—————— JEFF BEZOS ——————

어떤 압박에 굴복하지 않는
기업가 정신

  1999년경, 제프 베조스는 미국에서뿐만 아니라 세계적
으로 유명해졌다. 그 해에 그는 〈타임〉의 '올해의 인물'로
선정되었는데, 편집자는 그 이유를 "베조스는 우리가 일
하는 방식을 변화시켰을 뿐 아니라 미래로 가는 길을 닦는
데 도움을 준 사람"이라고 설명했다. 베조스는 그 발표를

"믿기지 않는 크나큰 영광"으로 받아들였다. 그런데도 아마존을 비롯한 온라인 상거래 시장 전체에 드리우기 시작한 먹구름은 곧 다가올 힘든 시기를 암시했다.

2000년대 초, 많은 금융 분석가들은 닷컴 버블의 지속 가능성과 규모에 대해 의문을 제기하기 시작했다. 닷컴 회사들의 실패 사례가 증가하면서, 무궁무진해 보였던 전자 상거래 시장의 성장이 실제로는 손익의 중대성을 초월할 수 없는 신기루일 수 있다는 가능성이 제기되었다. 아마존은 경이로운 성장을 해왔던 만큼 이제 어떤 면에서는 회의론의 대상이 되었다.

결국, 아마존은 1998년에 80억 달러의 매출을 달성했음에도 불구하고 여전히 이익을 내지 못했다. 매출 급증으로 인해 창고, 재고, 유통 및 데이터 관리 등 모든 게 한계를 넘어서면서 이전보다 더 큰 혼란을 겪고 있었다. 일부 분석가들은 아마존이 참혹한 정체기를 맞이할 것이며 어쩌면 무너져버릴 수도 있다고 예측했다. 점차 하락하기 시작한 주가는 새로운 밀레니엄의 첫해로 접어들면서 급락했다.

그러나 베조스는 압박에 굴복할 사람이 아니었고, 이는

2000년 주주들에게 보낸 솔직하되 패기 넘치는 메시지에 잘 표현되었다.

아이코. 지난 한 해는 자본 시장의 많은 이들에게 잔인한 해였습니다. 아마존닷컴 주주들에게도 물론 그랬지요. 이 글을 쓰는 시점에 우리 회사의 주식은 작년에 제가 여러분께 편지를 썼을 당시보다 80퍼센트 이상 떨어졌습니다. 그렇지만 거의 모든 면에서 볼 때 아마존닷컴이라는 회사는 과거의 그 어느 때보다 더 강력한 위치에 서 있습니다.

아마존 주가가 급격히 하락했는데도 베조스는 패기만만하게 아마존의 회복력을 강조함으로써 긴 안목으로 세상을 바라보는 그만의 방식을 또 한 번 드러냈다. 주주들에게 보낸 그 서한의 뒷부분에서 그는 "주식 시장은 단기적으로는 투표 기계이지만, 장기적으로는 저울질 기계와 같다"라는 벤자민 그레이엄Benjamin Graham의 말을 인용하여 아마존의 현 상황을 설명했다.

"우리는 저울질을 당하고 싶은 회사이며, 시간이 흐르면서 그렇게 될 것입니다. 장기적으로는 모든 회사가 그렇겠지요. 그동안 우리는 회사를 점점 더 무겁게 만들기 위해 묵묵히 노력하는 것입니다."

베조스는 그 모든 회사를 인수한 것이 인터넷을 향한 전면적인 '랜드 러시'land rush의 일부였다고 설명하며 자신의 주장을 넓혔다. 18세기와 19세기에 정착민들이 땅을 가지고 무엇을 할지도 모른 채 최대한 많은 땅을 차지하려고 미국 서부로 퍼져나간 것과 거의 비슷하게, 베조스는 몸집을 키우고 영역을 점령하고자 노력한다는 인상을 주었다.

극한 상황에서 보여준
놀라운 회복력

베조스를 아는 사람들이 언급한 그의 또 다른 눈에 띄는 특징은 큰 문제든 작은 문제든, 어떤 문제에 부딪혔을 때 그가 보여주는 끈질긴 회복력이다. 사실, 심각한 문제에는 둘 중 하나의 반응을 보이거나 그 두 가지 반응을 순서대로 보이는 듯하다. 베조스는 특히 무능함이나 고의적인 무지에 대해서는 폭발적인 분노를 드러낸다. 그의 팀이 사실, 수치, 설명 등을 정확히 꿰고 있기를 원하기 때문에 임원이 준비 없이 회의에 참석했다가는 무사할 수 없다. 하지만 동시에 그는 일반인들과는 다르게 어느 정도는 문제를 즐기는 듯하다. 어떤 문제를 극복해내면 미래를 정복한 것으로 여기거나, 고군분투하는 과정에서만 발견할 수 있는 미래의 기회로 여기는 것이다. 어느 쪽이든, 기업가가 인내심과 자신감을 지닌 한, 모든 건 결국 성장에 도움이 된다.

아무리 그래도 1999년과 2000년은 베조스에게 분명 힘든 시기였고, 닷컴 버블은 결국 극적으로 붕괴하며 세계 경제 전체에 실제로 큰 타격을 입혔다. 2000년 3월, 저명한 금융 잡지 〈배런스〉Barron's는 다음과 같은 예언적인 머리기사를 냈다. "일촉즉발, 경고. 인터넷 회사들의 현금이 바닥나고 있다, 그것도 빠르게." 그 직후 나스닥 종합지수는 급격히 하락하고, 수많은 인터넷 회사들이 〈배런스〉의 예언처럼 되면서 하락세는 계속 이어져 2002년 10월 나스닥 100 지수는 최고점 대비 78퍼센트 하락했다.

투자에 수억 달러를 쏟아부으면서 이익은 내지 못하는 회사라는 패턴에 속하는 듯 보였던 아마존과 베조스는 그 하락세에 완전히 휘말렸다. 베조스의 투자·인수 또는 혁신의 많은 부분이 무너졌다. 아마존이 30퍼센트의 지분을 갖고 있던 펫츠닷컴은 기업 공개 9개월만인 2000년 11월에 폐업했다. 5,500만 달러에 사들인 북페이지는 아마존과의 경쟁 구도 속에서 지속시킬 의미가 없었기에 문을 닫았다. 정글리에서 파생된 '숍더웹'Shop the Web 기능은 아마존이 아마존닷컴 웹사이트 고객의 이탈을 원치 않는다는 사실을 깨달음에 따라 금세 중단되었다(후에 정글리가 아마존의 인도 시장 진출을 도왔음에도 불구하고). 아마존 옥션은 개발된 지 불과 1년 만에 홍보가 중단되더니 얼마 지나지 않아 사라져버렸다. 이 모든 일과 다른 수많은 상업적 난관들 외에 창고와 물류 시설 확장 및 증가한 직원들에 드는 막대한 비용도 문제였다.

그러한 문제들은 전에는 회사의 낙관적인 주주였다가 개인 투자의 가치가 급락하는 것을 목격한, 많은 아마존 직원들에게도 영향을 미쳤다. 일부 사람들에게는 한층 더 가혹한 결과가 초래되었다. 네덜란드 헤이그에 있는 국제 콜센터 직원 250명을 포함한 아마존 인력의 약 15퍼센트가 해고되었다. 더욱 놀라운 것은, 온라인 쇼핑에 대한 대중의 욕구가 줄어들 수 있음을 나타내는 시장 데이터의 존재였는데, 이것은 닷컴 주식과 서비스에 대한 투자의 근거 전체를 약화할 수 있었다.

아마존은 위기에 처하고 베조스는 굉장한 압박을 받았지만, 그의 움직임을 지켜본 사람들은 주로 침착하고 낙관적인 성격에 대해 언급했다. 그러나 결국 베조스는 비용 관리를 보다 엄격하게 하고 수익성 높은 모델로 전환하는 데 집중해야 한다고 확신했다. 이 시기에는 상당한 변화가 있었다. '빠르게 성장하기'라는 아마존의 등불과 같은 슬로건은 꽤 예스러운 느낌의 '우리 주변의 일부터 정리하자'Get Our House in Order로 바뀌었다. 회사의 재무 건전성을 발전시키려는 목적으로 새로운 관리자들이 영입되었다.

1999년, 가장 뜻깊은 임원 인사 중 하나는 블랙 앤 데커Black & Decker 전동 공구 회사의 전 세계 전동 공구 및 액세서리 부서장이던, 강철처럼 강인한 조 갤리Joe Galli였다. 갤리의 기업가적 사고방식(그는 "변명은 다른 사람들에게나 해당하는 일"이라는 유명한 말을 남겼다)과 운영 규율은 베조스의 더욱 원대한 비전과 균형을 이루는 것처럼 보였다. 갤리는 베조스의 동의를 얻어 사장 겸 최고경영자CEO로 임명되었으며, 이는 그가 회사의 본질적인 책임자임을 의미했다.

그 아마존 리더십 모델은 성공적이지 못했다. 실질적인 면에서는 베조스가 여전히 회사가 나아갈 방향을 통제하고 있었을 뿐 아니라, 갤리는 회사에 몇 가지 귀중한 변화를 불러왔음에도 불구하고 경영 스타일 측면에서 다른 여러 임원진과 충돌했다.

결국, 긴장이 고조되어 위기 상황으로 치닫자 2000년 7월 갤리는 베조스에게 "나는 위대한 2인자가 아니다"라는 말을 남기고 회사를 떠났다. 이로써 베조스는 다시 굳건하게 경영권을 쥐었다.

플라이휠은 고객 중심의 선순환 과정이지

—————— JEFF BEZOS ——————

최악의 위기에서 살아남게 한
고객 중심 경영

2000년대 초의 위기가 얼마나 심각했는지를 고려할 때, 아마존이 살아남았다는 사실은 놀라울 따름이다. 심지어 그 이상으로, 위기는 오히려 아마존이 미래의 위대함을 위해 나아갈 수 있는 활기를 불어넣었다. 아마존이 거품 붕괴를 전혀 다른 식으로 경험할 수 있었던 주된 원인은 다른 회사들은 살기 위해 발버둥 치느라 너무도 쉽게 잃어버렸던 '고객 우선' 원칙을 베조스가 포기하지 않았던 데에 있는 것 같다. 그런 회사들은 종종 비용 절감과 그에 따른 고객 경험의 저하 그리고 매출의 더 큰 감소 등으로 이어지는 죽음의 소용돌이에 휘말리게 된다. 하지만 아마존은 끊임없이 혁신을 이루었고, 그리하여 새로운 밀레니엄이 진행됨에 따라 아마도 베조스 자신 말고는 거의 아무도 예측할 수 없는 규모까지 성장했다.

개선된 사항 중 일부는 겉보기에는 웹 경험의 미세한 조정에 불과했지만, 매출에는 큰 영향을 미쳤다. 1998년 6월에는 아마존의 모든 책과 음악의 판매 순위를 매기는 아마존 판매 순위Amazon Sales Rank 기능이 도입되어, 사실상 베스트셀러 목록을 크게 넓혔다. 아마존 판매 순위는 두 가지 효과가 있었다. 첫 번째는 고객이 특정 제목이 다른 제목들에 비해 얼마나 인기가 있는지 알 수 있었다는 것인데, 이는 그들의 판매 행동에 영향을 주었다. 판매 순위상 인기가 높은 책일수록 더 인기가 높아지는 판매의 선순환 구조가 생겨났다. 게다가 작가, 예술가, 출판업자들도 순위의 경쟁적인 성격을 받아들여, 책을 순위에 올리기 위한 홍보에 더욱 힘쓰게 되었다(물론 결국에는 일부 출판업자들이 판매 순위를 높이려고 아마존에서 그들이 출판한 책들을 구매하고 매우 긍정적인 리뷰를 남긴다는 비난이 일기도 했다).

일 년 뒤 기술적 측면에서 또 다른 중대한 발전이 있었다. 1999년 9월, 미국 특허청은 아마존닷컴의 '원클릭'이라 불리는 기능에 특허를 주었다(특허번호 US 5960411). 아마존의 엔지니어 페리 하트만^{Peri Hartman}이 개발한 이 시스템은 고객이 결제 및 배송에 관한 주요 정보를 자신의 아마존 개인 계정에 직접 저장할 수 있도록 한 것이다. 고객이 물건을 구매하고자 할 때 '원클릭' 버튼을 클릭하면 즉시 결제와 주문 처리가 이루어졌다. 덕분에 구매는 순식간에 진행되었고, 구매 억제에서 벗어나려고 애쓰는 고객이나 충동구매를 잘하는 고객에게 그 버튼은 마치 선물과 같은 화면상의 표적이 되었다. 원클릭은 엄청난 성공을 거두었다. 그것을 증명하듯 반스앤노블이 자사 웹사이트에 '신속 처리 계산대'^{Express Lane} 옵션을 사용해 원클릭의 모방을 시도했지만, 이러한 노력은 아마존이 그해 말에 제기한 특허

침해 소송에 의해 좌절되고 말았다(이 사건은 2002년에 마침내 해결되었다).

베조스가 회사의 고객 중심 정책을 유지하기 위해 선택한 다른 조치들은 가격과 관련되었다. 베조스는 대폭 할인의 효과를 믿는 사람이었다. 가장 큰 주목을 받은 일 중 하나는 2000년 7월 J. K. 롤링J. K. Rowling의 《해리포터와 불의 잔》Harry Potter and the Goblet of Fire이 출간되었을 때 일어났다. 이 소설은 해리포터 시리즈의 네 번째 작품으로, 수백만 명의 독자들은 마치 먹잇감을 두고 치열한 다툼을 벌일 듯이 기다리고 있었다. 바로 그때 아마존은 독자들에게 정가의 40퍼센트라는 거짓말처럼 후한 할인에 더해, 책을 미리 주문한 독자들이 출간된 당일에 책을 받아볼 수 있도록 하는 빠른 배송을 일반 배송과 같은 가격으로 제공했다. 그 1.2킬로그램, 752쪽짜리 책 주문 건들을 소화하기 위해 아마존은 페덱스 홈 딜리버리FedEx Home Delivery와 페덱스 익스프레스FedEx Express의 도움을 받아 최초 25만 건의 주문을 배달했으며, 여기에는 9천 명의 페덱스 배송 인력이 투입되었다. 7월 8일 토요일 오전 12시 1분까지 아마존닷컴으로 총

350,020권의 책 주문이 들어왔고, 베조스는 책이 한 권 팔릴 때마다 손해를 보았다. 아마존이 이익을 내기를 열망하는 사람들에게는 실망스러운 일이었겠지만, 베조스는 그러한 서비스가 책을 받고 감격한 수십만 명의 사람들의 마음속에 아마존이라는 브랜드를 각인시킬 것이며 결국 그것이 회사를 위한 더 큰 홍보 효과를 내리라고 믿었다.

세간의 이목을 끌었던 해리포터 핫딜이 있은 지 몇 달 뒤 아마존 내 '에스팀'S Team, 즉 회사의 혁신과 발전을 이끄는 시니어 리더십 팀과의 회의가 열렸다. 이 자리에서 베조스와 임원들은 아마존의 역동적 성장의 도화선이 된 서비스의 토대를 마련했다. 그것은 바로 아마존 마켓플레이스Amazon Marketplace라 불리게 될 것이었다. 그들이 개발한 개념은 단순했지만, 비즈니스 모델을 크게 바꾸어놓았다. 마켓플레이스는 제3자 판매자들이 직접 그들의 새 제품이나 중고 제품을 별도의 고립된 영역에서가 아니라 아마존 자체 제품군과 나란히 놓고 판매할 수 있도록 했다. 따라서 특정 제품을 검색하는 고객은 제3자 판매자 옵션이 아마존 재고품과 함께 표시되는 것을 볼 수 있고, 누구의 제품을 구매하고 싶은지 선택할 수 있었다. 또 마켓플레이스를 통해 아마존은 모든 제3자 판매자로부터 수수료를 받고, 만약 제3자 판매자에게 해당 제품의 재고가 없으면 고객이 아마존에서 그 물건을 구매할 수 있다는 이점도 얻었다. 다만 고객이 외부 업체 제품을 직접 구매할 수 있다는 사실로 인해 아마존 창고의 재고 정리 압박이 심화될 것이라고 느낀 일부 아마존 임원들에게는 그것이 이점일 수만은 없었을 것이다.

플라이휠 전략을 적용한
아마존 마켓플레이스

그러나 베조스에게 마켓플레이스의 중요한 포인트는 고객들에게 꾸준한 만족감을 주고 끈끈함을 유지하여 그들이 아마존을 온라인 쇼핑의 유일한 통로로 이용하도록 하는 것이었다. 여기에 적용된 그의 중요한 원칙은 영향력 있는 비즈니스 컨설턴트인 짐 콜린스Jim Collins의 책《좋은 기업을 넘어 위대한 기업으로》Good to Great에 쓴 말을 빌려 다듬은 것이었다. '마케팅 플라이휠'marketing flywheel이라 불리는 그것은 베조스의 극단적인 고객 지향적 관점의 근거를 파악하는 핵심이다.

공학에서 플라이휠은 본래 일종의 기계식 배터리로, 무거운 바퀴가 축을 중심으로 회전하며 속도가 점차 빨라짐에 따라 운동 에너지를 저장하는 장치이다. 요점은, 플라이휠을 정지 상태에서 움직이게 하기는 힘들지만, 속도가 빨라질수록 에너지가 더 많이 쌓인다는 것이다.

베조스는 이 원칙을 마켓플레이스와 전자 상거래 세계에 적용하며, 고객 경험의 개선이 웹사이트로 흘러드는 고객 트래픽을 증가시킬 것으로 생각했다. 트래픽이 증가하면 자연스럽게 그 끊임없이 확장되는 고객 데이터베이스를 활용하려는 제3자 판매자들이 점점 더 많이 몰려들게 된다.

제3자 판매자의 증가는 웹사이트의 제품 선택폭을 넓히며, 그 결과로 경쟁이 발생하면 고객에게 더 낮은 가격을 제공할 수 있다. 가격을 낮추면 고객 경험이 향상되고, 그러한 순환이 되풀이되는 것이다.

마켓플레이스가 생긴 초기에는 그것을 부정적으로 보

고, 이것저것 따지고 드는 사람들이 꽤 있었다. 특히 출판
사들은 아마존이라는 강력한 인터페이스를 통해 중고 책
을 온라인으로 판매하게 되면 출판사의 수익과 저자의 저
작권을 침해할까 봐 우려했다. 하지만 아마존의 관점에서
보면, 일부 임원진의 내부적 반발에도 불구하고 그 새로운
서비스는 금방 그 가치를 증명했다.

마켓플레이스는 출시 4개월 만에 매출이 200퍼센트 성
장했으며, 25만 명의 고객이 이 서비스를 통해 최소 한 번
이상 구매했다. 2001년 3월의 한 보도 자료에서 베조스는
다음과 같이 말했다.

아마존 마켓플레이스의 성공은 '고객을 위한 진정한 가치 창출'
이라는 단 하나의 목표에 따라 이루어졌습니다. 중고품, 희귀
품, 수집할 만한 물건에 대한 고객들의 욕구는 언제나 컸고, 우
리는 아마존 마켓플레이스가 그러한 수요를 서로 연결해 고객,
제조업체, 출판사, 예술가 및 업계 전반에 이익을 줄 수 있을 거
라고 이제 막 깨닫기 시작했을 뿐입니다. 우리는 이 모델이 계
속 발전해나갈 것이라 확신하며, 장기적으로 의미 있는 품목 성

장을 주도할 잠재력이 있다고 믿습니다.

마지막 문장을 보면, 그는 전적으로 옳았다. 2016년 기준, 마켓플레이스에서 활동하는 1만여 명의 판매자들이 총 10억 달러 이상의 온라인 매출을 올렸다. 2017년에만 102만 9,528명 이상의 신규 판매자가 가입하고 오늘날에는 그 수가 200만 명을 웃도는 등, 웹사이트에 사람들이 몰리면서 플라이휠 원칙은 제대로 인정되었다.

또 하나 인정해야 할 점은, 베조스가 판매자들의 세계를 아마존 플랫폼 안으로 불러들임으로써 또 다른 이점을 발견했다는 것이다. 즉, 아마존은 제3자 판매자들로부터 데이터 프로필을 구축해 어떤 제품이 특히 잘 팔리고 어느 부문에서 수요가 증가하는지 모니터링할 수 있었다.

이는 아마존의 경쟁자들이 판매 및 마케팅 데이터를 아마존이 마음껏 이용할 수 있도록 내놓은 것과 마찬가지였고, 잘 팔리는 제3자 판매자의 제품군은 종종 그가 마켓플레이스에 가입한 지 수개월 만에 아마존 자체의 재고품 목록에 나타나게 되었다. 베조스에게 중요한 건 오직 고객과 아마존이 만나는 순간, 그뿐이었다.

2000년대 초 아마존의 또 다른 혁신은 닷컴 버블의 붕괴에서 벗어나는 데 필요한 탈출 속도를 높여주었다. 2001년 봄, 베조스는 미국 소매업계의 위대한 성공 사례로 손꼽히는 코스트코Costco의 공동 창립자이자 전 최고경영자인 짐 시네갈Jim Sinegal과 고무적인 만남을 가졌다. 그 자리에서 시네갈은 그 주의 깊은 기업가에게, 코스트코가 고객의 최저가에 대한 기대를 고려하여 가격 모델을 세운 방법, 특히 마케팅에 중점을 둔 일을 설명했다.

베조스는 이 원칙을 에스팀과 공유하여 아마존을 고객이 같은 제품을 다른 곳보다 저렴하게 살 수 있어서 즐겨 찾는 사이트로 만들기로 결심했다(아마존 가격 알고리즘은 경쟁사들이 제공하는 가격을 추적하여 그것에 맞게 일치시키거나 깎는 방식으로 변경되었다). 그 결과 2001년 7월에는 도서, 음악, 비디오 품목에서만 가격이 20~30퍼센트 하락했다.

가격 인하는 수익을 달성하고자 했던 일부 아마존 임원들을 불안하게 만드는 일이었다. 그러나 아마존이 2001년

4분기에 비록 아주 작지만(주당 1센트) 처음으로 이익을 내기 시작하면서, 고객 경험의 개선은 점진적으로 증거를 보이기 시작했다. 이는 아마존에 대한 일부 비관론자들의 예언이 틀릴 것이라는 분명한 신호였다. 게다가 1994년에야 뿌리를 내렸던 아마존은 이제 세계 최대의 온라인 소매업체 중 하나였다.

베조스는 확고한 고객 중심과 혁신, 발전, 확장에 대한 끊임없는 열망을 통해 그 회사를 그 자리까지 이끌어왔다. 투자와 인수에 실패한 적도 많았지만, 그는 다시 일어서는 도중에 귀중한 무언가를 얻곤 했다. 예를 들어, 알렉산드리아 프로젝트 아이디어는 전자책과 아마존 킨들Kindle의 개발에 영향을 미치게 되었다.

정글리 사업을 통해 베조스는 박사 과정을 밟고 있는 두 명의 젊고 야심 찬 학생들과 우연히 만나게 되었는데, 그들은 바로 1998년 새로운 웹 검색 서비스인 구글Google을 출시한 래리 페이지Larry Page와 세르게이 브린Sergey Brin이었다. 베조스는 이 스타트업에 감명받아 주당 4센트일 때 25만 달러를 투자했다.

그의 투자가 어떻게 진화되었는지는 불분명하지만, 2004년 구글의 기업 공개 당시 그가 보유한 주식은 330만 주로 보고되었다. 흥미롭게도, 2009년 언론 보도는 구글 주식이 19억 달러의 가치를 갖게 된 시점에 베조스는 더는 그것을 보유하고 있지 않았다고 말했다.

어쨌든 구글의 부상은 새로운 밀레니엄으로 더 깊이 접어드는 시점에서 아마존이 결코 안일한 자세를 취하고 있을 수는 없다는 것을 알려주었다.

PART 4

모험에 가까운
베조스식
성장 모델

2000년대 초, 아마존은 성장과 혁신의 아이콘이었다. 하지만 앞으로 이룰 업적이 더 많이 남았다. 아마존은 닷컴 위기에서 확실히 살아남았지만, 단순한 생존과 정체에 만족하지 않는 베조스는 지속적이고 기하급수적인 성장에 꾸준히 집중했다. 그러나 성장과 더불어 기회비용도 발생했다. 베조스와 아마존의 주요 도전 과제는 확장에 보조를 맞출 수 있는 효율성을 확보하는 것이었다.

아마존은 성장과 혁신의 아이콘이 되었다

—— JEFF BEZOS ——

효율성을 높인 내부 개혁

여러 면에서 베조스가 만든 회사는 2000년대 초에 무질서하고 혼란스러운 모습이었다. 회사의 공정이나 제품군은 여러 불완전한 임시방편과 국지적인 적응을 통해 단편적으로 발전해왔을 뿐이었다. 아마존이 계속 성장하려면 근본적인 결점을 알아내고 관리하여 결국 없애는 과정이 필요했다.

제프 윌크Jeff Wilke는 프린스턴 출신으로, 1989년 화학 공학으로 공학사 학위(최우등 졸업)를 취득한 뒤 폴리머, 화학, 전자 산업 분야에서 수년간 여러 까다로운 운영 및 관리 직책을 수행하여 중역까지 오른 인물이다. 1999년 윌크는 얼라이드시그널AlliedSignal의 부사장 겸 총괄 관리자였으나 아마존의 인사 담당자 스캇 피타스키Scott Pitasky는 그에게 접근하여 설득한 끝에 아마존으로 데려오는 데 성공했다.

윌크의 새로운 임무는 당시 경직된 아마존의 물류와 유통 인프라의 변화를 감독하는 것이었다. 그는 베조스와 아주 비슷한 부류였다. 타고난 혁신가인 그는 그 일을 처리할 새로운 팀원들을 고용했다. 이때 그는 베조스와 마찬가지로, 전부 물류 전문가만 모집하는 흔한 길을 택하지 않고 과학자, 수학자, 코딩 전문가 등도 함께 영입했다. 윌크와 그의 팀은 힘을 합쳐 물류 체계를 완전히 뜯어고치기 시작했다.

회사의 새로운 슬로건은 '우리 주변의 일부터 정리하자'였고, 공정 및 관리의 효율성을 개선하는 데 초점이 맞춰졌다. 한번은 윌크가 맥도너에서 고군분투하던 주문 처리 센터fulfilment center 한 곳을 폐쇄하여 450명의 직원이 실직했다. 그는 그곳에서 일할 좋은 리더나 충분한 인력을 찾기가 힘들었다고 스톤에게 설명했다. 동시에, 회사 임원진을 간소화하여 군살 없고 진정으로 혁신적인 회사를 만들기 위해 노력했다.

성과가 낮거나 헌신이 부족하다고 여겨지는 사람들, 즉 24시간 일할 수 있는 능력을 보여주지 못하는 사람들, 흥미로운 기술력이 없는 일반 프로젝트 관리자들은 직위를 잃을 가능성이 가장 컸다.

베조스는 효율성을 높이기 위한 여정의 하나로 주문 처리 센터들을 몸소 방문해 그의 회사의 토대를 이루는 공장의 모든 구석구석, 기계, 공정과 아이디어를 직접 조사했다. 그의 관심을 끌거나 호기심을 자극하는 모든 것, 모든 사람은 혹독한 질문 공세를 받게 되고, 뒤이어 공정이나 인력에 대한 개선이 이루어질 터였다.

윌크와 베조스의 협업은 순조로웠고, 꾸준한 개혁적 노력은 열매를 맺기 시작했다. 이들이 해결한 문제 중 하나는 주문 처리 과정의 정지 시간을 줄이는 것이었다. 특히 성가신 문제는 '묶음'batches 처리 방식이었다. 주문 처리 센터에 들어온 주문은 '피커'pickers들에게 분배되었고, 그들은 동시다발적으로 창고를 돌며 물건을 찾아 선택했다. 선택된 물건들은 '토트'totes라고 부르는 카트에 놓이며, 토트는 컨베이어 벨트를 통해 분류기로 이동하여 주문에 따라 분류된 다음 포장 및 배송되었다.

문제는, 묶음 처리 과정에서는 모든 사람이 자기가 맡은 주문품 수집을 끝내야만 분류 과정이 시작될 수 있다는 점이었다. 즉, 가장 느린 사람이 작업을 끝낼 때까지 기다리는 동안 긴 정지 시간이 발생하는 '가다 서다' 방식이 문제였다.

베조스, 윌크와 그의 팀은 주문 처리 과정을 관장하는 알고리즘을 처음부터 다시 설계하고, 내부적으로 코드를 작성해 아마존이 타사 소프트웨어 시스템에 의존하지 않도록 함으로써 문제를 해결했다. 외부 공급 업체들로부터 독립하려는 이런 노력은 베조스식 경영 방침의 또 다른 특징이다. 타사와의 통합이 도움이 될 수도 있지만, 일반적으로 베조스는 제한적인 의존성의 기미가 조금이라도 보이는 것을 싫어한다. 이처럼 계획대로 행동하고 스스로 문제를 해결할 자유가 있었기에 아마존은 기존의, 또 이후에 등장하는 경쟁사들에 비해 더욱 빠른 혁신을 달성할 수 있었다. 몇 년 뒤, 주주들에게 보낸 2012년 서한에서 베조스는 오늘날까지도 경쟁에서 앞서고자 하는 아마존의 끊임없는 열망을 부추기는 지적 동력을 설명했다.

고객 주도에 초점을 맞출 때 얻을 수 있는 한 가지 장점(어쩌면 다소 미묘한)은 일종의 선제적 행동을 할 수 있도록 해준다는 것입니다. 정상에 있을 때도 우리는 외부의 압력을 기다리지 않습니다. 우리는 별수 없이 그래야만 하는 상황이 생기기도 전에 내적인 동기에 이끌려 서비스를 개선하고, 이점과 기능을 추가하지요. 우리는 미리 앞서서 가격을 낮추고 고객을 위한 가치를 높이며, 새로운 것을 발명합니다. 이러한 투자는 경쟁에 대한 반응보다는 고객 중심 관점 덕분에 가능한 것입니다. 우리는 이러한 접근 방식을 통해 고객의 더 큰 신뢰와 고객 경험의 신속한 개선(이미 우리가 주도하고 있는 분야에서도)을 이룰 수 있다고 생각합니다.

직원들을 힘들게 한다는
세간의 비난

마켓 리더market leader 자리는 고정된 트로피 같은 것이 아니다. 베조스에게 선두에 선다는 것은 자기만족을 부르는 일이 아니라 고객 집중을 더욱 가속하는 더 많은 혁신과 발명을 향한 초대장과 같다.

더 군살 없고 효율적인 아마존을 만들기 위해 시행된 조치들에 아무런 논란이 없었던 것은 아니다. 아마존이 문을 연 지 약 16년이 지났을 때, 이미 아마존과 베조스는 아무리 소액이라도 불필요한 지출이 아닌지 감시하며 직원과 공정을 아주 강하게 몰아붙인다는 평판을 얻었다.

가령, 아마존의 고위 임원들은 비행 시 비즈니스 클래스를 탈 수 없을 때가 많았는데, 이는 대부분의 다른 대기업 임원들에게 주어지는 일반적인 특전과는 대조적이었다(베조스 자신은 미국 곳곳에서 열리는 많은 회의에 참석하기 위해 전용 제트기를 이용하지만, 동승자들에게 그 비용은 회삿돈이 아니라 개인 돈으로 치르고 있음을 알렸다).

아마존의 모든 관리자는 열성을 다해 일에 전념하라는 요구를 받았고, 저녁과 주말까지 일하는 많은 직원에게 '일과 삶의 균형'work-life balance은 황홀한 꿈에 불과했다.

고위 임원들과 별개로, 창고에서 일하는 일부 계절 노동자들 사이에도 불안감이 있었다. 주문 처리 센터의 효율성 최적화를 위해 피커와 기타 육체 노동자들의 작업 시간과 성과는 꼼꼼히 추적되었다. 직원의 위반 사항을 기록하기 위해 벌점 제도가 개발되었고, 이는 오늘날에도 여전히 이용된다.

직원들은 지각, 너무 잦은 병가나 무단결근과 같은 위반을 저지를 때마다 벌점을 받게 된다. 90일 이내에 6점에 도달하는 직원은 정상에 참작할 만한 사유가 없는 한 해고될 수 있다.

언론 보도에 따르면 그러한 심한 감시가 직원들의 사기를 꺾어놓았으며, 일부 지역에서는 열악한 근무 환경(여름에 센터 안이 너무 더워서 기절한 직원, 한겨울에 엄청 두꺼운 옷을 입고 일하는 직원에 관한 일화들이 돌았다) 때문에 상황이 더 암울하다고 했다.

베조스의 직원들과의 관계는 확실히 그의 경영 방식에서 한층 더 공개적으로 면밀하게 조사된 측면 중 하나다. 고객 경험에 대한 그의 절대적 헌신을 보면, 많은 언론의 비난은 하지 말아야 할 일을 한 것이라기보다는 할 일을 하지 않은 것으로 보인다. 베조스는 단지 고객의 이익을 목표로 시스템의 최적화를 추구(그 추구가 어디로 향하는지는 상관없이)해왔을 뿐이니까.

그러나 반발은 피할 수 없었다. 아마존 내부(비록 모두는 아니더라도)의 불만이 미국 주요 노조들에 의한 아마존 노동자들의 산발적인 노조 결성 운동, 근무 조건과 임금을 비롯한 불만 목록의 공개 등으로 이어졌다.

2000년, 미국 통신노동조합CWA과 식품상업노동조합UFCW은 최초로 아마존 노동자들을 연합시키기 위해 노력했지만 실패했으며, 2001년 워싱턴 기술노동조합WATW은 850명의 노동자가 시애틀에서 노조를 결성하려 했다는 이유로 해고의 표적이 되었다고 주장했지만, 아마존은 두 사건 사이의 연관성을 완강히 부인했다.

2010년대에는 2014년 델라웨어 건, 2016년 버지니아주 체스터 건 등, 산업 분쟁이 더 있었는데 그중에서도 가장 크고 쓰라렸던 것 중 하나는 2020년 앨라배마주 베서머의 주문 처리 센터에서 일어났다. 여기서 소매·도매·백화점 노동조합^{RWDSU}은 미국 노동관계위원회^{NLRB}에 아마존 주문 처리 센터 노동자들의 대규모 노조 결성을 신청했다. 이는 격렬하고 장기적인 법정 공방으로 이어졌고, 아마존은 고압적인 반노조 전술로 거듭 비난을 받았다.

베조스와 그의 회사는 여러 정치적 개입으로 인해 큰 압박을 받았다. 몇몇 미국 하원 의원 및 상원 의원들이 그 노조 운동의 전반적인 취지를 지지한 데다 새로 당선된 조 바이든^{Joe Biden} 대통령도 그 사건이 2021년까지 이어지자 노조 편을 들었다.

결국, 2021년 3월 29일에 시행된 직원 투표에서 노조 결성에 반대하는 표가 압도적으로 많았다. 이후 노동관계위원회 보고서는 "회사 측의 위법 행위가–투표하지 않은–2천 명의 유권자 중 일부에게 영향을 미쳤을 가능성"을 언급하며 "자유롭고 공정한 선거는 불가능했다"라는 결론을 내렸으므로, 투표가 논란을 완전히 가라앉히지는 못했다.

비록 베서머 분쟁은 베조스 개인이 아닌 아마존과 아마존 노동자들 간의 문제였지만, 아마존의 리더로서 베조스는 자연히 언론 일각으로부터 노동자들의 권리와 조건보다 이익을 훨씬 더 우선시한다는 혹독한 비난을 받았다. 하지만 베조스는 주주들에게 보낸 또 다른 서한에서, 그 논의에 대한 성찰적인 인식을 보여주었다.

직원들과의 관계는 전혀 다른 경우입니다. 우리는 그들이 따라야 하는 절차와 그들이 충족시켜야 하는 기준을 정해두었습니다. 우리는 그들에게 훈련이나 다양한 자격증을 요구합니다. 직원들은 약속된 시간에 출근해야 합니다. 우리는 직원들과 다양하고 세분화한 상호 작용을 합니다. 그것은 단지 급여와 혜택에 관한 것만이 아닙니다. 관계의 다른 모든 세부적 측면들에 관한 것이기도 하지요.
여러분의 의장이 최근 베서머에서 있었던 노조 투표 결과에서 위안을 얻었을까요? 아뇨, 그렇지 않습니다. 저는 우리가 직원들에게 더 잘해야 한다고 생각합니다. 투표 결과는 압도적이고 직원들과 우리의 관계는 끈끈하지만, 직원들을 위한 가치 창출

방안에 대한 더 나은 비전, 즉 직원들의 성공에 대한 비전이 필요하다는 것은 분명합니다.

몇몇 뉴스 기사들을 보시다 보면, 우리가 직원들을 배려하지 않는다고 생각하실 수도 있습니다. 그 기사들은 우리가 직원들을 절망으로 내몰고 로봇처럼 취급한다고 비난합니다. 그것은 틀린 말입니다. 그들은 교양 있고 사려 깊은 사람들이라 어디서 일할지 선택을 할 수 있습니다. 주문 처리 센터 직원들을 대상으로 조사한 결과, 94퍼센트가 아마존을 친구에게 추천할 만한 직장이라고 답했습니다.

이 글의 어조를 보면, 베조스가 많은 비난에 시달렸으며 아마존이 몰인정한 고용주라는 말을 잠재우고 싶어 했음이 분명하다. 또 다른 글을 통해 아마존은 근무 조건을 무시하지 않았다는 것을 보여주기 위해 낮은 산업 재해율과 같은 수치들을 제시했다. 그러나 또한 분명한 점은, 베조스의 성장 모델이 미국 전역은 물론이고 해외에서도-주로 일자리가 많이 필요한 곳에서-수만 개의 일자리를 창출하고 있다는 것이다.

'아마존 프라임'이라는
신박한 아이디어

  기술 거품 붕괴의 여파가 가라앉기 시작했을 때에도 베조스는 새로운 혁신과 확장의 물결을 일으키며 아마존이 다시 한 번 상승 기류를 타도록 했다. 아마존이 성장함에 따라 구매 및 협상에서 더 큰 목소리를 낼 수 있게 되었고, 이는 회사의 매매 계정을 크게 변화시킬 비용 절감과 이익의 선순환을 일으켰다.

  예를 들어, 2002년 아마존은 최대 배송 업체 UPS^{United Parcel Service}와 배송료 재협상을 하기로 했다. 당시 UPS의 위치는 미국에서 독보적이어서 아마존이 정해진 가격을 유지하는 것 외에 별다른 선택권이 없다고 생각하고 아마존 측의 배송료 할인 요청을 거부했다. 아마존은 그 즉시, UPS가 요금을 할인해주지 않으면 수백만 개의 소포를 페덱스^{FedEx}에 맡기겠다고 위협했다. 당시에는 페덱스가 UPS처럼 그 정도 규모의 배송을 처리할 수 있으리라고 확신할 수 없었다. UPS와 아마존은 서로의 반응을 지켜보며 기다렸지만, 결국 UPS 경영진은 아마존이 끝까지 그 위협을 관철할 것임을 깨달았다. 그래서 결국 아마존은 우대 배송료를 적용받았다.

2004년, 아마존은 저가 정책으로 수익성 있는 부문에서 큰 몫을 얻기를 바라며 웹사이트를 통한 보석 판매를 시작했다. 이 시도는 명백한 성공은 아니었다. 비록 수익도 생기고 수천 개의 소규모 보석 제조업체에 그들의 상품을 진열할 전시장 역할을 했지만, 약혼반지처럼 개인적 가치가 크고 값비싼 물건들의 경우, 고객들은 여전히 실제 상점에 들어가 착용해보는 경험을 중시하는 듯했다. 그리고 그런 매력과 위엄은 온라인 상점은 제공할 수 없었다.

그러나 아마존이 보석을 판매하기 시작한 바로 그 해에 아마존 역사상 가장 성공적인 혁신 중 하나가 탄생했으니, 그것은 바로 아마존 프라임^{Amazon Prime}이었다. 프라임에 관한 아이디어는 고위 임원들이 낸 것이 아니었다.

사실, 베조스는 현대판 직원 건의함인 아이디어 툴^{Idea Tool} 프로그램을 가동했다. 물론 베조스는 자기만의 확고한 생각을 가졌지만, 때로는 지배적인 여론을 빠르게 수용하는 등, 다른 사람들의 좋은 아이디어에 흥분하기도 한다. 그 중 하나는 2004년 찰리 워드Charlie Ward라는 엔지니어의 아이디어였다. 정해진 품목에 대해 25파운드 이상 주문한 고객에게 무료 배송을 제공하는 아마존의 슈퍼 세이버Super Saver 배송과는 대조적으로, 워드는 고객이 매달 정해진 요금을 내면 거의 모든 주문 건에 상시 빠른 배송을 제공하는 모델을 제안했다. 고객 지향적 아이디어라면 언제든 열광했던 베조스는 즉시 관심을 보였고, 그 제안은 에스팀의 수용을 거쳐 결국 승인되었다.

이의가 없었던 것은 아니다. 그 새로운 서비스가 수익을 내기보다는 비용을 축낼 것이라는 사람도 많았다. 그러나 베조스는 이미 그 아이디어에 푹 빠져버렸다.

그 새로운 서비스는 아마존 프라임이라는 이름을 갖게 되었다. 이 서비스의 연간 구독료는 79달러였는데, 이는 프리미엄, 전용 회원권이라는 인상을 주기에 충분하면서도 사람들이 지나친 부담을 느끼지는 않을 만한 금액이었다. 후에 베조스는, 처음에는 프라임 때문에 비용이 엄청나게 많이 들었다고 시인하며 프라임을 뷔페에 비유했다.

처음에 오는 손님들은 접시를 가득 채우지만, 뒤로 갈수록 일반적인 식욕을 가진 사람들이 오며, 그런 사람들이 대다수가 되면 뷔페는 돈을 벌기 시작한다는 것이었다.

프라임은 실제로 그렇게 되었다. 일단 자리를 잡고 나자 2011년경부터는 크게 성공했다. 2022년 1월경, 아마존은 전 세계 24개국에 2억 명이 넘는 유료 프라임 회원을 보유했다. 분석가들에 따르면, 미국에서 이 서비스에 가입한 유료 회원은 2013년까지는 2,500만 명이었지만 2017년에는 9,990만 명, 2020년에는 1억 4,250만 명이었다. 프라임 구독료만으로 2020년까지 연간 252억 1천만 달러의 수익을 올렸다. 게다가 회원들이 자동으로 아마존 프라임 비디오Amazon Prime Video에 접속할 수 있게 되면서, 프라임은 아마존의 영화와 TV 제국의 수익을 창출하는 수단이 되었다.

아마존 프라임이 2000년대 중반에 출시된 아마존 서비스 중에서 특히 세간의 이목을 끌긴 했지만, 이 시기에는 다른 혁신들도 많이 일어났다. 가령, 2006년에 아마존은 제3자 판매자가 아마존 FC에 상품을 보관해두었다가 아마존의 주문 처리 과정을 통해 바로 배송할 수 있도록 하는 FBA(아마존 주문 처리 서비스)를 시작했다. 이는 제3자 판매자들이 창고에 제품을 한가득 쌓아두어야 하는 부담과 비용을 덜어줌으로써 아마존에 더 큰 매력을 느끼도록 만들었다.

이렇게 2000년대 초에 아마존은 비용이나 고려 사항들은 둘째 치고, 베조스의 혁신과 재창조에 대한 추진력을 계속 보여주며 탄력을 되찾았다. 하지만 동시에 아마존과 그곳의 이단적인 리더 모두에게 먹구름이 드리웠다.

2000년대에 제프 베조스가 경험하거나 불러일으킬 사업적 난기류는, 2003년 3월 6일에 그에게 일어난 사건을 연상시킨다. 그날 오전 10시, 베조스는 서부 텍사스의 커시드럴 산기슭에서 헬리콥터를 타고 이륙했다. '치터'Cheater라 불리는 거친 성격의 조종사가 베조스와 다른 두 명의 승객(베조스의 변호사 엘리자베스 코렐과 카우보이 가이드 타이 홀랜드)을 태우고 텍사스의 사막 위를 구경시켜주던 중이었다. 비행 경험이 풍부한 치터는 커시드럴 산에 잠시 내린 동안 상승 기류, 희박한 공기, 그리고 헬기 크기에 비해 무거운 승객 중량 등을 걱정하며 빨리 이륙해야 한다고 말했다. 하지만 헬기가 공중으로 날아오르자마자 소용돌이치는 뜨거운 바람이 헬기를 마치 장난감처럼 이리저리 휘둘렀다. 그들은 분명 추락하고 있었다.

헬기가 땅에 힘껏 부딪히며 한쪽 스키드는 땅에 박히고, 헬기는 옆으로 뒤집혔으며, 회전하던 날개들은 박살이 났다. 뒤집히는 순간 승객들은 객실 안에서 나뒹굴었고, 헬기는 결국 얕은 개울에 일부가 잠긴 상태로 멈춰 섰다. 위기의 순간이었다. 베조스 밑에 깔린 코렐은 물속에 갇혔다. 그들은 그녀의 손이 필사적으로 신호를 보내는 것을 발견했고, 베조스는 재빨리 움직여 다른 사람들과 함께 그녀의 벨트를 풀고 물 밖으로 빼냈다. 코렐은 척추가 골절되었다. 놀랍게도, 다른 사람들은 추락 현장에서 탈출할 당시 가벼운 상처와 일부 심한 타박상만 입은 상태였다.

얻는 것보다 지키기가 더 어려운 최고의 자리

1998년, 스탠퍼드 대학생 래리 페이지와 세르게이 브린은 구글을 설립했다. 2000년대에는 인터넷 검색에 대한 그들의 새로운 접근법이 세계 기술 업계의 가장 뜨거운 화제가 되었다. 수백만 달러의 자금과 2000년 10월에 시작된 구글 애드워즈^{AdWords} 서비스로 인한 가파른 수익 증대로 회사는 분명 성장하고 있었다.

2001년 8월에는 소프트웨어 회사 노벨^{Novell}의 전 최고경영자이자 선마이크로시스템스^{Sun Microsystems}의 부사장이던 에릭 슈미트^{Eric Schmidt}가 구글 회장에 올랐다. 2004년 4월에 출시된 지메일^{Gmail}은 점점 더 강력해지는 웹 기반 생산성 소프트웨어 제품군 가운데 첫 번째 앱이었으며, 그해 8월에 열린 구글의 기업 공개에서 회사의 가치는 230억 달러에 달했다.

베조스는 구글의 부상을 금세 눈치챘다. 구글은 이제 제품을 포함한 모든 것을 검색할 수 있는 새롭고 강력한 포털을 고객들에게 제공했다. 게다가 이 신생 회사는 베조스의 더욱 절제된 방식 때문에 아마존에서는 허락되지 않은 온갖 특혜를 직원들에게 제공했다. 구글의 근무 환경은 재미있고 협조적이어서, 곧 과로에 지친 아마존 임원진(그중 일부는 아주 고위급) 중 걱정스러울 정도로 많은 수가 구글에 유인되었다. 이러한 직원들의 이동과 혜성 같은 구글의 존재감이 또 한 번 아마존의 주가를 끌어내리기 시작하자, 일부 분석가들은 아마존의 사업 모델과 베조스식 리더십의 본질에 의문을 제기하고 나섰다.

　그러나 베조스에게 구글의 부상은 그가 전부터 알고 있었고 실천해왔던 것, 즉 강박적이고 끊임없는 혁신만이 기술 업계에서 살아남고 번창하는 확실한 방법이라는 것을 단지 확인시켜주는 것처럼 보였다. 그는 아마존을 인터넷 검색계의 경쟁자로 만들기 위한 몇 가지 실험에 착수했지만, 판세를 바꿔놓을 정도로 큰 호응을 얻은 것은 없었다. 아마존에 필요한 것은 확장 가능한 거대한 잠재력을 가진 새로운 틈새시장을 찾는 것이었다. 주목할 점은, 베조스가 단순히 대규모 온라인 소매업체가 되려는 욕심을 갖고 일하는 것처럼 보인 적은 한 번도 없다는 것이다. 아마존은 그 이상의 것이 되어야 했고, 곧 그렇게 될 터였다.

　하지만 원치 않는 혼란이 발생했다. 2004년에서 2005년 사이에 갑작스럽게 토이저러스로부터 소송을 당했다. 토이저러스 측은 아마존이 아마존 웹사이트에서의 장난감 판매 독점권을 주기로 한 계약을 위반했다고 주장했다. 다시 말해, 아무리 토이저러스에 없는 장난감이라도 토이저러스 외에 다른 회사의 장난감을 아마존 스토어에서 판매하는 것은 계약 위반이라는 것이다. 이 다툼은 2005년 9월 뉴저지 고등법원에서 끝이 났으며, 베조스는 이틀간 증인석에 앉아 매우 면밀한 심문을 받아야 했다. 결국, 아마존은 사건 해결을 위해 5,100만 달러를 내야 했다.

여러 가지 이유로, 2000년대의 첫 5년은 아마존에 그다지 좋지 않은 시기였다. 베조스는 구글의 부상에 맞서, 소매업 중심에서 벗어나 아마존을 디지털 서비스 회사로 확장할 기회를 계속 엿보았다. 빈틈없고 조급한 보스와 그가 그 일을 처리하기 위해 고용한 사람들(이들 중 일부는 베조스만큼이나 직원들에게 위압적이었다)로부터 시작된 압박은 회사 전체로 퍼져나갔다. 회사 내부의 살벌한 분위기에 불만을 품고 떠나는 사람들도 더 많아졌다.

그중에는 아마존에서 가장 선참이자 경험이 많은 인물들도 있었다. 1997년부터 2006년까지 회사 전무였던 제프 홀든Jeff Holden, 그리고 2002년 알고리즘 최고 책임자로 합류해 전무 자리까지 올랐다가 후에 아마존의 웹 검색 자회사 A9(곧 다시 언급하게 될)의 최고경영자가 된 우디 맨버^{Udi} ^{Manber}는 특히 큰 손실이었다. 맨버는 2006년 구글의 엔지니어링 상무가 되어 베조스의 안 그래도 아픈 상처에 소금을 뿌렸다.

2003년, 아마존은 자체 웹 검색 자회사인 A9을 설립하고 2004년 4월 14일에 처음 시연한 데 이어 그해 9월에 출시했다. A9은 구글이 제공하는 웹 및 이미지 검색, 아마존닷컴의 도서 내용 검색 서비스인 '서치 인사이드 더 북'^{Search} ^{Inside The Book}, IMDb의 영화 정보, 구루넷닷컴^{GuruNet.com}의 백과사전 및 기타 사전 검색 등을 비롯한 주목할 만한 기능들을 갖췄다. 베조스는 자신 있게 A9의 가치를 설명했다.

A9닷컴은 사람들이 다양하고 포괄적인 출처들로부터 정보를 찾아 효율적이고 쉽게 관리할 수 있는 엄청난 힘을 갖게 해줄 것입니다. 검색 분야는 매우 빠르게 발전하고 있으므로, 우리는 사용자들에게 좋은 경험을 제공할 혁신적인 기술들을 구축하기 위해 계속 노력해야 합니다.

하지만 시간이 지나도 A9은 "사악해지지 말자"^{Don't be evil}라는 슬로건에 따라 역시 혁신을 멈추지 않는 것으로 알려진 회사, 구글에 강력한 도전자가 되지는 못했다. A9은 다양한 종류의 기능을 시도했지만 2019년에 A9닷컴 웹사이트는 결국 폐쇄되었다.

하지만 그때쯤 아마존은 전혀 다른 디지털 수익원을 창출해 2021년까지 620억 달러라는 엄청난 수익을 올리는 동시에 세계 인터넷 운영의 중심이 되었는데, 이것은 바로 AWS^{Amazon Web Service}였다.

AWS(아마존 웹 서비스)로
일으킨 혁명

AWS는 갈등과 협의에서 탄생했다. 2000년경에 심각하게 대두된 그 갈등은 아마존 내부의 데이터 관리 시스템을 합리화하는 것이었는데, 이는 회사의 무서운 성장으로 인해 지나치게 복잡하고 내부적 긴장을 일으키는 문제가 되었다. 그 시스템 간소화는 엔지니어들이 인프라 유지 보수

보다는 수익 지향적, 고객 집중적 업무에 더 많은 시간을 할애할 수 있도록 고립된 시스템이 아닌 '공유 IT 플랫폼'을 구축하는 데 초점을 맞추었다.

결국, 성공을 거둔 그 업무 개혁 노력은 2002년에 있었던 베조스와 컴퓨터 도서 출판 사업가 팀 오라일리^{Tim O'Reilly}의 만남과 같은 시기에 이루어졌다. 브래드 스톤의 연구(오라일리의 글을 기반으로 한)에 따르면 오라일리는 베조스와 만난 자리에서, 제3자 판매자들에 대한 아마존의 강력한 시장 잠재력과 계속해서 커지는 데이터베이스를 고려할 때, 아마존은 '제3자 판매자가 가격, 제품, 판매 순위에 관한 데이터를 쉽게 수집하도록 하는' API^{Application Programming Interfaces}라는 도구를 개발해야 한다고 제안했다. 베조스에게 그것은 제3자 판매자들이 그들의 제품과 서비스를 아마존 디지털 인프라 내에 두거나 아예 아마존 스토어에서 서비스를 운용할 가능성을 높일 기회였다. 그는 팀원들에게 그 아이디어를 알리고 어떻게 될지 지켜보았다.

API는 레스토랑의 웨이터에 곧잘 비유되곤 했다. 손님(인터넷 사용자)은 테이블에서 주방(사용자에게 필요한 정보가 있는 컴퓨터 서버/웹사이트)으로 주문을 전달해야 한다. 웨이터는 본질상 API로, 주방으로 정보를 보내고 손님이 주문한 것을 정확히 받을 수 있도록 하는 역할을 한다. API는 이제 우리의 일상적인 웹 경험에 스며 있다. 은행 결제, 가격 비교, 온라인 주문, 항공권 예약 등을 쉽게 해주고, 전화기를 인터넷에 연결해주며, 지도, 미디어 및 뉴스를 볼 수 있게 해준다. 또 API는 클라우드의 디렉터리에 파일을 저장할 수 있게 해주며, 소셜 미디어 플러그인 및 기타 동적 콘텐츠의 역할을 한다.

사실, 오늘날 우리가 인터넷에서 하는 일 중에 API 없이 가능한 것은 거의 없다. 하지만 2002년에 API는 아직 초기 단계에 불과했다. 최초의 웹 API는 2000년 2월 7일 세일즈포스닷컴Salesforce.com에 소개되었으며, 그로부터 약 9개월 후 이베이는 자체 API를 출시했다. 그러나 여전히 탐구해야 할 영역은 많았다. 2003년경, 아마존은 문서화가 잘 된 자체 API 시리즈를 구축했다.

아마존은 이미 1990년대 말부터 지샵zShops 플랫폼을 통해 제3자 판매자들에게 웹 공간 서비스를 제공해 아마존 웹사이트에 그들의 웹 스토어를 구축하도록 해준 경험이 있었다. 하지만 역사적인 순간은 2003년 베조스의 집에서 열린 고위 임원진의 수련회 때 찾아왔다. 이 자리에서는 타 사업체들이 자체 시스템을 설치해 유지하고 관리하는 데 노력과 비용을 들이는 대신, 아마존의 온라인 저장소와 컴퓨팅 능력 및 데이터베이스 서비스를 이용할 수 있도록 아마존 디지털 인프라의 규모와 성능을 더 넓은 세상에 제공하는 일이 논의되었다. AWS를 주도적으로 추진한 인물이자 후에 그 책임자가 된 앤디 재시Andy Jassy(그는 2021년에 베조스의 후임으로 아마존의 최고경영자가 되었다)는 나중에 다음과 같이 말했다.

(서비스의) 좋은 선택지가 있어서 기업들이 그 인프라 서비스를 기반으로 직접 애플리케이션을 만들어낼 것으로 생각한다면, 우리도 그럴 것으로 생각했는데, 그 운영 체계는 인터넷이 될 것입니다. 이는 지난 30년 동안과는 전혀 달라진 것이지요.

아마존 웹 서비스는 사실 2003년 회의 이전에 탄생했다.

2002년 7월, 아마존은 개발자들이 자체 웹사이트 내에 아마존 통합 목록 검색 및 결제 시스템을 통합하는 등, 자체 애플리케이션을 구축할 수 있도록 하는 새로운 API들을 출시했다. 하지만 2003년에 명확한 비전이 세워진 뒤 AWS는 놀라울 정도로 성장하기 시작했다. 그 후의 상세한 AWS의 역사를 전부 이야기하려면 이 책 한 권으로도 부족하지만, 2006년 3월에 출시된 아마존 S3 클라우드 스토리지(이때까지 15만 명 이상의 개발자가 AWS 사용 계약을 맺었다)와 8월에 출시된 가상 컴퓨터 임대 서비스인 아마존 EC2 ^Amazon Elastic Compute Cloud 를 비롯해 일련의 강력한 서비스들이 구현되었다.

그 밖에 아마존 미케니컬 터크, 아마존 심플DB, 아마존 클라우드 워치, 아마존 EBS, AWS 엘라스틱 빈스토크, 아마존 RDS, 아마존 다이나모DB, 아마존 심플 워크플로우, 아마존 클라우드프론트와 같은 서비스들은 기술 업계 종사자가 아니면 이해하기 힘든 이름들을 가지고 있었다.

그러나 전체적으로 AWS는 경외심을 불러일으킬 정도의 결과를 가져왔다. 2019년경, AWS는 아마존 전체 매출의 12퍼센트를 차지했으며, 연간 39퍼센트의 성장률을 기록했다. AWS의 클라이언트로는 미국 국토안보부[DHS], 중앙정보국[CIA], 국방부[DoD], 항공우주국[NASA], 넷플릭스[Netflix], 또 수만 개의 크고 작은 기업들과 비영리 기관은 물론이고 수많은 국제 정부 기관 및 첩보 기관들이 있다. 현재 우리가 알고 있는 인터넷 대부분은 AWS가 없었다면 불가능했을 것이다.

이미 강력해진 아마존 제국에 막강해진 AWS까지 가세하자 곳곳에서 논란이 일었다. 아마존, 애플, 알파벳(구글)과 마이크로소프트와 같은 거대 기술 기업들이 사실상 시장을 독점하며 과도한 영향력을 행사하는 게 아니냐는 정치적 의문이 주기적으로 제기되었다. 또 일부 비평가들은 특정 AWS 클라이언트들의 윤리성에 의문을 제기했다. 아마존이 국방부와 합동 방어 인프라 사업, 제다이[JEDI](10년간 100억 달러 이상이 투입될 것으로 알려진 클라우드 컴퓨팅 프로젝트)에 관여한 것이 그 좋은 예이다. 처음에는 아마존, 구글, IBM, 마이크로소프트, 오라클을 비롯한 여러 대기업이 그 계약에 관심을 보였다. 구글과 IBM은 결국 경쟁에서 빠졌으며, 2013년 8월에는 오라클이 세 가지 주요 사항을 언급하며 항의서를 제출했다. 그중 두 가지는 국방부의 인수 자체와 관련된 것이었고(수주 구조와 향후 서비스 조달), 세 번째는 국방부와 AWS 간의 이해 상충 의혹과 관련된 것이었다(이러한 주장은 후에 여러 법원과 미국 회계감사원에 의해 기각되었다). 낙찰 업체가 발표되기 몇 주 전인 2019년 8월, 도널드 트럼프Donald Trump 대통령의 재검토 지시에 따라 입찰 절차는 보류되었다.

트럼프 대통령과 베조스는 사이가 좋지 않았다. 트럼프는 아마존이 내야 할 세금을 다 내지 않고, 베조스 소유의 〈워싱턴포스트〉를 통해 트럼프 정부에 부당한 정치적 공격을 가한다며 베조스와 아마존을 거듭 비난했다. 2019년 10월, 제다이 계약을 마이크로소프트가 수주하자 AWS는 2019년 11월 22일 미국 연방 청구 법원에 이의를 제기하는 서류를 제출했다. 공개된 문서에는 아마존이 '명백한 결함, 오류 그리고 틀림없는 편견'에 항의하며 트럼프가 정치적 영향력을 이용해 AWS를 프로젝트에서 배제하려 했다고 적혔다.

결과적으로, 연방 청구 법원이 국방부가 아마존의 제안을 부적절하게 평가했다는 주장이 받아들여질 것 같다는 결론을 내리면서 마이크로소프트의 제다이 프로젝트 참여는 중단되었다. 그러나 2020년 9월 4일, 국방부는 마이크로소프트와의 제다이 계약을 재확인했다.

하지만 2021년 7월 6일에는 국방부의 제다이 프로젝트 취소와 함께 마이크로소프트와의 계약 건도 없던 일이 되었다. 그 프로그램은 다른 요건들이 추가되며 합동 전투원 클라우드 역량JWCC으로 발전되었고, 입찰 후보 기업으로는 아마존, 구글, 마이크로소프트, 오라클이 선정되었다. 그리고 결국 국방부는 이 4개 기업 모두와 사업 계약을 체결했다.

출판 업계의
지각 변동을 일으켰지

JEFF BEZOS

전자책 분야의
최고가 되는 꿈

베조스는 독서와 책을 사랑한다. 학창시절과 직업적
인 삶 모두에 걸쳐, 책은 그의 생각에 큰 영향을 미쳤으
며 어떤 책들은 삶의 주요 시점에 그의 창의력을 자극했
다. 그에게 특히 영향을 준 책은 1997년 처음 출간된 하버
드 교수 겸 비즈니스 컨설턴트 클레이튼 크리스텐슨Clayton

Christensen의 《혁신 기업의 딜레마》Innovator's Dilemma였다. 크리스텐슨은 디지털 기술 혁신이 시작된 초기 수십 년 동안 사람들에게 유익한 이야기를 들려주었다. 그는 시장 점유율이 높은 주요 기업들이 결국 실패하는 이유가 무엇인지에 대해 고민했다. 그가 말하는 '딜레마'란 힘세고 돈 잘 버는 기업들이 때로는 궁극적으로 기존의 시장을 파괴할 수도 있는 변화에 투자할지, 아니면 중단기적으로 안정적 수익을 내는 현 상태를 유지할지 결정해야 하는데, 다만 후자의 경우 나중에 파괴적 혁신 기업disruptor에 의해, 경쟁 기업에 의해 타격을 입을 수 있다는 것이다.

《혁신 기업의 딜레마》는 2011년 〈이코노미스트〉가 가장 중요한 비즈니스 도서 중 하나로 선정할 정도로 세계적인 베스트셀러가 되었다. 베조스는 이 책을 읽고 얻은 교훈을 마음에 새겼다. 혁신 기업의 딜레마를 극복하기 위한 베조스의 전략은 거의 변함이 없어서, 그는 거의 인습 타파적인 열정으로 단기적인 이익에 미치는 영향과는 관계없이 파괴적 혁신을 받아들이는 경향을 보였다. 특히 책이라는 한 분야에서 그는 업계 전체를, 그리고 수백만 명의 사람들이 책 속의 글을 소비하는 방식을 완전히 개조해놓았다.

아마존이 출판 업계의 탈바꿈을 시작한 2004년경, 이미 베조스는 견고해 보이는 시장도 혁신적인 침입자로 인해 갑자기 잠식될 수 있음을 쓰라린 경험을 통해 깨달은 상태였다. 2001년 1월 9일, 애플의 최고 경영자 스티브 잡스 Steve Jobs는 사용자들이 미디어, 특히 음악을 디지털 형식으로 저장할 수 있는 소프트웨어 프로그램인 아이튠즈iTunes의 출시를 알렸다. 이것 자체가 아마존의 음악 부문 매출에 위협이 되지는 않았는데, 이 시기에 음악은 주로 CD라는 실물 제품으로 포장되었고 애플은 CD 판매 사업을 하지 않았기 때문이다.

사실, 애플과 아마존은 일찍이 양측의 매출 최적화를 위한 협력 방안을 논의했지만, 이는 단지 브레인스토밍 정도에 지나지 않았다. 하지만 2001년 10월, 음악을 저장하고 재생하는 휴대용 기기인 1세대 아이팟iPod이 출시되면서 애플은 더 큰 대중의 관심을 받았다. 이제 휴대용 카세트테이프나 CD 플레이어는 쓰레기통에 버려야 할 구시대의 유물이 되어버렸다. 그러나 아마존의 관점에서 진짜 전환점은 2003년 4월, 애플이 아이튠즈 스토어를 연 것이었다. 이제 음악 애호가들은 실물 CD를 주문할 필요도 없이, 그 스토어에서 디지털 재생 목록을 내려받아 아이팟에 올리기만 하면 되었다.

디지털 전용 음악 다운로드의 선구자는 애플이 아니라 1990년대 후반에 P2P^Peer to Peer 파일 공유 서비스를 소개한 냅스터^Napster였다. 하지만 냅스터는 저작권 침해로 몇 년 뒤 사이트를 폐쇄해야 했던 반면, 애플의 아이튠즈 스토어는 경이로운 성공을 거두었다. 서비스를 시작한 지 닷새 만에 100만 회의 다운로드 횟수를 기록했으며, 2004년 7월 11일까지 1억 곡을 판매했다. 2006년 2월 말까지는 10억 곡의 노래가 팔릴 정도로 흥행은 이어졌다.

아마존은 디지털 음악 업계에서 급격히 부상한 애플에 완전히 뒤처졌고, 오늘날까지도 음악 다운로드 선두 업체들을 전혀 따라잡지 못하고 있다(사실 애플조차 후에 스포티파이^Spotify와 같은 민첩한 신규 업체들에 따라잡히게 되었다). 그러나 2004년, 베조스는 그의 회사가 전자책^e-books이라는 다른 분야에서 선두를 차지하리라고 결심했다.

베조스보다 먼저 그런 생각을 한 사람들도 있었다. 1971년에 설립된 프로젝트 구텐베르크Project Gutenberg는 저작권이 만료된 문서들을 점점 더 많이 디지털화하고 있었다(비록 그것들은 PC에서만 읽을 수 있었지만). 그리고 1997년, 마틴 에버하드Martin Eberhard와 마크 타페닝Marc Tarpenning은 누보미디어NuvoMedia라는 회사를 열고 로켓북Rocketbook이라는 세계 최초의 전자책 단말기를 출시했다. 그들은 독자들이 휴대용 단말기 하나로 디지털화된 수많은 책들을 이용하도록 한다는 비전을 갖고 있었다. 두 젊은 기업가에게는 그 제품을 시장에 내놓기 위한 투자자가 필요했다. 즉시 아마존을 떠올린 그들은 같은 해에 대강 만든 시제품을 들고 가 베조스 앞에 내놓았다.

그들의 협상이 3주에 걸쳐 이루어졌다는 사실에서 알 수 있듯이, 아마존 설립자는 분명 전자책 단말기의 원리와 잠재력을 인정하면서도 큰 문제점 몇 가지를 발견했다. 그는 독서 경험, 특히 LCD 화면의 눈부심, 책을 내려받을 때 컴퓨터에 직접 연결해야 하는 방식을 좋아하지 않았다. 베조스가 원한 것은 무선 다운로딩인데, 에버하드와 타페닝은 무선 연결과 데이터 제도로 인해 제품 가격이 엄청나게 높아질 거라며 그러한 요구를 이상하게 여겼다. 그러나 가장 결정적인 건, 베조스가 누보미디어와 독점 계약을 맺고 향후 투자자들에 대한 거부권을 갖길 원한 것이었다. 그는 전자책 단말기가 성공을 거두어 누보미디어가 반스앤노블에 회사를 매각하는 것을 원치 않았다. 이러한 걸림돌 때문에 결국 모든 협상은 종결되었고, 두 젊은이는 실제로 회사 지분의 50퍼센트를 사들인 반스앤노블로 갔다.

베조스가 한 방 먹은 것으로 보였겠지만, 사실 그렇지 않다. 로켓북은 첫해에 2만 개가 팔렸지만, 누보미디어 자체는 닷컴 버블이 꺼지면서 자금 조달에 큰 어려움을 겪어야 했다. 이 회사는 TV 가이드 업체인 젬스타Gemstar에 팔렸는데, 젬스타는 또 다른 초기 전자책 중 하나인 소프트북Softbook도 인수한 곳이었다. 그러나 젬스타는 자체적인 문제를 안고 있었기에, 결국 2003년경에는 로켓북과 소프트북이 사라지고 반스앤노블도 판매를 중단했다. 에브리북 리더EveryBook Reader나 밀레니엄 이북Millennium eBook과 같은 몇몇 다른 시도가 있었지만 제대로 시작도 못 하고 실패했다.

아마도 세상은 아직 전자책을 읽을 준비가 되지 않았다.

베조스에게는 다른 생각이 있었다. 당시 아마존은 이미 전자책을 팔고 있었지만, 이는 어도비^{Adobe}나 마이크로소프트^{Microsoft}를 통해서만 볼 수 있는 데다 책 종류도 한정적이고 가격도 비쌌다.

베조스는 2004년 에스팀과의 미팅 자리에서, 판도를 뒤바꿀 만한 아마존 전자책 단말기를 개발하고 싶다고 말했다. 베조스가 아이디어를 낼 때면 자주 그랬던 것처럼, 처음에는 특히 임원들(아마존의 전자제품 제조는 실패 확률이 높아서 연구개발 및 제조에 드는 막대한 자금을 날려버리기 딱 좋은 방법이라고 생각했던)의 강한 반발이 있었다.

베조스는 단념하지 않고 계속 밀고 나갔다. 그 계획은 넷스케이프에서 일하다가 1999년 아마존에 입사한 스티브 케셀^{Steve Kessel}이 이끌었다. 혁신 기업의 딜레마를 피하려고 베조스는 "당신이 할 일은 당신 일을 죽이는 것"이라는 말로 케셀에게 실제로 종이책 판매를 망치려고 작정한 사람과 같은 절박함과 집중력을 가지고 일해야 한다는 뜻을 전했다. 이 분야에 대한 경험이 거의 없던 케셀은 채용을 시작하고 아마존의 전자책 단말기 개발을 맡을 랩126^{Lab126}이라는 비밀 연구개발 분사를 설립했다(이 이름 속의 숫자는 알파벳을 나타내는 것으로 (1은 a, 26은 z), 아마존의 전자책 단말기로 출판된 책들 전체를 아우르는 A-Z 도서관을 이용할 수 있게 될 것을 의미했다).

랩126은 힘든 일을 맡았고, 베조스 본인도 직접 그 일에 적극적으로 개입했다. 그들은 무선 다운로딩 기능을 추가해야 했다. 또 기기를 한 손에 들고 읽을 정도로 가볍게 만들어야 했다. 화면은 어떤 조명 아래서든 눈의 피로를 유발하지 않고 읽을 수 있는 것이라야 했다. 이 문제에 대한 해결책이 된 것은 1990년대 말 MIT(매사추세츠 공과대학교) 재학생들과 교수들이 개발한 일종의 디지털 종이인 E 잉크^{E Ink}였다.

이것은 전하를 띠는 마이크로캡슐들을 이용해 일반 종이와 비슷한 시각적 편안함을 주는 화면 이미지를 만들어 내 주었다. E 잉크는 또한 전력 소비가 적어서 독자들에게 중요한 기기의 배터리 수명을 늘려주었다. 그들은 그 기기의 코드명으로, 인터랙티브 동화책을 주제로 한 닐 스티븐슨^{Neal Stephenson}의 소설 《다이아몬드 시대》에 등장하는 캐릭터 '피오나'^{Fiona}를 선택했다. 하지만 그 후에 그래픽 디자이너이자 마케팅 컨설턴트 마이클 크로난^{Michael Cronan}이 브랜딩 과정에 합류했다. 그는 입에 착 붙으면서도 이제는 전자책의 대명사 격이 된 이름을 생각해냈는데, 그것은 바로 킨들^{Kindle}이었다.

큰 논란을 부른, 혁명적인 킨들의 출시

매력적이고 시장성 있는 형태의 제품을 만들기 위해, 랩126은 국제적인 디자인 회사 펜타그램^{Pentagram}의 샌프란시스코 사무소에 디자인을 의뢰했다. 이들 역시 자꾸만 개입하는 베조스과 씨름해야 했다. 가장 큰 다툼 중 하나는 기기에 키보드를 포함하는 문제에 관한 것으로, 펜타그램은 키보드가 매끈한 라인을 망친다며 반대했다. 하지만 베조스는 수차례의 긴장감 넘치는 회의에서 그들의 반론을 가로막아버렸다. 결국, 제품 디자인은 랩126에 다시 전달되었으며 최종 디자인과 사양이 합의되었다. 그 후 제조 문제도 발생했는데, 이것이야말로 제품 출시를 계속 늦어지게 만든 진짜 장애물이었다.

하지만 문제는 여기서 끝나지 않았다. 베조스는 킨들의 출시와 동시에 독자들이 뉴욕타임스 베스트셀러의 90퍼센트를 포함한 10만 권 이상의 책을 접하고 내려받을 수 있도록 하는 것이 자신의 목표임을 팀에 알렸다. 문제는, 전 세계의 출판사들이 디지털화한 책이 2만 권 정도에 불과하다는 것이었다. 이제는 아마존이 가진 힘을 다 동원해 출판사들이 그들의 책을 디지털화하도록 압력을 가할 때였다. 그런데 과연 그들이 그걸 원했을까? 그 당시 대부분의, 엄밀히 말하면 모든 출판사에 전자책은 아주 소소한 틈새 상품일 뿐이었다. 수익을 내는 건 종이책, 그리고 현대의 책을 예스럽게 만듦으로써 특별한 독서 경험을 선사하는 양장본이었다. 게다가 전자책은 종이책보다 더 싸서 종이책의 가격까지 낮춰버릴 텐데, 왜 굳이 디지털 버전의 책을 만든단 말인가?

그리하여 아마존 발전의 역사상 가장 큰 논란이 된 사건

중 하나가 시작되었으며, 이 시기에도 베조스는 여전히 변함없이 고객의 혜택에 중점을 두고 다른 사항들은 부차적인 것으로 여겼다. 그는 도서 업계에서 일했던 강인한 협상가 린 블레이크Lyn Blake를 고용해 출판사들이 아마존에 판매하는 책의 도매가를 낮추도록 압박했다. 2004년경 시작된 그 작업은 크고 작은 모든 출판사를 표적으로 삼았다. 이에 저항해 아마존의 추천 알고리즘에서 차단당할 각오를 하는 출판사는, 이제 전 세계 책의 대부분이 아마존을 통해 판매되고 있다는 점을 고려할 때, 매출에 심각한 타격을 받거나 아예 망할 수도 있는 상황이었다. 그렇다고 할인을 해주면 출판사의 수익, 나아가 작가들의 수익까지 쪼그라들어버릴 수 있었다. 이 무렵 출판사들과 아마존의 관계는 좋을 리 없었다. 브래드 스톤이 밝힌 바에 따르면, 베조스가 블레이크에게 아마존은 치타이고 각 출판사는 외롭고 연약한 가젤처럼 보인다고 설명한 사실 때문에 이 계획이 가젤 프로젝트Gazelle Project라 불렸다고 한다(블레이크는 2005년에 아마존을 떠났다).

그리고 전자책 문제도 있었다. 기존의 책들을 디지털화

하는 것은 출판사들로서는 현실적이고 법적인 골칫거리
라, 새로운 시장이 확실히 열린다는 보장 없이는 그렇게
할 동기가 거의 없었다. 2006년, 아마존은 그때까지 애써
비밀로 해왔던 피오나/킨들의 견본을 출판사들에 보여주
기 시작함으로써 그 시장을 열어줄 도구를 공개했다. 처음
에는 많은 출판사가 아직 다소 투박했던 그 기기를 보고
눈에 띄게 실망했다. 하지만 무선 연결의 가능성이 생기자
점점 더 많은 출판사가 킨들을 받아들이기 시작했고, 서둘
러 전자책을 생산하지 않아서 초래될 결과에 대한 아마존
의 압박 때문에 디지털화된 책의 양은 꾸준히 증가했다.

제프 베조스는 2007년 11월 19일 로어 맨해튼^{Lower Manhattan}
의 W 호텔에 모인 기자들과 출판사 임원들 앞에서 킨들을
출시했다. 이 무렵 아마존은 의도했던 대로 10만 권의 전
자책 도서관을 구축했으며, 아마존 주문 처리 센터에는 2만
5천 개의 킨들이 배송 준비를 마친 채 대기 중이었다. 고
객이 전자책을 손에 넣기 위해 해야 할 일은 그들의 아마
존 계정을 통해 그것을 주문하는 것뿐이었고, 그러면 그
책은 즉시 무선으로 그들의 기기로 배달되었다. 킨들은

399달러에 판매되었고, 각 기기에는 실제로 수백 권의 책을 담을 수 있었다. 그것은 출판 업계의 진정한 혁명이었다.

출시 행사에서 베조스는 모든 뉴욕타임스 베스트셀러와 신간들을 9.99달러라는 균일가만 내면 볼 수 있다고 발표함으로써, 이미 초조하고 상처 입은 출판사 임원들에게 충격을 안겨주었다. 그러한 가격 정책이 금시초문이던 출판사들 사이에 파문이 일었다. 신간 양장본 한 권이 25달러가 넘는 것을 고려할 때, 9.99달러짜리 전자책은 너무 쌌기 때문이다.

그때를 기점으로 베조스와 아마존 그리고 출판사 간의 길고 치열한 가격 싸움이 시작되었다. 그리고 그것은 곧 여러 건의 대규모 법정 다툼으로 이어졌다. 그중 첫 번째는 2011년 아마존이 애플과 세계 5대 출판사들인 아셰트, 하퍼콜린스, 사이먼앤슈스터, 펭귄, 맥밀란을 전자책 가격 담합 혐의로 고소한 일이었다. 아마존은 승소했다. 출판사들은 1억 6,600만 달러의 손해 배상금을 치러야 했고, 애플은 소비자들에게 4억 달러를 내야 했다. 하지만 묘한 반전은, 2021년 로펌 하겐스 버먼Hagens Berman(정말 아이러니하게도 이 로펌은 2011년 사건 때 아마존을 변호했다)이 아마존이 아닌 다른 플랫폼들에서의 전자책 가격을 부풀리기 위해 공모했다는 이유로 아마존과 5대 출판사를 상대로 집단 소송을 제기한 것이었다.

그러나 그러한 논란을 잠시 치워두고 시간을 되돌려 보면, 킨들은 아마존에 또 하나의 강력한 수익원이 되었다. 처음에는 작은 문제가 있었다. 총 재고가 단 5시간 반 만에 매진되었는데, 2008년 4월까지 재입고가 되지 않았다. 하지만 그 후 킨들이 개선된 모델로 출시되면서 킨들은 물론이고 전자책까지 인기를 끄며 판매량이 치솟았다. 2009년 말까지 킨들은 약 150만 개가 팔렸다. 반스앤노블을 비롯한 다른 주요 업체들이 따라잡아 보려 했지만, 2010년경 아마존의 시장 점유율은 48퍼센트에 달했다. 2012년(35억 7천만 달러)과 2014년(50억 달러), 단 2년만 꼽아보아도 킨들의 매출로 엄청난 수익이 발생했다.

2007년 주주 서한에서 베조스는 킨들에 대한 강한 자부심을 보였다. 그는 수많은 고객이 킨들을 사기 위해 몰려든 일과 새로운 기기의 기능을 설명한 뒤, 1440년 구텐베

amazon   Go

2011년 9월 28일, 뉴욕에서 제프가 새로 출시한 아마존의 태블릿, 킨들 파이어Kindle Fire를 들어 보였다. 그해 12월, 아마존은 킨들을 매주 100만 대 넘게 판매했다.

르크 인쇄기에서부터 킨들 출시에 이르는 간략한 독서의 진화사를 적었다.

그 이야기를 통해 우리는 베조스가 현대의 정보 흡수를 어떻게 바라보는지에 대한 중요한 세부 사항들을 알 수 있다. 그는 기술 신봉자임에도 불구하고, 현대의 디지털 기기들이 점점 더 우리를 단편적인 사실이나 데이터만 찾는 '인포스내킹'information snacking으로 내몰고 있으며 그 과정에서 우리의 집중 시간은 점차 짧아진다고 비판했다. 베조스는 느슨하거나 피상적인 사고를 용납하지 않기 때문에 '인포스내킹'으로 아이디어를 찾는 임원은 베조스와의 회의에서 거칠고 위협적인 대우를 받곤 한다. 흥미롭게도, 베조스는 킨들이 '장문의 독서'를 장려하고 인지 교정 역할을 하여 얕은 생각을 바로잡아준다고 본다.

우리는 킨들과 그 후계자들이 우리를 수년에 걸쳐 서서히 더 오랜 주의 집중의 세계로 인도하여, 근래 확산하는 인포스내킹 도구들의 평형추 역할을 해주기를 바랍니다. 저도 제 말투가 선교사처럼 들린다는 것을 알고 있지만, 장담하건대 이건 진심입니다.

그러나 킨들의 출현과 그것이 초래한 전자책의 빠른 배달은 베조스와 아마존이 도서 출판 업계에서 일으킨 유일한 변화는 아니었다. 킨들의 출시와 함께, 2007년에 아마존은 디지털 텍스트 플랫폼Digital Text Platform이라는 셀프 출판 서비스의 출시를 발표했으며, 이는 결국 KDPKindle Direct Publishing라는 이름으로 변경되었다. KDP는 작가와 출판 업계 사이(또는 작가, 에이전트와 출판사 사이)의 전통적인 틀을 깼다. KDP를 이용하면 누구나 책을 써서 전자책으로 출판하거나(아마존이 2005년에 인수한 회사인 크리에이트스페이스CreateSpace라는 또 다른 서비스를 통해) 주문형 인쇄를 통해 종이책으로 만들어 아마존 스토어에서 판매할 수 있다. 일반적으로 순매출액의 약 5~15퍼센트를 차지하는 로열티 비율과는 다르게, KDP 출판물의 저자는 선택한 판매 옵션에 따라 정가의 35~70퍼센트에 해당하는 순이익을 올릴 수 있었다. 이로써 아마존은 작가 지망생들, 그리고 심지어 기성 작가들까지도 출판사 없이 그들의 작품을 직접 출판할 수 있도록 하는 더 쉬운 길을 열어주었다.

이것은 출판의 혁신적인 모델이었다. 물론, 말처럼 간단하지는 않았다. 모든 셀프 출판물들이 그렇듯 품질은 천차만별이었으며, 일반 출판 업계에서와 마찬가지로 생계라도 유지하는 사람들은 극소수에 불과했다. 그래도 그것은 여전히 출판 업계의 또 다른 걱정거리였다. 전자책 셀프 출판은 10년 만에 10억 달러 규모의 산업이 되었고, 그 성장의 상당 부분은 아마존 덕이었다. 2016년 아마존에서 발간된 400만 권의 전자책 중 약 40퍼센트가 셀프 출판물이었으며, KDP 저자들에 대한 로열티는 2019년경 9억 달러로 증가했다.

베조스는 2011년 주주들에게 보낸 서한에서 KDP를 통해 셀프 출판물을 낸 저자들에 대해 자세히 설명했다. 그들에게 지적 자유를 주고, 시장의 장벽을 허물고, 글쓰기로 수입을 얻게 해준 그 서비스로 인해 그들의 삶이 어떻게 바뀌었는지를 말이다. 그리고 베조스는 그 이야기를 바탕으로 어떻게 아마존에서 '발명이 제2의 천성이 되었는지'를 사람들에게 알렸다.

PART 5

언제든
어디에나 있는
아마존

2010년부터 10년간, 베조스와 아마존에 대한 세상의 인식은 완전히 바뀌었다. 아마존이 이미 전자 상거래 업계의 최강자라는 것은 의심할 여지가 없지만, 장기적인 수익성 여부는 여전히 물음표였다. 2014년 한 토크쇼에서, 마이크로소프트의 최고경영자 스티브 발머는 아마존이 '좋은 회사'(Nice company)이긴 하지만 돈은 잘 못 버는 회사라고 말했다. 불과 6년 뒤에 그러한 관점은 우습게 되었다.

큰 성장을 이룬 뒤에도
발명은 멈추지 않았다

JEFF BEZOS

파이어폰의
실패로 얻은 교훈

2010년부터 10년간 그래프로 표시된 아마존의 수익은 예사롭지 않은 성장 패턴을 보였는데, 평평하게 이어지던 막대 그래프가 2015년부터 가파른 선을 그리며 롤러코스터를 타기 시작했다. 2010년 말, 아마존은 연 334억 달러의 매출과 11억 5천만 달러의 수익을 기록했다. 2021년에는 연 매출이 4,700억 달러, 수익이 334억 달러에 이르렀다.

여기서 기억할 것은, 이 2021년 실적은 제2차 세계 대전 이후 최악의 글로벌 위기 중 하나인 코로나의 대유행을 2년 간 겪은 후에 거둔 것이라는 점이다. 이 시기의 인적 피해를 경시하는 것은 아니지만, 그 국제적 재앙이 아마존에는 상업적으로 유리하게 작용한 것이 사실이다. 아마존의 소매 부문은 집에서 격리 중인 전 세계 수백만 명의 사람들에게 생명줄 역할을 했고, 근무 및 판매가 온라인으로 전환되면서 AWS는 더욱 번창했기 때문이다. 놀랍게도, 아마존의 연 매출은 2020년에 37.62퍼센트 증가했으며, 2021년에는 21.7퍼센트 더 증가했다.

아마존이 커짐에 따라 베조스의 재산도 늘어났으며, 이 사실은 언론의 관심을 사로잡았다. 그의 재산은 2018년에 1,500억 달러가 넘었고, 불과 2년 뒤에는 2천억 달러가 넘었다. 2000년대에 초기에는 혁신적이던 많은 기업이 갑자기 활력을 잃고 에너지 넘치는 신생 기업들에 뒤처진 데 비해, 현상 유지 정도에 만족하지 않는 보스가 이끄는 아마존은 그저 꾸준히 그 바람에 맞서고 있었다. 따라서 발명은 계속되었고, 그중 일부는 상업적 궤도에 오르기도 전에 자멸했지만 다른 일부는 그 전자 상거래 제국의 침입이 거의 고려되지 않던 영역에서 높은 시장 점유율을 차지하게 되었다.

지금까지 베조스에 대해 알아본 바에 따르면, 그의 활발한 아이디어들이 모두 다 홈런을 치지는 못했다는 것을 분명히 알 수 있다. 사실, 많은 것들이 삼진을 먹고 쓰레기통에 처박히는 신세가 되었다. 그중 특히 언급할 만한 것은 아마존 파이어(Fire) 스마트폰인데, 이는 잊힌 유물이 되어 먼지투성이 서랍 속에 있지 않은 한 더는 가진 사람이 거의 없기 때문이다.

2010년경, 베조스는 구글, 애플, 삼성과 같은 기업들이 기하급수적으로 가속화되는 스마트폰 시장을 자기네들끼리 나눠 먹는 모습을 보며 긴장감을 느꼈다. 다른 기업들의 혁신에 따라 소외될까봐 두려웠던 베조스는 '프로젝트 B'를 주문했다. 이는 코드명 '타이토'Tyto로 바뀌었다가 결국에는 '파이어폰'Fire Phone이라는 이름으로 출시되었다.

스마트폰 개발에는 상보적 논리가 있었다. 2011년 11월,

아마존은 값비싼 애플 아이패드와 경쟁할 적당한 가격의 킨들 파이어 태블릿을 출시했다. 파이어 태블릿은 아이패드의 선두 자리를 빼앗지는 못했지만, 태블릿 시장에서 강력한 경쟁상대가 되어 오늘날까지도 인기 있는 옵션이 되고 있다.

하지만 2010년대 초에 베조스는 스마트폰이 없으면 아마존은 다른 기업들에 자리를 내주는 것이나 마찬가지라고 생각했고, 이는 분명 용납할 수 없는 일이었다.

파이어폰의 개발 과정은 길고 복잡했다. 시작부터 베조스는 파이어폰이 화면 두드리기가 아닌 몸짓에 의한 동작 제어나 3D 디스플레이와 같은 아주 정교한 기능을 갖춤으로써 아이폰에 대적할 만한 경쟁자가 되리라는 비전을 갖고 있었다.

엔지니어 팀은 그러한 까다로운 지침에 맞추기 위해 노력했는데, 특히 3D 디스플레이는 당시 기술로 만들어진 배터리의 수명을 빠르게 단축했기에 더욱 골칫거리였다. 또 브래드 스톤은 베조스가 과연 사람들에게 휴대폰 달력 기능이 필요하냐며 큰 의심을 품어서 몇몇 아마존 직원들이 그를 설득해야 했다고 설명했다. 그 프로젝트는 점점 더 복잡해지더니 두 갈래로 갈라졌다.

하나는 파이어폰이 될 고급 기기였고, 다른 하나는 '오투스'Otus라 불린 저가 버전이었다. 일부 아마존 직원들은 오투스가 스마트폰 시장 점유율을 얻을 가능성이 더 크다고 생각했지만, 오투스는 결국 중단되었다.

끊임없이 이어지던 지연 끝에 2014년 6월 18일, 마침내 베조스는 시애틀의 프리몬트 극장에서 프레젠테이션을 열고 세계 언론에 파이어폰을 공개했다.

그 휴대폰에 대한 비평은 확실히 엇갈렸지만 실망스럽다는 의견이 많았다. 일부 기술 분석가들은 특정 기능들의 혁신이나 품질은 높이 평가했지만, 전체적인 구성과 가격은 안드로이드나 맥 OS 휴대폰들과 경쟁할 만큼 매력적이지는 않다고 보았다.

그들의 생각은 옳았다. 파이어폰은 약 2주간 폭발적으로 판매된 이후에는 가격 인하나 추가 서비스와 같은 유인책으로도 막을 수 없는 죽음의 소용돌이로 빠져들었다. 그로부터 1년이 채 되지 않아 파이어폰은 단종되었으며, 아마존은 1억 7천만 달러에 달하는 타격을 입었다.

교훈을 남긴 파이어폰의 실패 원인은 대부분 제프 베조스 본인에게 있다. 어떤 사람들은 그가 개발 단계의 자질구레한 일들에 관여한 것은 도를 지나쳤으며, 아무 도움이 되지 않았다고 했다.

하지만 베조스는 항상 혁신에 의한 보상뿐만 아니라 위험까지도 받아들이고, 파이어폰의 실패를 인정하는 데 침묵한 적이 없다.

그러면서도 캐나다계 미국인 과학자 오스왈드 에이버리Oswald Avery의 모토인 "넘어질 때마다 무언가를 주워라"의 지혜를 증명하듯, 베조스는 2018년 주주 서한에서 파이어폰의 실패로 얻은 교훈이 있다고 설명했다.

파이어폰과 에코는 비슷한 시기에 개발되기 시작했습니다. 파이어폰은 실패했지만, 우리는 (그 개발자들뿐 아니라) 배운 것들을 적극적으로 활용해 에코와 알렉사를 만드는 노력을 가속할 수 있었습니다.

에코와 알렉사를 탄생시킨, 인공 지능에 관한 관심

인공 지능^AI, 즉 컴퓨터가 사용자들의 지속적인 데이터 입력에 따라 가다듬어진 사고방식으로 인간처럼 더 유연하게 '생각하는' 시스템에 대한 아마존의 눈덩이처럼 커지던 관심은 대화형 스피커 에코와 부드러운 음성의 가상 비서 알렉사의 개발로 이어졌다. 에코에 대한 비전은 파이어폰과 거의 같은 시기인 2010년에 시작되었으며, 이때부터 베조스는 인공 지능이 결합한 음성 작동 기기의 장래성을 조사했다(그의 이러한 관심은 어린 시절 그가 〈스타 트렉〉의 USS 엔터프라이즈호에 탑재된, 말하는 컴퓨터를 좋아했던 것에서 비롯되었다).

2010년경, 그러한 시스템은 특히 일부 브랜드의 스마트폰이나 음성 제어 컴퓨터 및 받아쓰기^dictation 소프트웨어에서 이미 상업 운영 중이었다. 베조스는 집이나 사무실에 있으면서 내장 마이크를 통해 무선으로 음성 명령을 수신하는 기기에 대한 대략적인 비전을 세웠다. 이를 통해 사용자는 그 기기가 제공하는 한도 내에서 여행 정보, 날씨 예보, 음악 등 그들이 요청한 모든 정보를 얻을 수 있다. 첫눈에 베조스의 또 다른 '피버 드림'이 될 것처럼 보인 그 기기를 개발하는 일은 랩126, 즉 2009년부터 아마존과 함께했던 그레그 하트Greg Hart가 이끄는 팀에 주어졌다.

에코와 알렉사의 개발은 아마존 역사에서 어렵사리 이룬 기술적 업적 중 하나이자 인간/컴퓨터 상호 작용의 최첨단을 달리는 노력이었다. 아마존은 2001년 설립된 폴란드 회사 이보나Ivona와 사람 목소리가 나는 컴퓨터 말소리 생성 전문 기업을 비롯해 몇몇 뛰어난 기술 스타트업을 인수해야 했다. 알렉사가 처리해야 할 문의들의 다양성을 미리 설정된 녹음으로는 해결할 수 없었으므로, 이보나는 컴퓨터가 실제 사람 음성의 소리 조각들을 디지털로 결합해 새로운 단어를 만들어내는 시스템을 개발했다.

2013년경, 코드명 '도플러'Doppler로 운영된 이 작업은 마이크와 스피커를 통합한 것이 특징인 '프링글스 통' 모양의 1세대 에코를 탄생시켰다. 그 기기는 사용자가 '알렉사'라는 말만 하고 요구 사항을 이야기하면 작동되었다. 그러나 그 스피커가 인간 언어의 모든 뉘앙스와 표현법을 인식하도록 하는 것은 넘기 힘든 산이었고, 특히 그에 필요한 방대한 음성 데이터 수집이 큰 문제였다. 처음에 아마존은 직원들에게 집에서 에코를 테스트하도록 했지만, 그것으로는 데이터를 구축하기에 충분치 않았다. 결국, 이 문제는 호주의 데이터 수집 회사가 진행한 앰페드AMPED라는 기발한 하위 프로젝트로 해결되었다.

여기서 알렉사 기기는 일꾼과 거주자들이 자주 바뀌는 여러 임대 주택과 아파트들에 설치되거나, 수천 명의 유급 자원 봉사자들을 통해 그들만의 독특한 음성 패턴을 수집했다. 이 기기들이 24시간 작동하는 상황에서 앰페드가 수집한 방대한 데이터는(모두 사전에 합의된 것) 아마존이 음성 인식 소프트웨어 분야에서 큰 목소리를 낼 수 있도록 힘을 실어주었다.

다른 중요한 프로젝트와 마찬가지로, 베조스는 그 프로젝트에 처음부터 직접 참여해 조명의 밝기와 같은 요소들을 지적하거나 알렉사와 파이어 태블릿 간의 복잡한 상호작용을 요구하기도 했다. 그의 모든 요구가 제품에 득이

된 것은 아니었지만, 그의 열정적인 지도 덕분에 그 제품은 2016년 11월 6일에 세상에 나올 수 있었다.

파이어폰과 달리 알렉사와 에코는 스마트 홈 기술로 향하는 새로운 움직임의 진정한 시작이었다. 알렉사는 공상 과학적인 미래와 편안한 친숙함을 용케 결합해냈으며, 적절히 사용하면 정말 유용할 것 같은 물건이었다.

언론의 반응은 좋았고 대기자 명단도 길어서, 당장 처리해야 할 주문이 30만 대가 넘었다. 플라이휠은 다시 회전하기 시작했고 판매 실적은 점차 경이로운 수준까지 올라가 2019년까지 에코는 전 세계적으로 1억 대 이상 판매되었다. 베조스는 2018년 주주들에게 보낸 서한에서 기존 고객의 요구가 항상 좋은 지침은 아니라며, 혁신의 중요한 요소를 설명했다.

에코를 먼저 요청한 고객은 없었습니다. 그저 우리가 열심히 구하고 찾아다닌 결과죠. 시장 조사는 도움이 되지 않습니다. 2013년에 아무 고객에게나 가서 "프링글스 통 크기의 검은색 원통 모양 기기가 항상 켜진 상태로 당신의 말을 듣고 질문을 받거나 불을 켜고 음악을 들려준다면, 그것을 주방에 놓고 쓸 생각이 있나요?"라고 물어봤다면, 장담컨대 그 고객은 이상한 눈으로 쳐다보며 "아뇨, 괜찮아요"라고 말했을 것입니다.

아마존 에코의 인기에 한몫 한 또 하나의 주요 원인은 디지털 음악 분야에서 점차 커지는 아마존의 영향력이었다. 아마존은 2007년 9월 미국에서 공개 베타로 MP3 온라인 뮤직 스토어를 열었다. 이것의 큰 장점은 DRM(디지털 저작권 관리) 없이 음악을 이용할 수 있다는 것이었는데, 이는 사용자들이 EMI, 유니버설, 워너, 소니 BMG와 같은 대형 음반사들의 곡을 비롯한 음악들을 자유롭게 복사할 수 있음을 의미했다. 애플도 뒤이어 이러한 권리를 확보했으며, 브래드 스톤은 그 후 "아마존은 음악에 관한 한 영원한 낙오자로 남았다"라고 언급했다. 그런 다음 아마존은 2014년에 음악 스트리밍 서비스인 아마존 뮤직Amazon Music을 시작했다.

하지만 상황은 변하고 있다. 아마존 뮤직은 여전히 애플 뮤직과 스포티파이와 같은 회사들을 뒤쫓고 있지만, 성장에서는 그들을 앞질렀다. 2020년 초, 아마존 뮤직은 5,500만 명이 넘는 구독자와 연간 30퍼센트 이상의 성장률을 달성했다고 발표했다. 스포티파이(유료 구독자 약 1억 8천만 명)와 같은 곳들을 따라잡기에는 부족하지만, 여전히 디지털 음악 시장에서 강력한 경쟁자로 남았다.

2019년 9월, 신입 사원 오리엔테이션에서 연설하는 제프. 오늘날 아마존은 전 세계적으로 400만 명 이상의 직원을 지원하고 있다.

영화를 제작하고
오프라인 매장을 열었지

───── JEFF BEZOS ─────

영화와 TV 사업은
완전히 새로운 분야

 아마존의 포트폴리오를 살펴보면, 베조스가 뜻밖에 눈
길을 돌린 또 하나의 분야는 TV와 영화 제작이었다. TV 시
리즈와 장편 영화를 만드는 것은 전자 상거래와는 전혀 다
른 세계로, 수십 년간의 경험과 시장에 대한 이해를 축적
해온 대형 할리우드 스튜디오나 주요 TV 제작 회사들의

영역이다. 하지만 베조스는 겁내지 않고 아마존을 이 새로운 영역에 진출시켰고, 그곳에서 성공을 거두었다.

아마존의 창의적 성과는 오늘날 다양한 언어 부문에서 오스카, 아카데미상 및 주요 영화제들의 우승작 또는 후보작으로 자주 선정되고 있다. 〈맨체스터 바이 더 씨〉Manchester by the Sea(2016), 〈세일즈맨〉The Salesman(2017), 〈너는 여기에 없었다〉You Were Never Really Here(2017), 〈콜드 워〉Cold War(2018), 〈허니 보이〉Honey Boy(2019), 〈리카르도 가족으로 산다는 것〉Being the Ricardos(2021)과 같은 영화들, 그리고 〈스니키 피트〉Sneaky Pete(2015년 첫 방송), 〈높은 성의 사나이〉The Man in the High Castle(2015), 〈로마노프 가문〉The Romanoffs(2018)과 같은 TV 시리즈들은 비평가들의 호평과 유명 스타들을 모두 끌어들였다. 아마존 스튜디오와 아마존 프라임 비디오의 성과물은 대단히 존경받으며, 전형적인 교란 효과로 많은 전통 있는 스튜디오의 우려를 샀다.

베조스가 TV와 영화에 진출하게 된 계기는 한 마디로 넷플릭스였다. 1997년, 캘리포니아 스코츠 밸리Scotts Valley에서 리드 헤이스팅스Reed Hastings와 마크 랜돌프Marc Randolph가 설립한 넷플릭스는 우편 판매 및 대여로 사업을 시작했다. 그러다가 2007년에 초고속 광대역 인터넷 보급 확대에 힘입어 SVOD(주문형 비디오 스트리밍) 서비스로 전환했다.

이 분야에서 성공을 거둔 뒤 자금과 의지가 생긴 넷플릭스는 2013년 큰 인기를 끈 〈하우스 오브 카드〉House of Cards 시리즈와 함께 콘텐츠 제작을 시작했다. 오늘날, 넷플릭스는 2억 2천만 명 이상의 구독자와 단순한 모델(한 달 구독으로 넷플릭스 라이브러리에 있는 모든 것을 다 이용할 수 있다)을 보유한 세계에서 가장 큰 미디어 제작 회사 중 하나이다.

2010년, 넷플릭스의 부상을 목격한 베조스는 아마존이 SVOD 시장의 일부를 차지할 때가 왔다고 생각했다. 그의 구상은 프라임 비디오Prime Video로 불렸다. 이는 아마존 프라임 고객은 기존 계정을 통해 SVOD 콘텐츠에 접속할 수 있다는 아이디어로, 프라임 비디오는 기존 서비스에 무료로 추가되는 것이라 할 수 있다. 베조스는 이 아이디어 개발에 3천만 달러를 들였으며, 실질적인 담당자는 아마존의 디지털 음악 및 비디오 관리자인 빌 카Bill Carr가 될 터였다.

이 새로운 서비스는 2006년 9월 7일에 시작되었고, 미국에서 처음에는 아마존 언박스Amazon Unbox로, 나중에는 아마존 주문형 비디오Amazon Video on Demand, 아마존 프라임 비디오로 알려졌다. 프라임 비디오의 창의적인 콘텐츠를 만든 원동력은 미디어 회사, 제작 스튜디오 및 TV 네트워크와 그들의 가장 인기 있는 프로그램을 방송하도록 하는 기술 제휴 계약을 적극적으로 추진한 것이었다. 계약을 체결한 회사는 비아콤, 시네맥스, 디스커버리 채널, 쇼타임, 소니 픽처스, PBS, 부메랑 등이었다. 그 결과 어마어마한 성장이 이루어져, 2014년경 아마존은 4만 개의 비디오를 제공하게 되었다.

프라임 비디오가 외부에서 제작된 콘텐츠들로 목록을 채우는 동안, 아마존은 직접 영화나 쇼를 제작할 가능성에 대해 조심스럽지만 활발한 조사를 벌였다. 그 아이디어의 씨앗을 심은 사람은 2004년 디지털 비디오 전략 개발을 위해 아마존에 입사한 임원 로이 프라이스Roy Price였다. 프라이스와 카가 함께 그 가능성에 대한 비전을 세우는 동안, 베조스는 대중에게 엔터테인먼트를 제공하는 전통적

방식에서 벗어날 혁신적인 방법을 찾아 나가며 또 한 번 그만의 독특한 견해를 보여주었다. 그의 비전은 어느 에이전트에 소속된, 또는 어느 스튜디오가 인정한 작가들뿐만 아니라 누구나 대본 아이디어를 보낼 수 있게 하는 과정인 '과학 스튜디오'the scientific studio였다.

그 아이디어들은 고객, 아마존 직원 및 독립적인 심사위원들에 의해 평가된 뒤 90일 이내에 피드백이 이루어진다. 이러한 방식으로, 의뢰 과정은 종종 잘못될 가능성이 있는 미디어 제작자의 개인적 판단이 아니라, 데이터와 고객의 선호도에 의해 결정된다. 과학 스튜디오는 2010년부터 테스트가 시작되었지만, 의뢰 과정을 민주화하려던 베조스의 희망은 질 낮은 대본들의 홍수에 부딪히고 말았다. 결국, 그는 아마존 임원들이 면밀하게 조사해 의뢰한 전문 작가와 일하는 방식으로 다시 초점을 맞췄다. 심사 과정을 거친 쇼를 제작하기 위한 수단은 2010년 11월 16일에 설립된 아마존 스튜디오Amazon Studios였다.

2013년 4월, 아마존은 아마존 스튜디오가 만든 14가지 파일럿 프로그램을 상영했는데, 그중 〈베타스〉Betas, 〈알파하우스〉Alpha House, 〈안네드로이드〉Annedroids 등의 코미디들은 호응을 얻어 그 해에 첫 방송을 내보냈다. 피드백은 대체로 긍정적이었지만, 그렇다고 썩 좋지도 않았다. 그러나 베조스와 프라이스는 더 큰 대중의 관심을 끌 방법을 찾았다.

프라이스가 주도한 그 결정은 독립 영화에서 영감을 받은 고품질 프로그램 개발에 초점을 맞추어, 아마존 고객에게 뻔하고 형식적인 쇼만 잔뜩 보여주는 게 아니라 세계적이고 세련된 콘텐츠를 제공하는 것이었다. 이 탁월한 비전은 프라임 비디오를 일관적이고 매력 있는 브랜드로 성장시켰다. 〈트랜스페어런트〉Transparent(2014), 〈모차르트 인 더 정글〉Mozart in the Jungle(2014), 〈보쉬〉Bosch(2015) 등 호평을 받은 프로그램들은 새로운 접근 방식을 보여주었고(〈트랜스페어런트〉는 SVOD 작품 최초로 골든글로브상을 받았다), 그 후 SVOD 시청자들을 얻기 위한 경쟁이 치열해진 시장에서도 상승세를 탔다.

예를 들어 2020년, 아마존은 영화·TV 및 음악에 110억 달러를 지출함으로써 전년 대비 41퍼센트나 더 투자했다. 2014년에는 아마존 파이어 스틱Fire Stick이라는 메모리 스틱 크기의 네트워크 기기의 출시로 콘텐츠에 접속하기가 더 쉬워졌다. 사용자가 이 기기를 TV 세트의 측면에 꽂으면 콘텐츠를 라우터에서 TV로 쉽게 스트리밍할 수 있다.

그리고 아마존 콘텐츠는 보고 읽는 것만 있는 게 아니었다. 온라인 오디오북 및 팟캐스트 서비스인 아마존 오더블 Amazon Audible도 1997년 출시된 이래로 인상적인 성장세를 보이며 세계 최대의 오디오북 판매 및 생산 업체가 되었다. 베조스는 2013년 주주들에게 보낸 서한에서 오더블 서비스에 대한 열광적인 반응을 보였다.

2013년에 오더블 고객들이 내려받은 청취 시간은 6억 시간에 달했습니다. 오더블 스튜디오 덕분에, 사람들은 출근길에 차 안에서 케이트 윈슬렛Kate Winslet, 콜린 퍼스Colin Firth, 앤 해서웨이Anne Hathaway를 비롯한 많은 스타의 목소리를 듣습니다. 2013년에 크게 히트한 제이크 질렌할Jake Gyllenhaal의 〈위대한 개츠비〉는 벌써 10만 권이 판매되었습니다. 위스퍼싱크 포 보이스Whispersync for Voice 기능을 사용하면 고객들은 킨들로 읽던 책을 스마트폰 상의 오더블 책으로 쉽게 전환할 수 있습니다.

에코 및 알렉사와 함께, 문 앞까지 배달된 소포와 함께, 많은 디지털 라이프를 떠받치는 AWS 인프라와 함께, 아마존은 이제 전 세계 시민들의 디지털 일상 속에서 더 큰 부분을 차지하게 되었다. 그러나 베조스는 아마존을 단순히 디지털 기업이 아니라 실제 매장을 갖춘 기업으로 만들기 위한 움직임을 시작했다.

오프라인의 혁신,
아마존 고(Amazon Go)

베조스는 소매업의 가능성을 변화시키고자 아마존을 만들었다. 아마존은 실제 매장의 대안으로, 고객이 상품을 찾도록 하는 것이 아니라 상품을 고객에게 가져다줌으로써 방대하고 국경 없는 쇼핑 경험을 선사했다. 아마존이 소매업계에 미치는 파괴적인 영향은 새로운 전자 상거래 세계의 윤곽을 정의하는 의미도 있지만, 전통적인 모델들에 대한 반항의 의미도 있다.

따라서 2012년 베조스가 고위 임원들과 함께 아마존 오프라인 매장 개장 전망을 논의하기 시작한 것은 뜻밖의 일이다. 하지만 오프라인 시장에서 경쟁하려는 움직임은 언뜻 보면 경솔해 보일지언정 사실은 규칙을 다시 쓰려는 또 다른 시도였다.

베조스가 그런 생각을 한 데에는 기술과 관련된 세 가지 주요 원인이 있다. 먼저, 컴퓨팅에 필요한 처리 능력이 1994년 이후 비약적으로 증가함으로써 자동화와 데이터 처리에 대한 새로운 전망을 제시했다. 둘째, 실시간 패턴 인식 비디오카메라가 현실이 되었다. 셋째, 체스에서부터 산업용 로봇에 이르는 다양한 분야에서 인공 지능과 딥 러닝의 힘과 잠재력이 드러났다.

베조스는 이러한 요인들을 고려해 임원들에게 첨단 기술로 실제 매장의 본질적 특성을 바꿀 방법을 조사하도록 했다. 킨들을 출시한 스티브 케셀이 이끄는 팀이 그 일을 맡았는데, 비록 열정 넘치는 베조스의 잦은 검사를 받긴 했지만, 철저히 비밀리에 진행되었다.

여기서 탄생한 것은 '그냥 나가기'Just Walk Out, JWO라는 한 문장으로 요약된다. 이는 놀라운 아이디어로, 고객이 매장에 들어가기 전에 입구에서 본인 확인 또는 신용카드를 이용하는 원리였다. 본인 확인은 아마존 쇼핑 앱의 입장 코드를 이용하거나 일부 매장에서는 아마존 원Amazon One(비접촉식 손바닥 인식 시스템)을 이용했다.

입장 고객은 쇼핑한 다음 계산대를 거치지 않고 그냥 나가고, 결제는 자동으로 이루어진다. 그 매장은 슈퍼컴퓨터들에 연결된 수백 대의 카메라와 감지 센서를 이용해 고객의 모든 움직임-제품을 다시 제자리에 놓거나 바꾸는 것을 포함해-, 모든 상품 선택을 추적하고 출구에서 장바구니에 담긴 상품들을 정확히 집계해 고객의 아마존 계정에 청구한다. 그때까지 이런 것은 없었다. 이것은 아마존 고Amazon Go라고 불렸다.

베조스는 아마존 고라는 번뜩이는 아이디어를 신속히 받아들이고 자금을 댔다. 프로젝트의 초점은 중간 크기의 편의점 같은 매장에서 식료품을 파는 것으로 결정되었다(초안에는 신선한 농산물도 포함되었지만, 이는 후에 빠졌다). 하지만 기술적으로 넘어야 할 산들이 있어서 연구 개발에 막대한 비용이 들었다. 2012년 처음 논의된 이 프로젝트는 5년 뒤에야 대중에게 공개되었다.

　컴퓨터와 카메라를 이용해 인간의 행동 및 환경 변화의 변수들을 설계하고 추적하는 것이 얼마나 어려운 일인지를 금세 깨달았기 때문에 개념적·현실적 도전들은 끝이 없어 보였다. 개발자들은 조명 조건, 옷차림, 망설임, 상품처럼 보이는 물건들, 파손, 상품의 다양한 크기를 비롯한 수많은 요인을 고려해야 했다. 예를 들어, 쇼핑하는 고객과 함께 온 어린아이들의 불규칙하고 산만한 행동을 고객의 의미 있는 행동과 구별하기 위해서는 엄청난 기술적 노력이 필요했다. 시애틀의 한 창고에 아마존 고의 테스트 매장이 지어지자, 베조스는 잔뜩 긴장한 개발팀 앞에서 열심히 테스트한 뒤 고객 경험이 더욱 순조로워야 한다는 피드백을 남겼다.

　아마존 고가 탄생하기까지의 과정은 험난했다. 2016년 12월에 문을 연 첫 번째 매장은 몇 주 뒤 공식적으로 대중에게 선보이기 전에 시스템을 검사하고 시험하기 위해 아마존 직원들에게만 공개되었다.

　하지만 깊은 우려를 낳을 만큼 문제가 너무 컸기 때문에 첫 공식 매장은 2018년 1월이 되어서야 문을 열었다. 그러나 막상 아마존 고가 오픈하자 언론은 그 개념이 지니는 의미에 소스라치게 놀랐다.

당시의 반응은 새로운 형태의 자유로운 쇼핑에 대한 축하에서부터 기술의 발달로 계산원이 필요 없어지는 미래 전망에 대한 불안감까지 다양했다.

아마존은 매장 직원들이 여전히 매장 경험의 중요한 부분을 차지한다고 언급함으로써 그러한 우려와 불안감을 불식했다. 아마존은 '그냥 나가기' 기술을 이용해 매장 직원들의 시간 활용 방식을 바꾸어, 재고를 채워 넣거나 입구에서 고객을 맞이하는 등 고객 경험을 향상하는 활동에 집중하도록 했다.

비록 베조스 본인의 주장인지는 확실치 않지만, 2018년 블룸버그 기사에 따르면 아마존은 향후 3년간 수천 개의 아마존 고 매장을 여는 것을 목표로 하고 있었다(스펜서 소퍼, "아마존, 2021년까지 최대 3천 개의 무인 매장 열 계획", 2018년 9월 19일). 2021년 3월까지 20개가 넘는 매장이 문을 열었다. 연구 개발에 투입된 시간과 비용을 고려하면,

베조스의 주요 실패작 중 하나로 분류될 정도였다.

하지만 우리가 아마존과 베조스로부터 배웠듯이 시간이 흐름에 따라 시장이나 기술이 성숙해지면 상황이 크게 바뀔 수 있으므로, 아직은 두고 볼 일이다. 아마존 고가 아마존의 유일한 체인도 아니다.

가령, 2015년 11월에는 아마존의 인기 있는 책과 전자 기기들을 판매하는 아마존 북스Amazon Books의 첫 매장이 문을 열었다(그러나 2022년 3월, 아마존은 모든 아마존 북스 매장의 폐점을 발표했다).

또 2007년 미국에서 시작된 식료품 배달 서비스인 아마존 프레시Amazon Fresh는 미국과 영국에 오프라인 매장들을 열었으며, 그중 일부에는 JWO 기술이 적용되었다(구체적으로 말하면, 이 기술은 미국 내 아마존 프레시 매장 중 일부와 모든 해외 매장들에서 적용된다).

진짜 충격은 2017년 아마존이 슈퍼마켓 체인인 홀푸드 마켓Whole Foods Market을 130억 달러에 인수해 업계를 불안에 떨게 한 일이다.

베조스는 주주 서한에서, 아마존이 40년 된 홀푸드에 가져온 혁신에 관해 설명했다. 인기 상품들의 가격 인하, 프라임 회원들만을 위한 프로모션(일부 도시에 적용되는 2시간 배달 서비스, 프라임 리워드 VISA 카드로 홀푸드에서 구매 시 5퍼센트 페이백 등), 홀푸드 매장에서 35달러 이상 구매 시 식료품 무료 픽업 서비스, 단독 특가, 모든 세일 상품(술 포함)에 추가 10퍼센트 할인 등.

미래를 바라보는 아마존은 또한 소매업체들이 JWO 기술을 사용할 수 있게 해줌으로써, 아마존이 꾸준히 타 소매업체들을 위한 플랫폼 역할을 하고 있음을 다시 한 번 보여주었다. 비판적 시각을 가진 업계 분석가들은 앞으로 아마존이 홀푸드를 통해 수집하는 모든 고객 및 제품 관련 데이터를 과연 어떤 방식으로 이용할 것인지에 대해 경계하는 입장을 밝히기도 했다.

2020년 초, 아마존 제국은 마치 끝없는 세포 분열 과정을 거친 듯 한층 더 거대해졌다. 하지만 아마존이 다음 10년을 향해 힘차게 나아가는 사이 베조스는 지휘자의 자리에서 물러났다.

최고경영자 자리에서
물러난 제프

2021년 2월, 제프 베조스는 그가 아마존 최고경영자 자리에서 물러날 것이며 7월에는 오랫동안 아마존 임원으로 근무한 믿음직한 앤디 재시에게 그 직책을 넘길 것이라고 발표했다.

이 획기적 사건에 대해 언론은 아무래도 베조스가 아마존을 밑바닥에서부터 쌓아 올렸다는 사실에 주목할 수밖에 없었다. 자신의 벤처 사업 실패 확률을 70퍼센트로 예측했던 순수하고 젊은 기업가가 퇴임할 즈음에 재산이 2,030억 달러나 되는 공식 세계 최고 부자가 되었으니까.

그렇다고 베조스가 아마존을 완전히 떠난 것이 아니었다. 아니, 실은 안 떠난 것이나 마찬가지였다. 10퍼센트 남짓의 아마존 주식 지분을 보유한 그는 최대 주주로서 아마존 이사회 의장직으로 옮겨 갈 계획이었다. 따라서 그는 회사에 미치는 문화적 영향력과 함께, 여전히 아마존이 나아갈 길에 대한 강력한 발언권을 가졌다.

하지만 2021년에 베조스는 아마존 외의 새로운 관심사들을 개발했는데, 여기에는 블루 오리진 우주 비행 계획과 베조스 엑스퍼디션스Bezos Expeditions를 통한 다양한 지적 활동, 연구 및 자선 활동이 포함되었다. 그는 직원들에게 다음과 같이 해명하는 이메일을 보냈다.

아마존의 최고경영자는 책임이 막중하고 힘든 자리입니다. 그런 책임을 지고 있으면 다른 일에 신경을 쓰기가 어렵지요. 이제 이사회 의장으로서 저는 아마존의 주요 계획에 계속 참여하는 동시에 데이 원 펀드Day 1 Fund, 베조스 어스 펀드Bezos Earth Fund, 블루 오리진, 〈워싱턴포스트〉를 비롯한 저의 다른 열정들에도 시간과 에너지를 들일 것입니다. 저는 지금처럼 활력이 넘친 적이 없으며, 따라서 아직은 은퇴를 말할 때가 아닙니다.

우리가 기억해야 할 것은, 이제 59세가 된 베조스가 23세의 젊은이들도 지칠 만한 까다로운 일들을 아직도 처리하고 있다는 것이다. 그가 아마존을 떠난 것을 무엇이라 부르든 간에, 분명 은퇴와는 거리가 멀었다.

아마존을 떠날 무렵, 베조스는 직업적으로뿐만 아니라 개인적으로도 많이 바뀌었다. 사람들은 그가 건강한 식사와 운동이라는 절제의 결과로 얼마나 건강해졌는지(날씬하고, 탄탄하고, 건강한 모습)에 주목했다.

2017년 7월 '맨즈 헬스'Men's Health 웹사이트에는 "몸짱이 된 아마존 최고경영자 제프 베조스, 인터넷을 떠들썩하게 하다"라는 제목의 기사와 함께, 가냘픈 컴퓨터 천재에서 '엄청 몸 좋은' 남자로의 변화를 강조하기 위한 '비포 앤 애프터' 사진들이 실렸다.

또 베조스는 성공 초기보다 훨씬 더 많은 사교 활동을 하고 있어서 레드카펫 또는 유명인사, 정치인, 억만장자 동료들 및 기타 사회 고위층과 어깨를 나란히 하는 모습이 자주 목격되었다.

그러나 베조스의 사생활에서 가장 큰 변화 중 하나는 2019년 1월, 그가 25년간 함께 해온 아내 매켄지와의 이혼 소송 소식을 전했을 때 일어났다. 다음 날, 〈내셔널인콰이어러〉는 베조스와 아름답고 인지도 높은 연예 리포터이자 뉴스 앵커 겸 사업가인 로렌 산체스Lauren Sánchez의 불륜에 관한 장문의 기사를 냈다.

베조스는 이 가십성 주간지(〈내셔널인콰이어러〉)가 뒷조사를 시작한 그해 2018년부터 역시 기혼이던 산체스를 만나고 있었다.

이듬해에 대중에게 점차 알려진 이 지극히 사적인 드라마의 풀 스토리는 브래드 스톤이 《아마존, 세상의 모든 것을 팝니다》The Everything Store에 이어 출간한 《아마존 언바운드》Amazon Unbound에 자세히 나와 있지만, 그 후에 전개된 법적·정치적 드라마는 베조스의 사생활이 어떻게 세상의 이목을 사로잡았는지 알기 위해서라도 알아볼 가치가 있다.

이후 매켄지는 혼자 힘으로 계속 성공을 이어나갔으며, 언론에 따르면 이혼 합의 후 세계에서 세 번째로 돈 많은 여성이 되었다(그녀는 재산의 상당 부분을 자선 활동에 쓸 생각이다).

PART 6

지구 넘어
우주에 펼친 꿈

제프와 마크 베조스는 우주 탐사 역사상 최초로 형제가 함께 우주 비행을 했다. 하지만 가장 중요한 것은, 어린 시절 우주 비행사가 되기를 꿈꾼 제프가 지구 대기권을 뚫고 그 너머의 깜깜한 하늘 속으로 날아갔다는 것이다. 놀랍게도 여기에 이용된 우주선은 그가 소유한 우주 기업에서 만들고, 그가 직접 자금을 조달하고, 지구 밖 세계의 미래에 대한 그의 비전을 좇아 개발한 것이었다.

우주 기업
'블루 오리진'을 만들었어

뉴셰퍼드호의
첫 우주 비행에 직접 탑승

2021년 7월 20일, 블루 오리진(제프 베조스가 2000년에 설립한 우주 기업)은 실제로는 우주 비행 역사와 베조스 개인의 삶에서 아주 중대한 의미를 지닌, 즉 세계 우주과학사에 신기원으로 기록될 만한 한 사건에 대해 다소 무심한 뉘앙스의 보도 자료를 냈다.

블루 오리진은 오늘 민간인 4명을 태운 뉴셰퍼드호의 첫 유인 우주 비행에 성공했다. 뉴셰퍼드호에는 제프 베조스, 마크 베조스, 월리 펑크, 올리버 데이먼이 탑승했으며, 이들은 국제적으로 지정된 지구와 우주의 경계선인 카르만 라인^{Kármán Line}을 통과하는 순간 공식적으로 우주인들이 되었다. 서부 텍사스 사막에 착륙한 그들은 가족과 블루 오리진 지상 작전 팀의 환영 속에서 축하파티를 가졌다.

그것은 뉴셰퍼드호의 첫 유인 우주 비행이었다. 미국의 베테랑 비행사인 메리 월러스 '월리' 펑크^{Mary Wallace 'Wally' Funk}는 82세에 우주 비행을 감행한 최고령 우주인이 되었다. 반대로 18세인 네덜란드 출신 올리버 데이먼은 최연소 우주인이자 뉴셰퍼드호의 첫 고객이 되었다(그는 개인 우주 시설에서 발사되는 개인 우주선 비행 티켓을 구매했다).

비행 후에 열린 기자회견에서 베조스는, 그만의 패션이 된 카우보이모자를 쓴 채 그 미션의 의미를 되새기면서 그것이 허영심에서 비롯된 일회성 발사가 아니라 미래를 향한 위대한 여정의 시작이라는 메시지를 전했다.

연습은 우리를 더 나아지게 합니다. 우리가 생각하기에, 현재 우리의 우주선들은 한 대당 25회에서 100회 정도 비행할 수 있는 임무 수명을 갖고 있습니다. 우리는 그것을 25회보다는 100회에 가깝게 만들고 싶습니다. 일단 100회에 가까워지고 나면, 또 100회를 넘기려고 하겠지요. 이것이 바로 운영 면에서 사용성을 높이는 방법입니다. 중요한 일은 작은 것에서 시작된다는 것을 기억해야 합니다. 저는 오늘 우주선에 타서 발사를 기다리고 있을 때 거기에 탄 모두에게 말했습니다.

"여러분, 원하시던 바대로, 여러분을 초대합니다. 우리가 그곳에 올라가면 온갖 종류의 아드레날린, 온갖 종류의 흥분, 진기한 경험이 있을 것입니다. 하지만 잠시만, 다만 몇 초라도 시간을 가지고 밖을 내다보고 우리가 하는 일이 단순한 모험이 아님을 침착하게 생각해보세요. 이것은 모험이자 재미이지만, 뭔가 대단한 일의 첫걸음이 되는 중요한 일이기도 하니까요."

뉴셰퍼드호의 발사는 우주 탐사의 새로운 시대를 열었다는 점에서 정말 '뭔가 대단한 일의 첫걸음'이라 할 수 있다. 수십 년 동안 미국에서 우주 비행은 거대 정부 기관인

2021년 7월 20일, 블루 오리진의 첫 유인 비행 참여자들이 착륙대의 뉴셰퍼드호 부스터 옆에서 성공을 축하하고 있다. 왼쪽부터 올리버 제이먼, 제프, 월리 펑크, 마크 베조스.

NASA가 거의 독점하는 영역이었다. 그런데 이제는 (지구상에서 가장 부유한 사람 중 하나라고는 하나 그래도 개인인) 베조스가 자기 돈, 자기 시설, 직원과 혁신을 들여 우주 부동산의 일부를 차지했다. 그는 지구에서 온갖 업적을 이루었지만, 그의 꿈을 펼치기에 이제 지구는 너무 좁아 보였다.

아마존이 열어젖힌
민간 우주 개발 시대

베조스는 2000년에 블루 오리진을 설립했다. 닷컴 분야의 위기로 인한 재정적 어려움을 처리하느라 정신없을 시기였는데도 그렇게 한 것을 보면, 그의 낙관적 마음가짐과 지적 능력이 얼마나 대단한지 알 수 있다.

이 회사는 시애틀에 본사를 두었으며, 최초의 직원 중에는 베조스가 그 회사를 차리는 데 자극제 역할을 했던 닐 타운 스티븐슨Neal Town Stephenson도 있었다. 스티븐슨은 사이버펑크cyberpunk(기계화된 세상의 암울함을 주제로 하는 공상 과학 문학의 한 장르 _옮긴이)를 비롯한 공상 과학 소설과 역사 소설 등을 쓴 성공한 소설가이자, 과학 및 기술 분야의 전문가이기도 했다.

그 밖에도 우주 비행에 관한 최첨단 전문 지식을 가진 사람들과 베조스를 도와 지구 밖 여행의 전통적 모델들을 깨부술 사람들이 꾸준히 입사했다. 그중 한 명은 우주 발사 시스템 전문가인 항공 우주 공학자 롭 메이어슨^{Rob Meyerson}으로, 그는 기술직으로 들어왔다가 2003년에 사장이 되었다.

베조스는 블루 오리진의 활기찬 싱크 탱크 구성원들과 함께 우주 탐사의 새로운 시대를 자유롭게 구상하고자 노력했다. 그는 간헐적이고, 막대한 비용이 들고, 준비 속도가 느리고, 일회용 부품(엔진이나 부스터와 같은)의 손실이 잦은 정부 시설의 발사보다 나아지기 위해, 지금까지와는 전혀 다른 유인 우주 비행의 효율적 체제를 만드는 데 특히 초점을 맞추었다. 베조스는 마치 여객기를 탈 때처럼 언젠가는 재사용 가능한 우주선을 타고 우주를 오갈 수 있을 거라는 가능성에 집착했다. 아이디어들은 이미 다 나와 있었다.

블루 오리진의 시작은 화려하지 않았고, 수년 간 대중은 그 프로젝트가 진행되는지도 알지 못했다. 그러나 베조스는 우주 탐사에 관한 연구와 함께, 그 프로젝트의 실현에 필요한 실질적 단계들을 밟아나가기 시작했다.

2003년과 2004년에 서부 텍사스의 땅을 사들이기 시작한 그는 여러 목장과 사막 등지를 포함해 29만 에이커(서울시 면적의 약 2배)에 달하는 드넓은 불모지를 소유했다. 그는 그 새로운 투자를 대중에게 알리지 않기 위해 변호사들을 통해 암호명으로 땅을 구매했다. 밴혼Van Horn 마을에서 약 40킬로미터 떨어진 그곳은 결국 블루 오리진 우주선의 발사장Launch Site One이 될 터였다.

하지만 이 이야기는, 특히 탐사 전문 기자인 브래드 스톤(후에 그는 베조스와 아마존에 관해 가장 상세한 책을 두 권이나 낸 저자가 된다)에 의해 점차 퍼져나가기 시작했다. 2003년, 스톤이 블루 오리진 사무소 밖 쓰레기통에서 발견한 것으로 알려진 자료에 따라 〈뉴스위크〉에 "우주로 간 베조스"라는 제목의 기사를 실었다. 이 기사로 인해 블루 오리진이 가진 비전의 핵심 요소들, 즉 우주에 영구적 식민지를 건설하고자 하는 열망, '뉴셰퍼드'라는 이름의 재사용 가능한 수직 이착륙 우주선 제조, 우주 발사 기술의 새로운 설계, 우주 관광객 모집 등이 공개되었다.

새 우주선의 이름은 대중의 반향을 일으켰다. 그 이름의 유래는 NASA의 머큐리 계획에 따라 우주를 여행한 최초의 미국인, 앨런 바틀릿 셰퍼드 주니어Alan Bartlett Shepard Jr.였다. 그는 아폴로 계획에도 참여해 1971년 '아폴로 14호'의 선장으로서 달 위를 걸었다. 베조스는 그 이름을 통해 그의 영웅들에게 경의를 표하는 것임이 틀림없었다.

스톤은 기사를 쓰던 중에 베조스와 접촉해 일부 세부 사항에 관한 확인을 요청했다. 또 그는 베조스가 NASA의 개발 속도에 불만이 있어서 개인적으로 우주 비행을 연구하는 것인지 물었다. 베조스는 당시 사용하던 블랙베리 휴대폰으로 답장을 보냈는데, 그가 하는 일은 NASA에 대한 평가가 아니며 NASA의 우주선, 엔지니어, 계획, 우주 비행사 등은 그에게 큰 영감을 주었다는 내용이었다. 그는 또 블루 오리진은 아직 걸음마 단계라고 하기에도 부족하며 실질적으로 이룬 것이 거의 없다고 강조했다.

2005년경에는 블루 오리진과 베조스의 우주 비행 연구에 관한 더 많은 소식이 새어 나오기 시작했다. 하지만 그 때는 베조스 외에도 민간 우주 탐사 시장에 진출한 억만장 자들이 더 있었다.

가령, 일론 머스크Elon Musk는 2002년에 우주 운송비 절감 이라는 장기적인 목표와 식민지화를 위한 화성 여행이라 는 궁극적 비전으로 스페이스X사를 설립했다.

리처드 브랜슨Richard Branson은 2004년에 버진 갤럭틱Virgin Galactic을 세우고 상업적 우주 비행과 우주 관광 개발에 전 념했다. 그중에서도 머스크와 베조스는 2004년에 함께 식 사하며 그들이 우주에 쏟는 노력에 대해 논의하고 아이디 어를 나누었다.

크리스천 데이브포트Christian Davenport는 《타이탄》The Space Barons: Elon Musk, Jeff Bezos, and the Quest to Colonize the Cosmos에서 그들이 식 사 중에 로켓 설계 기술을 논의한 일과 머스크가 베조스의 기술 전략 중 일부에 대해 스페이스X에서 이미 시도되었 으나 성공 가능성이 없다고 판명되었다며 이론을 제기한 일을 설명했다. 머스크는 또 자신의 조언이 거의 무시되었 다고 언급했다.

일반인도 가능하게 된
우주여행

얼마 지나지 않아 블루 오리진 우주 계획의 결과물들이 하늘로 날아오르기 시작했다. 첫 발사체인 '카론'Charon(명왕성의 위성 이름을 본떠 명명)은 자율 유도 및 제어 시스템을 테스트하고 분석하기 위한 것이었다.

네 개의 롤스로이스 바이퍼Viper 제트 엔진을 단 (일반인들이 보기에는 마치 버려진 공사장 작업대와 로켓이 달린 침대를 섞어놓은 것처럼 생긴) 이 우주선은 2005년 3월 5일에 워싱턴주 모지스레이크Moses Lake에서 발사되어 단 96미터까지 비행했다.

다음 시험 발사체는 뉴셰퍼드호를 향한 첫 걸음인 고다드Goddard였다. 고다드는 2006년 11월 13일 밴혼 인근 발사장에서 처음으로 발사되어 약 10초간 85미터까지 상승한 후 수직으로 하강하여 착륙용 다리landing leg로 수직 착륙했다. 얼마 후, 베조스는 블루 오리진 프로젝트를 대중에게 공개했다. 2007년 1월 2일의 한 보도 자료에서 그는 다음과 같이 간단히 설명했다.

우리의 첫 번째 목표는 소수의 우주 비행사들이 준궤도sub-orbital 우주여행을 할 수 있도록 설계된 수직 이착륙 발사체인 뉴셰퍼드를 개발하는 것입니다. 2006년 11월 13일 아침, 우리는 뉴셰퍼드 계획의 첫 시험 발사체인 고다드의 발사 및 착륙에 성공했습니다. 그 발사는 유용하면서도 재미있었습니다. 많은 친구와 가족들이 찾아와 발사를 지켜보고 팀을 응원해주었지요.

그다음에 이어진 단락은 특히 흥미롭다. 베조스는 마치 그가 여전히 아마존에 집중하는 모습을 보고 싶은 주주들이나 상업적 파트너들에게 보란 듯이, 동시에 홍보의 기회를 잡았다는 듯이 이렇게 말했다.

여담으로, 이 웹사이트의 모든 이미지와 비디오는 아마존의 심플 스토리지 서비스(S3, Simple Storage Service)에서 제공됩니다. S3은 간단한 웹 서비스 인터페이스를 통해 웹의 어디서나 데이터를 저장하고 검색할 수 있도록 해줍니다. 소프트웨어 개발자들의 경우에는 아마존이 자사 웹사이트를 운영하는 데 사용하는 것과 같은, 확장 가능한 데이터 스토리지 인프라를 이용할 수 있습니다. 더 자세한 정보는 aws.amazon.com에서 얻으실 수 있습니다(네, 이상은 짤막한 아마존 웹 서비스 광고였고요, 이제 다시 로켓 이야기로 돌아가겠습니다).

아마존의 존재와 성장, 그리고 그로부터 얻은 베조스의 부가 그의 우주 모험에서 핵심 역할을 했으므로, 그의 아마존 홍보는 사실 블루 오리진 프로젝트와 연관이 없는 것은 아니다. 시험 발사체 발사를 시작했을 때쯤 블루 오리진은 직원, 연구 개발 예산, 첨단 제조기술, 소프트웨어 개발과 기타 무수한 방면으로 막대한 비용이 드는 꽤 큰 기업이었다.

2014년 5월경 450명이던 블루 오리진의 직원 수는 4년 뒤 2천 명으로 불어났다. 베조스는 주로 자기 소유의 주식을 판 돈으로 블루 오리진의 자금을 댔다. 2014년 7월까지 그는 5억 달러가 넘는 자산을 블루 오리진에 쏟아부었고, 2017년경에는 우주 개발에 해마다 10억 달러씩을 썼다.

그러나 해야 할 일도, 생각할 것도 많았기에 가능한 한 많은 돈이 필요했다. 베조스는 비용 효율성이 높은 새로운 동력 장치를 개발하려고 했기 때문에 투자와 혁신은 주로 엔진 설계에 집중되었다.

이 계획의 중대한 순간은 2015년 4월 29일 뉴셰퍼드호가 고도 93.5킬로미터까지 상승하여 첫 준궤도 시험 비행에 성공했을 때였다.

이 임무는 대체로 성공적이었지만, 추진 모듈은 하강 중에 사라졌다. 완전히 재사용이 가능한 우주선이 되려면 모든 부품이 지구로 안전하게 돌아와야 했고 재발사 전 준비 시간이 최소화되어야 했다.

두 번째 발사는 11월 23일에 이루어졌는데, 그 결과에 대해 베조스가 얼마나 흥분했는지는 다음 보도 자료에 잘 나와 있다.

블루 오리진 창립자 제프 베조스는 서부 텍사스 발사장에 뉴셰퍼드호가 안착한 직후 말했다. "블루 오리진의 재사용 가능한 뉴셰퍼드 우주선은 임무를 완벽하게 수행했습니다. 약 100킬로미터까지 솟아올랐다가 높은 고도에서의 시속 190킬로미터가 넘는 측풍을 뚫고 되돌아온 다음 착륙대 중심에서 불과 1.4미터 떨어진 지점에 계획대로 안정적으로 착륙했습니다. 완전한 재사용은 업계의 판도를 바꾸는 일이며, 우리는 어서 연료를 채우고 다시 하늘을 날기만을 기다릴 뿐입니다."

　그는 오래 기다릴 필요가 없었다. 2016년에만 세 번의 시험 발사가 성공적으로 이루어졌다.

　그 계획이 시작된 후 15회의 시험 비행이 있었고, 2021년 7월에는 뉴셰퍼드호가 처음으로 승객들을 싣고 우주로 갔는데, 그중에는 제프 베조스 본인도 있었다. 그것은 그는 물론 그가 만든 우주 계획에서도 중대한 순간이었다. 하지만 블루 오리진의 성장은 거기에서 멈추지 않았으며, 뉴셰퍼드호는 그해 말까지 유인 비행 임무를 두 차례 더 수행했다. 그중에서도 10월 13일 발사 때에는 네 명의 승객 중 특별한 사람이 있었다. 바로 베조스를 비롯한 중년 세대들에게는 〈스타 트렉〉의 얼굴이나 다름없는 USS 엔터프라이즈호의 제임스 커크 선장Captain James T. Kirk, 배우 윌리엄 섀

트너^{William Shatner}였다. 새트너는 그 임무에 참여하게 된 것에 대해 다음과 같이 말했다.

"저는 지금껏 오랫동안 우주에 대해 듣기만 했습니다. 이제 그곳을 직접 볼 기회를 잡은 거죠. 정말 기적 같아요."

그는 또 90세의 나이로 최고령 우주인이 되면서 블루 오

베조스가 우주선의 재사용 가능성에 주안점을 두었음을 여실히 보여주는 뉴셰퍼드 호의 부스터가 2019년 5월 2일 성공적인 우주 비행 임무를 마치고 서부 텍사스 사막에 착륙하고 있다.

리진이 또 다른 최초 기록을 세우도록 해주었다. 그와 함께 탑승한 사람들은 엔지니어이자 조종사이며 NASA의 비행 관제사였던 블루 오리진의 임무 및 비행 운영 부문 부대표 오드리 파워스, 메디데이터 솔루션스(임상시험 소프트웨어 회사)의 최고경영자 겸 공동 설립자이자 다쏘시스템의 생명과학 및 헬스케어 부문 부의장인 글렌 드 브리스, 지구 영상 촬영 위성 전문기업 플래닛의 공동 설립자인 크리스 보슈이젠이었다.

주목할 점은, 드 브리스와 보슈이젠은 뉴셰퍼드호 탑승을 위해 돈을 냈다는 것이다(안타깝게도 드 브리스는 우주여행 4주 후 경비행기 추락으로 사망했다). 실제로 이 NS-18 임무에 관한 블루 오리진의 보도 자료에서 드 브리스와 보슈이젠은 '우리의 두 고객'으로 언급되었다. 뉴셰퍼드호는 일반 시민들도 돈을 내면 우주에 갈 수 있다는 것을 보여주었고, 이로써 블루 오리진은 정기적이고 상업적인 우주비행이 실현 가능한 야망임을 증명했다. 예전부터 우주는 엘리트 중의 엘리트들, 즉 우주 비행사 자격을 얻기 위해 혹독한 훈련을 통과한 전직 군 조종사나 우주 과학자 등만

2021년 7월 20일, 자신의 우주선 중 하나를 타고 우주여행을 다녀왔다는 사실에 매료된 듯한 우주인 제프가 지구로 돌아온 뒤 '엄지 척'을 하고 있다.

갈 수 있는 곳이었다. 베조스는 다시 한 번 틀과 관례를 깨고 고객을 중심으로 생각한 것이다.

더 먼 우주로
나아갈 준비

블루 오리진 계획의 다음 단계는 재사용이 가능한 발사체 뉴글렌New Glenn을 2022년 말에 발사하는 것이다(개발 지연으로 인해 아직 발사되지 못하고 있다._옮긴이). 뉴셰퍼드는 정기적으로 준궤도 비행을 선보여 왔지만 뉴글렌은 지구에서 멀리 떨어진 깊은 우주로 가는 것을 목표로 하는, 더욱 확장된 개발 계획의 첫 단계일 뿐이다.

NASA의 우주 비행사 존 글렌John Glenn의 이름을 딴 뉴글렌은 대형 궤도 발사체로 2012년에 개발이 시작되었다. 일반적으로 발사체는 페이로드payload(다른 우주선, 로봇 탐사선, 착륙선, 위성, 과학 장비 등)를 지구 궤도 밖이나 그 너머로 들어 올리도록 설계된 우주선이며, 지구 저궤도low-Earth orbit까지의 유효 탑재량에 따라 소형·중형·대형·초대형으로 분류된다. 대형 발사체 한 대에는 2만에서 5만 킬로그램의 페이로드를 탑재할 수 있다. 이에 속하는 뉴글렌은 2단 로켓이며 높이가 98미터, 지름이 7미터이다.

뉴셰퍼드와 마찬가지로, 뉴글렌은 재사용을 핵심 요건으로 하여 제작되었다. 액체산소와 액화천연가스를 이용하는 BE-4 가변추력 엔진 일곱 개를 단 1단은 우주선을 궤도로 쏘아 올리도록 설계되었으며, 단이 분리되면 2단은 계속 날아가 페이로드를 내려놓은 뒤 지구 중력에 의해 돌아오다가 지구 대기권으로 재진입하면서 타버린다. 하지만 1단은 최소 25회 재사용이 가능하도록 만들어지고 있는데, 이는 지금까지의 우주 탐험 역사상 처음 있는 일이다. 지구로 돌아오는 방식은 뉴셰퍼드와 거의 같지만 물위에 착륙한다는 점은 달라서, 뉴글렌의 1단은 대형 회수선의 평평한 갑판 위에 수직으로 자율 착륙한다.

뉴글렌은 우주 식민지 건설이라는 베조스의 장기적 야망이 진화된 것으로 보는 게 당연하다. 그러려면 사람들과 페이로드를 정기적으로 우주로 실어 나를 발사체가 필요하기 때문이다. 그러나 뉴글렌은 베조스의 극도로 경쟁적인 상업적 감수성의 잠재적 표현이기도 하다. 결국, 우주는 미래의 신흥 시장으로 빠르게 부상 중이니까. 블루 오리진은 뉴글렌이 '민간, 상업 및 국가 안보 고객'을 대상으로 한다는 점에 홍보의 초점을 맞추고, 특히 '고가용성'이 결합한 비용 효율성을 강조한다.

최상위 고객들은 블루 오리진이 '기존 발사체들의 두 배에 달하는 페이로드'라고 묘사한 직경 7미터의 페어링이 제공하는 페이로드 크기 덕분에 비용 절감 효과를 얻을 수 있다. 즉, 대량 수송으로 비용 대비 높은 수익률을 달성할 수 있다. 게다가 블루 오리진은 '95퍼센트의 기상 조건에서 발사 및 착륙이 가능하다'는 약속에 따른 신뢰성과 재사용 모델로서 각 임무 사이의 준비 시간이 단축된다는 사실을 기반으로 고가용성을 보증하며, 연간 8회의 임무 수행을 기대하고 있다.

비용 절감, 신뢰성 및 속도. 이는 전부 베조스가 아마존을 세울 때 적용했던 원칙들이다. 블루 오리진도 이미 이를 기반으로 고객을 확보했다. 주요 고객은 상업 통신 위성 분야 업체들이다. 2019년까지 유텔샛, 뮤 스페이스, 스카파

JSAT, 원웹, 텔레샛이 블루 오리진과의 위성 발사 계약에 서명했으며, 그중 몇몇은 다중 발사 계약을 맺었다.

이렇듯 베조스는 그가 진출하는 모든 분야에서 전통적인 가격 및 서비스 모델을 뒤엎는 방향으로 나아갔고, 우주로의 페이로드 발사도 예외가 아니다. 2018년 7월 블루 오리진의 전 영업 책임자인 테드 맥팔랜드^{Ted McFarland}는 가장 중요한 제안 중 하나를 발표했다. 그는 뉴글렌의 처음 5회의 임무는 각각 단독 고객의 페이로드만 수송될 예정이지만, 여섯 번째부터는 '이중 탑재 능력'을 갖추게 될 것이라고 말했다. 다시 말해, 한 임무에 두 고객의 페이로드들을 싣고 발사 비용을 나누어 부담하도록 함으로써 각 고객의 비용을 절감시킨다는 것이다. 그리고 이번에도 고객 중심 철학에 따라, 맥팔랜드는 그 고객 중 하나가 발사 날짜를 맞추지 못하게 되더라도 블루 오리진은 나머지 고객을 위해 추가 비용 없이 예정된 날짜에 발사를 진행할 것이라고 설명했다.

뉴글렌은 처음부터 위성 발사 분야에서 경쟁력 있는 옵션으로 설계되었으며, 특히 용량과 유연성 면에서 다른 주요 발사체들(아리안스페이스의 '아리안 5', 인터내셔널 런치 서비스의 '프로톤'Proton, 스페이스X의 '팰콘9' 등)을 능가할 것으로 기대된다. 베조스는 고객이 잘 대접받고 만족할 수만 있다면 단기적 손실쯤은 극복할 준비가 되었다.

정부 계약 입찰에도
적극적으로 참여

블루 오리진은 상업 분야를 넘어 정부 계약 입찰에도 참여했다. 이 일로 베조스는 2004년에 그의 우주 비행 계획에 부정적인 조언을 했던 스페이스X의 설립자 겸 최고경영자 일론 머스크와 직접 경쟁하게 되었다. 스페이스X는 여러 핵심 시장에서 상업적으로나 이념적으로 블루 오리진의 경쟁자이기에, 계약 입찰 과정은 때때로 심각한 분쟁으로 치닫곤 했다.

블루 오리진이 처음으로 따낸 주요 정부 계약은 2018년 미 공군의 NSS(국가 우주 계획) 임무를 위한 뉴글렌 발사 서비스 협약 파트너십을 맺은 것이었다. 이 계약은 사실 발사 시스템 프로토타입 개발을 위해 블루 오리진뿐만 아니라 노스롭 그루먼 이노베이션 시스템, 유나이티드 론치 얼라이언스와 체결된 세 건의 계약 중 하나였다.

이 계약들의 총 가치는 20억 달러에 달하며, 그중 5억 달러가 블루 오리진에 돌아갔다. 베조스는 이제 더는 블루 오리진의 연구비용을 자기 돈으로만 충당하지 않아도 되었다. 산드라 어윈Sandra Erwin은 스페이스뉴스닷컴SpaceNews.com에 기고한 글(〈미 공군, 블루 오리진, 노스롭 그루먼, ULA와 발사체 개발 계약 체결〉, 2018년 10월 10일)에서 "스페이스X는 전에 발사 계약을 따낸 적이 있지만, 이번 계약에서는 배제되었다. 하지만 국방부 관계자는 스페이스X가 앞으로 있을 공군의 발사 계약에 입찰할 자격은 계속 유지된다고 말했다"라고 썼다. 어윈은 공군이 스페이스X의 입찰 참여 여부를 확인할 수는 없었지만, 이전 입찰에도 참여했던 것을 고려하면 이번에도 그랬을 가능성이 크다고 지적했다.

그러나 입찰 전쟁에서 베조스가 항상 승리를 거둔 것은 아니었다. NASA는 2024년까지 우주 비행사들을 다시 달 표면에 착륙시키는 것을 목표로 하는 아르테미스 계획

Artemis programme을 진행 중인데, 그 하나로 2020년 4월 블루 오리진에 달 착륙선 개발비 5억 7,900만 달러를 지원했다. 아르테미스 계획의 인간 착륙 시스템에 속하는 이 작업에는 블루 오리진만 참여한 것이 아니었다. NASA는 이 시스템을 위해 세 건의 계약을 했으며, 나머지 두 업체는 스페이스X(1억 3,500만 달러)와 다이네틱스(2억 5,300만 달러)였다. 게다가 블루 오리진은 록히드 마틴, 노스롭 그루먼, 드레이퍼와 미국 47개 주에 있는 200개의 기타 중소 공급업체들로 구성된 '국가 대표팀' 파트너사들의 책임자였다.

보도 자료를 보면, 블루 오리진은 자사가 유리한 위치를 차지하고 있다고 확신하는 듯했다.

이 파트너사들은 함께 아폴로^{Apollo}를 안내했고, 궤도 화물 운송의 루틴을 확립했으며, 현재로서 유일한 달 탐사 유인 우주선을 개발했고, 액체수소/액체산소를 이용한 우주선으로 정밀 행성 착륙 방식을 개척했다. 이 제안된 해결책은 우주 비행의 역사적 유산과 모듈화를 이용해 위험을 관리하고, 빠르게 움직이고, 달에서 지속 가능한 작전이 수행될 수 있도록 해줄 것이다.

하지만 2021년 4월 16일, NASA는 그 착륙선에 대한 앞으로의 작업을 스페이스X사에 전부 맡기겠다고 발표했다.

나사의 결정은 베조스와 블루 오리진의 거의 즉각적인 반발을 불렀고, 4월 26일 블루 오리진은 회계감사원에 항의서를 제출했다. 그리고 7월 26일, 베조스는 NASA 국장인 빌 넬슨Bill Nelson에게 장문의 공개서한을 보냈다. 베조스는 서두에서 지속 가능성 및 유연성과 같은 위험 감소 설계의 요인들을 예로 들며 블루 오리진식 인간 착륙 시스템만의 신뢰성을 언급했다. 그런 다음 그는 주된 불만 사항을 이야기했다.

그러나 이러한 이점에도 불구하고 마지막 순간에, 업체 선정 담당관은 나사가 자주 언급했던 조달 전략에서 벗어났습니다. 본래 의도했던 대로 두 경쟁 업체의 달 착륙선에 투자하는 대신, 스페이스X사가 수년, 수십억 달러를 앞서 출발하도록 결정한 것입니다. 그 결정은 앞으로 수년간의 의미 있는 경쟁에 종지부를 찍음으로써, NASA의 성공적인 상업용 우주 계획의 틀을 깨뜨렸습니다. 또 (스페이스X의 수직 통합형 접근 방식에 자금을 대는 것이 아니라) '국가 대표팀'의 광범위하고 유능한 공급 기반을 활용하는 이점을 없애버렸으니, 단 한 대의 착륙선을 달 표면으로 보내기 위해 슈퍼헤비Super Heavy와 스타십Starship을 열 번 이상 발사해야 할 것입니다. NASA의 결정으로 인해 인류의 달 귀환은 '운영 일정의 지연 위험과 함께, 처음 실행 단계에 필요한 아주 많은 일과 관련해 굉장한 복잡성과 큰 위험도를 가진' 단일 해결책에 의지하게 됩니다.

NASA는 본래의 경쟁 전략을 이용해야 합니다. 경쟁은 독점 업체가 NASA에 심각한 영향력을 행사하지 못하도록 해줄 것입니다. 경쟁이 없다면, 계약이 시작된 지 얼마 되지 않아 NASA는 마감 기한을 놓친 것, 설계 변경 및 비용 초과에 관한 협상에서 곤란하게 될 것입니다. 경쟁이 없다면, NASA의 달 탐사 야망은 지연될 것이며 결국 더 큰 비용이 들고 국익에도 도움이 되지 않을 것입니다.

두 번째 단락은 베조스의 세계관의 핵심을 보여준다. 1945년에 제2차 세계 대전이 끝난 이후부터 2000년대 초 '우주의 거인들'space barons이 부상할 때까지 우주 비행의 역사에서는 경쟁국들, 특히 냉전 시대 강대국들인 미국과 소련 간의 경쟁이 치열했다. 그러나 미국과 소련 내에서 이렇다 할 내부적인 경쟁은 없었고, 그저 국제적 압력과 관련하여 여러 기준과 마감 기한을 맞추려는 노력이 있었을 뿐이다.

하지만 상업적 우주 탐사와 우주 비행 제공이라는 새로운 상황에서, 베조스는 경쟁이 역동적이고 신속한 혁신을 추진하기 위한, 그리고 과거의 경직된 비효율성과 형편없는 가성비로 되돌아가려는 압력에 저항하기 위한 최적의 조건이라고 생각한다.

베조스와 아마존이 일부 시장을 독점하고 있다는 비난을 받아온 것은 사실이지만, 베조스에게 시장 지배란 경쟁 분야에서 남을 능가한 결과이자, 내부적 자만(나중에 등장하는 민첩한 경쟁자들에게 주도권을 뺏기는 이유가 되는)을 막기 위한 경쟁력 유지의 산물이다.

베조스는 스페이스X만 가격 및 자금 구조를 수정할 기회를 얻고 블루 오리진은 그러지 못했다며, 스페이스X의 선정에 대한 보다 구체적인 반대 의견을 제시했다. 또 그는 좀 더 유화적인 방식으로, 블루 오리진을 다시 그 계획에 참여시키기 위해 다음을 포함한 몇 가지 관대하고 혁신적인 제안을 했다.

- 이번과 다음 두 정부 회계 연도의 모든 지급액을 최대 20억 달러까지 면제해 HLS(인간 착륙 시스템) 개발 예산의 부족을 메우고 당장 계획을 정상 궤도에 올려놓을 것.
- 달 착륙선 디센트 엘리먼트Descent Element의 지구 저궤도 탐사 임무에서 개발 및 발사 비용을 블루 오리진이 부담할 것.
- 고정 가격으로 계약을 체결해 NASA가 초과 비용을 부담할 일이 없도록 할 것.

그것은 공들여 쓴 편지였고, 그 어조와 내용을 볼 때 NASA의 결정에 대한 베조스의 불신이 얼마나 깊은지를 분명히 보여준다. 그러나 2021년 11월, NASA는 미국 연방 청구 법원이 블루 오리진의 이의 제기를 기각함에 따라 인간 착륙 시스템 계획을 수행하기 위한 스페이스X와의 작업을 재개해도 된다는 소식을 들었다. NASA는 비경쟁적 환경을 조성한 것에 대한 베조스의 반대를 의식한 듯, 11월 4일 보도 자료에 이렇게 덧붙였다.

이 계약 외에도, NASA는 우주 비행사들을 달 표면으로 수송하기 위한 경쟁 및 상용화 준비 강화를 위해 여러 미국 기업들과 계속 협력해나가고 있습니다. 2022년 미국 산업계가 지속적인 유인 달 착륙 서비스 개발을 위한 협력 요청을 받은 것을 비롯하여 기업들은 곧 아르테미스 계획에 따라 인간의 달 장기 체류를 실현하는 데 있어서 NASA와 협력할 기회를 가질 것입니다.

자기만의 우주 계획을 세우기 위한 순수한 노력과 비용을 고려할 때, 이쯤에서 왜 베조스가 애초에 우주로 갔으며(말 그대로) 우주 사업에 뛰어들었는지 더 깊이 생각해볼 필요가 있다.

베조스가
우주로 간 까닭은

—— JEFF BEZOS ——

아폴로 11호의 달 착륙을 보고
우주에 푹 빠진 다섯 살 아이

개인적인 우주 계획에 시간과 돈, 에너지를 투자하기로
한 베조스의 결정은 오만해 보일 수도 있는 일이다. 우주
개발이라는 것은 아무리 돈 많은 부자라도 야망만 가지고
는 하기 힘든, 국가적 사업으로 여겨졌기 때문이다. 하지
만 베조스의 삶을 되돌아보면, 우주와 우주 비행에 대한

집착은 나중에 드러낸 그의 상업적 비전보다 훨씬 더 오래되었다. 그에게 특히 큰 영감을 준 것은, 그가 다섯 살 때 흐린 화질의 흑백 TV로 본 '아폴로 11호'의 달 착륙 장면이었다.

훗날 그는 당시 온 집안을 들뜨게 한 흥분, 역사에 길이 남을 일이 벌어지고 있으며 그것을 직접 목격하는 영광을 누리고 있다는 그때의 기분을 떠올렸다. 그의 어린 시절 여가는 온통 〈스타 트렉〉으로 채워졌고, 여름방학에는 동네 도서관에서 수십 권의 공상 과학 소설을 읽어대는 열혈 독자가 되었다. 유년기와 청소년기를 거치는 동안 끈질기게 그의 관심을 자극했던 과학기술은 우주 탐사 및 천문학과 자연스러운 시너지를 냈다.

고등학교 때 그는 〈무중력 상태가 집파리의 노화 속도에 미치는 영향〉이라는 글을 써서 앨라배마주 헌츠빌에 있는 NASA 마셜우주비행센터를 방문할 기회를 얻기도 했다. 또 1982년 6월 20일에 행한 고등학교 졸업 연설에서 그는 미래에는 인류가 지구 밖의 광활한 우주 식민지에서 살게 될 것이며, 지구는 '거대한 국립공원'이 될 것이라는 자신의 신념을 공개적으로 드러냈다. 그가 어렸을 적에 가졌던 꿈 중 하나는 우주 비행사가 되는 것이었다.

1980년대에 베조스에게 영감을 준(오늘날까지도 그에게 영감을 주고 있는) 주된 원천은 프린스턴 대학교의 물리학 교수 제라드 오닐의 미래 지향적 직관이었다. 1970년대에 오닐은 생존 가능한 우주 식민지를 건설하는 실질적인 단계와 그것을 실행해야 하는 이유에 대한 아이디어로 대중의 주목을 받았다. 그의 특징은 그러한 식민지를 행성이 아닌 우주 자체에 지어야 한다고 주장한 것이었다.

오닐이 교수로 재직하던 당시 프린스턴에 다니던 베조스는 오닐의 세미나에 몇 번 참석했다. 거기서 들은 것들은 미래에 베조스가 갖게 될 우주에 대한 야망의 뿌리가 되었다. 앞서 언급했듯이, 베조스는 SEDS(우주 탐사 및 개발을 위한 학생회)의 지부장을 맡기도 했다.

어린아이들은 물론 많은 어른도 우주에 강렬한 관심을 보이지만, 대부분은 지적인 수준에 머무를 뿐 우주와 관련된 일을 하는 것은 운 좋은 소수에게만 해당하는 일이다. 소수 엘리트는 심지어 우주 비행사가 되기 위해 셀 수 없이 많은 관문을 거치기도 한다. 그러나 우주에 대한 베조스의 끊이지 않는 관심은 그가 뜻대로 쓸 수 있는 아주 많은 돈과 결합했다. 그렇다고 해서 그를 그저 시간과 돈이 남아돌아서 호기심으로 우주 탐험에 나선 지루한 억만장자로 보는 것은 경솔한 일이다. 이는 사실과 전혀 다르다.

2017년 베조스의 남동생인 마크 베조스가 형과 함께 한 인터뷰에서 말한 것처럼, 제프 베조스는 우주 계획에 관해서 매우 진지하다. "형은 평생 우주에 열정을 갖고 있었지만, 단순히 재미로 그런 건 아니었어요." 베조스는 이 말에 대해 심각하게 대답했다. "아니지, 아니고말고."

그가 가진 신념의 핵심은 2019년 5월 9일 워싱턴DC에서 열린 블루 오리진의 제막 행사에서 그가 한 연설의 서두에 표현되었다. "블루 오리진은 제가 하는 일 중 가장 중요한 일입니다. 이 점에 대해 제가 강하게 확신하는 이유는 단순합니다. 바로 지구가 최고의 행성이기 때문이죠." 그가 이런 말을 한 속내를 이해함으로써 그의 우주관뿐만 아니라, 그가 자기 주변의 물리적 세계와 그 안에서의 자기 위치를 어떻게 보는지도 알 수 있다.

"지구는 최고의 행성이다"라는 말은 베조스가 액면 그대로 한 말이다. 많은 공상 과학 소설 작가들과 우주 과학자들은 다른 행성에 집단 거주지가 있을 가능성을 고려해왔지만, 베조스는 지구 밖의 적대적인 환경을 고려할 때 애당초 그럴 가망이 없다고 생각한다. 태양계에서 그나마 가장 양호한 행성인 화성조차 본질상 인간이 거의 살 수 없는 환경이다. 베조스는 다른 행성들의 목적을, 그것도 중요한 목적을 알고 있지만, 일반 생활에 적합한 환경인지 생각해볼 때 행성은 그렇지 못하다(일론 머스크의 화성 프로젝트는 이 주장의 균형을 잡는 역할을 할 수 있다).

하지만 베조스가 설명했듯이, 지구는 자원이 한정되었다는 심각한 문제를 안고 있다. 그는 가전제품들과 에너지 생산의 효율이 놀라울 정도로 발전했음에도 불구하고 해마다 3퍼센트씩 증가하는 지구의 에너지 사용량으로 인해 우리의 에너지원이 고갈될 수밖에 없다는 수학적 필연성을 설명했다. 사실, 베조스는 에너지 효율성이 거듭 향상되는 것이 문제가 될 수도 있다고 지적한다. 에너지가 저렴해지면 에너지를 많이 소모하는 가전, 산업 및 라이프스타일의 이용이 급증하면서 결국 에너지 소비가 전체적으로 촉진되기 때문이다. 재생 가능 에너지도 해결책이 못 된다. 베조스는 에너지 소비 증가율이 현재와 같이 이어진다면 200년 후에는 필요한 에너지를 대기 위해 지구 전체를 태양 전지판으로 덮어야 할 것이라고 내다보았다. 사실 아무 변화도 일어나지 않는다면 미래에 지구의 에너지원은 고갈되고 가혹한 배급제가 시행될 것이라고.

"그렇다면 우리가 할 수 있는 건 무엇일까요?" 베조스는 2019년 연설에서 물었다. 그의 대답은 오닐의 초기 비전과 연관된 것이었다.

우리가 '오닐 식민지'라는 이 비전을 세운다면 앞으로 어떻게 될까요? 지구에는 어떤 의미가 있을까요? 지구에는 주거지와 경공업 단지만 남게 될 것입니다. 지구는 살기 좋고, 방문하기 좋고, 대학을 다니거나 경공업을 하기에 좋은, 아름다운 곳이 될 것입니다. 하지만 오염을 일으키는 모든 산업, 우리 지구를 해치는 모든 것들은 지구에서 사라질 것입니다. 우리는 그 무엇으로도 대체 불가능한 지구라는 특별한 보석을 보존할 것입니다.

그가 말한 이 비전으로 이어지는 두 가지 관문은 발사 비용의 근본적인 감소와 우주 자원의 이용이다.

베조스는 곧이어 그 식민지들의 건설 여부를 아는 건 불가능하다고 덧붙였고, 그러한 계획이 기술적으로 실현되려면 여러 세대가 지나야 한다는 점을 고려할 때 그가 그 일을 해내지는 못할 거라고 인정했다. 그러나 그는 반대자들을 제지하듯, 그 작업을 바로 지금 시작하는 것이 장기적으로 매우 중요하다고 설명했다. 인간이 단기적 성과에 집중하느라 장기적 비상사태를 초래하는 경향에는 대응책이 필요했으며, 여기서 베조스가 제 역할을 할 수 있을 터였다.

베조스의 사고방식을 보여주는 또 하나의 중요한 창은 '그라다팀 페로키테르'Gradatim Ferociter라는 블루 오리진의 모토였다. '한 걸음씩 맹렬하게'라는 뜻의 이 아름다운 모토 하나로 인내심과 긴급함이 모두 전달될 수 있었다. 베조스는 블루 오리진의 개발을 그가 이룬 무서운 속도의 상업적 확장과는 전혀 다른 관점에서 보고 있는 게 분명하다. 이는 현재 블루 오리진의 기업 강령에도 잘 나타나 있다.

우리는 경주를 하는 것이 아니며, 지구를 위해 우주로 나가려는 인류의 노력에 참여하는 사람들은 많을 것입니다. 이 여정에서 블루 오리진의 역할은 재사용 가능한 발사체로 우주로 가는 길을 개척해 우리 아이들이 미래를 건설할 수 있도록 하는 것입니다. 단계를 건너뛰면 더 빨리 갈 수 있다고 하는 건 착각에 불과하므로, 우리는 단계별로 차근차근 나아갈 것입니다. **느림은 부드럽고, 부드러움은 빠르기 마련이니까요.**

위 강령의 마지막 문장은 미 해군 특수부대, 네이비 실Navy SEAL의 훈련 프로그램에서 영감을 얻은 것이다. 충동적이고 실패한 모험들로 가득한 베조스의 아마존 개발이 거의 지속 불가능한 속도로 수행된 것과 다르게, 우주 탐사에 관해서는 더욱 신중하고 지속 가능한 비전을 만들어낸 것이 분명하다.

베조스는 2021년 첫 우주 비행 후 가진 기자회견에서도 블루 오리진 프로그램에는 점진주의가 내재함을 분명히 밝혔으며, 그가 하는 일을 아마존을 세운 방식과 연관 지어 설명했다.

저는 그게 어떤 기분인지 압니다. 30년 전, 거의 30년 전에 아마존에서 겪어봤으니까요. 큰일은 작은 것에서 시작됩니다. 하지만 여러분은 알 수 있어요. 무언가를 이룰 가능성이 있을 때 여러분은 그걸 알 수 있고, 또 그건 중요합니다. 우리는 우리 아이들과 그 아이들의 아이들이 미래를 건설할 수 있도록 우주로 가는 길을 개척할 것입니다. 우리는 그렇게 해야 합니다. 이것은 이 지구상의 문제 해결을 위해 필요한 일입니다. 지구를 탈출하자는 것이 아닙니다. 지구를 탈출하고 싶은 사람들에 관한 기사를 읽을 때마다 그건 정말 아니라는 생각이 듭니다. 요점은 지구가 태양계에서 유일하게 좋은 행성이라는 것입니다.

우주 탐사와 전자 상거래 및 디지털 서비스 기업 경영이 전혀 다른 분야임을 고려하면, 베조스가 아마존 창업 경험을 블루 오리진의 그것과 연관 짓는 것이 앞뒤가 안 맞는 일처럼 보일 수도 있다. 하지만 최근 우주 거물들의 등장에서 더욱 혁명적인 측면 중 하나는, 전에는 상당히 고립적이었던 과학과 공학 분야에 기업가적 비즈니스 모델을 적용했다는 점이다.

2019년 연설에서 베조스는 블루 오리진이 설계 중인 우주선의 종류와 그러한 변화가 우주 탐사에 불러일으킬 변화에 대한 생각을 설명했다.

예를 들어, 뉴셰퍼드와 뉴글렌의 재사용 기능은 각 비행 사이의 재정비 필요성을 최소화시켜 더 정기적인 비행을 가능하게 해준다. 정기적인 비행 횟수가 늘어나면 우주 비행사와 엔지니어 모두가 더 많은 경험을 쌓게 되며, 더 많은 사람과 화물을 우주로 나를 수 있게 된다. 경험이 많을수록 효율성과 안전성이 향상되며, 이 두 가지 발전은 운영자와 돈을 내는 고객 모두의 비용 절감으로 이어진다.

이러한 모든 개선을 통해 우주여행은 사이사이의 중단 시간이 긴, 비교적 드물고 특별한 사건들의 연속이 아니라 '일상적인 일'이 되는 것이다.

여기서 우리는 베조스가 아마존에 아주 적극적으로 적용한 '선순환의 플라이휠' 원칙(서비스 개선과 고객 경험 사이의 순환적인 움직임으로 에너지와 규모는 점차 커진다)이 다른 영역으로 옮겨갔음을 다시 한 번 확인할 수 있다. 베조스는 이 과정을 수술 시 외과의를 선택하는 것에 비교한다. 사람들은 한참 쉬었다가 어쩌다 한 번씩 수술하는 의사가 아니라 매주 정기적으로 자신의 기술을 실습하고 개선해온 의사를 원하기 때문이다.

아마존에서처럼 우주 비행에 대한 베조스식 접근 방식의 또 다른 요소는 기술 혁신, 즉 틀을 깨고 새로운 기회를 열어주는 변화의 힘이다.

가령, 2019년 연설에서 베조스가 강조한 한 가지는 엔진 추진체와 관련하여 블루 오리진이 이룬 혁신, 특히 '성능은 최고지만 가장 다루기 어려운 연료'인 액체수소를 사용한 점이다.

뉴셰퍼드 계획에서 개발된 최초의 액체수소 엔진은 BE-3로, 추력을 최대 490kN(11만 lbf)까지 낼 수 있지만 반대로 110kN(2만 5천 lbf)까지 줄일 수도 있어서 제어된 수직 착륙이 가능하다. BE-3 개발의 첫 주요 이정표는 2013년에 세워졌지만, 블루 오리진에서는 다양한 운영 변수를 고려한 다른 엔진들과 우주선도 개발되기 시작했다. BE-4는 블루 오리진이 뉴글렌 로켓뿐 아니라 유나이티드 론치 얼라

2019년 5월 9일, 블루 오리진의 '미래를 위한 클럽'Club for the Future 재단 구성원들과 함께한 제프. 이 재단의 임무는 미래를 이끌 세대의 과학·기술·공학·수학STEM 분야 진출을 지원하고 우주에서 살아갈 인류의 미래 창조를 돕는 것이다.

이언스ULA의 2단 대형 발사체인 '벌컨 센타우르'Vulcan Centaur
에 장착하기 위해 만드는 더 강력한 액체산소/액화천연가
스LNG 엔진이다(2022년 현재 BE-4 개발은 3년째 지연되고 있
다). 블루 오리진의 달 착륙선 '블루문'Blue Moon에 사용하기

위해 개발 중인 BE-7 엔진도 있다.

여기서 각 엔진의 기술적 특성을 논하려는 것은 아니지만, 액화천연가스를 쓰는 것은 성능뿐만 아니라 비용적인 면에서도 베조스에게 중요한 일이다.

"액화천연가스는 아주 저렴합니다. 뉴글렌에는 수백만 파운드의 추진제가 들어가지만, 연료와 산화제의 비용은 100만 달러에도 못 미치는데, 이는 전체적으로 보면 미미한 수준입니다."

베조스는 블루 오리진이 아무리 수십억 달러 규모의 환경이라도 비용 관리를 소홀히 할 수는 없음을 인식하고 있다. 꼼꼼하면서도 가변적인 비용 모델링은 우주 비행의 성공 가능성을 높이는 핵심이다.

베조스가 연설에서 언급한 최종 요점 중 하나는 미래의 우주 식민지를 짓고 물자와 연료를 공급하는 데 필요한 원료 및 장소, 즉 '우주 내 자원'in-space resources을 어디서 찾느냐하는 문제였다. 베조스는 그 해답을 지구의 밤하늘에서 가장 크게 보이는 물체인 달에서 찾았다. 그는 달 극지방 주변의 분화구에는 얼음이 존재하며, 전기분해를 통해 그 얼음의 물을 수소와 산소로 바꾸어 우주선 추진체로 사용할 수 있다고 설명했다.

또 달은 위치와 운영상의 물리적 측면에서도 상당히 편리하다. 지구로부터 불과 3일 거리에 있으므로 달을 향한 발사는 거의 일상적인 빈도로 이루어질 수 있다(그는 머스크를 비꼬듯, 화성 왕복 비행은 발사 간격이 26개월은 될 거라고 지적하기도 했다). 달의 중력이 지구보다 여섯 배나 적은 덕분에 얻을 수 있는 두 가지 주요 장점이 있는데, 첫째는 건설 작업 시 아주 무거운 물체를 더 쉽게 다룰 수 있다는 것이며, 둘째는 지구 표면보다 달 표면에서 물체를 들어 올릴 때 에너지가 훨씬 덜 든다는 것이다.

그러나 베조스는 달에서의 작업이 가능하게 되려면 달에도 기반 시설이 필요하다는 점을 인식했다. 그래서 그는 2019년 5월 연설에서 화물을 탑재하고 사람을 태울 수 있는 버전의 블루문 달 착륙선을 자랑스럽게 공개했다. 블루문 웹사이트는 그 착륙선이 '인간의 지속적인 달 체류를 가능하게' 할 것이라고 내다보고 있다. 이 비전은 바로 '이제 달로 돌아갈 시간이다, 이번에는 머물기 위해서'라는 베조스의 신념에서 비롯된 것이다. 베조스의 꿈을 펼치기에는 이제 지구가 너무 좁다.

우주정거장과
통신 위성 발사 계획

미래 우주 식민지를 중요하게 여기는 베조스의 관점에 장단을 맞추듯, 2021년 10월 25일 블루 오리진은 시에라 스페이스^{Sierra Space}(콜로라도주에 본사를 둔 우주 기업으로 웹사이트의 슬로건은 '인류에게 우주로 가는 플랫폼을 제공한다')와 함께 상업적으로 개발·소유·운영하는 지구 저궤도 우주정거장, 오비털 리프^{Orbital Reef}를 개발할 것이라고 발표했다. 그 우주정거장 계획에 대한 설명은 오닐이 스케치하고 베조스가 수용한 지구 밖 삶에 대한 이상과 아주 비슷하게 들릴 뿐만 아니라 비용, 효율성 및 가치 측면에서 고객을 중심으로 하는 베조스의 방침을 엄격히 따른다.

이 우주정거장은 일종의 "우주 복합 비즈니스 파크로, 연구, 산업, 국제 업무, 상업 분야의 고객들에게 그들이 필요로 하는 우주 운송 및 물류, 우주 거주, 장비 보관 시설, 운영(탑승 승무원 관리를 비롯한) 등을 포함한 가격 경쟁력 있는 엔드 투 엔드end-to-end 서비스를 제공할 것이다." 모듈식 설계로 고객 유닛을 추가하면 확장이 가능한데, 이는 우주정거장이 시장 수요에 따라 커질 가능성을 고려한 것으로, 또 하나의 플라이휠 전략이라 할 수 있다.

보도 자료에 나와 있듯이, 오비털 리프는 블루 오리진만의 프로젝트가 아니다. 블루 오리진의 주 임무는 설비 체계, 대구경 핵심 모듈 제작, 그리고 우주정거장을 오가는 재사용 대형 발사체(뉴글렌) 개발이다. 파트너인 시에라 스페이스는 팽창식 우주 거주 공간인 LIFELarge Integrated Flexible Environment 모듈, 노드 모듈, 승무원과 화물을 우주로 수송하고 활주로에 착륙하는 우주 비행기 드림 체이서Dream Chaser 개발을 맡았다.

시에라 스페이스 외에도 보잉, 레드와이어 스페이스, 제네시스 엔지니어링 솔루션스와 애리조나 주립대학교가 이 프로젝트에 참여한다. 보잉은 스타라이너Starliner 우주선으로 지구와 우주정거장 사이의 비행을 지원하고, 제네시스

엔지니어링 솔루션스는 우주정거장 밖에서 사용될 1인용 우주선을 제공할 것이다. NASA의 지원으로 블루 오리진은 오비털 리프 개발에 사용할 1억 3천만 달러를 받았다.

ISS(국제 우주 정거장)의 운용 수명이 다해감에 따라 오비털 리프가 그것을 대체할 가능성이 크다. 개발에 참여한 업체들은 오비털 리프의 운용이 2020년대 후반부터 시작될 것으로 예측한다.

블루 오리진 외에 베조스가 추진하는 흥미로운 일로는 아마존의 '카이퍼 프로젝트'Project Kuiper가 있다. 베조스가 아마존의 키를 확실히 쥐고 있던 2019년에 발표된 이 프로젝트는 지구를 둘러싼 고도 590~630킬로미터의 저궤도에 엄청난 수의 통신 위성들(보고에 따르면 3,236개)을 발사한다는 야심 찬 계획이다.

그들의 목적은 '전 세계에서 통신 서비스 제공이 안 되거나 부족한 지역에 저지연low-latency 고속 광대역 인터넷 연결'을 제공하는 것이다. 초기 투자액만 100억 달러가 넘는 카이퍼는 베조스와 머스크 사이에 진행 중인 경쟁의 한 요소를 보여준다.

2019년 6월, 라스베이거스에서 열린 아마존의 첫 리마스re:MARS 컨퍼런스에서 베조스는 아마존의 예측 및 생산 용량 계획 관리자 제니 프레시워터Jenny Freshwater와 인터뷰했다. 리마스는 기술 및 우주와 관련된 다양한 주제를 논의하는 포럼이다(MARS는 Machine learning, Automation, Robotics, Space를 뜻한다).

가능성에 대한 남다른 감각을 지닌 베조스는 광대역 인터넷 접속을 '전 세계에 서비스하는' 계획을 설명하며, 이것은 미래 지구의 모든 시민이 가지게 될 '기본적인 인간 욕구'에 매우 가깝다고 말했다. 이 인터뷰는 동물 보호 시위자의 난입으로 잠시 중단되었는데, 시위자는 보안팀에 의해 금세 끌려나갔다.

그런데 그 후, 프레시워터는 언젠가 아마존이 달에 주문 처리 센터를 열 수 있겠느냐는 통찰력 있는 질문을 던졌다. 베조스는 그런 가능성은 전혀 고려해본 적 없다고 시인했고, 따라서 그가 그 이래로 그 문제를 고민하고 있다고 생각하는 것은 지극히 타당한 일이다.

대서양에서 회수한
아폴로 11호 엔진

우리는 베조스의 시선이 항상 미래의 지평선에 단단히 고정되어 있어서, 과거는 묻어두고 무조건 혁신과 진보를 향해서만 나아간다는 인상에 빠지기 쉽다. 그러나 그가 과거의 영광과 업적에 관심이 없는 것은 아니며, 특히 우주 비행에 관한 한, 지구 밖으로 나가려는 초인적인 노력에 상당한 존경심을 갖고 있다. NASA의 획기적인 도약과 영웅적인 우주 비행을 주제로 한 그의 말이나 글에서는 종종 경외심이 엿보인다. 그는 우주 탐사 분야로 진출한 그가 앞서간 거인들의 어깨에 올라선 것임을 정확히 인식하고 있다. 이는 우주선의 이름에서 분명히 드러난다.

1969년 아폴로 11호의 달 착륙은 그의 어린 시절부터 꾸준히 영향을 미쳐왔으며, 2012년 어느 날 거실에 앉아 있던 그에게 그러한 향수와 결합한 야심 찬 아이디어가 떠올랐다. 그해 3월 28일, 베조스는 베조스 엑스퍼디션스 웹사이트에 어떤 블로그 글 하나를 올렸다. 그는 다섯 살 때의 경험이 어떻게 수중 고고학 분야에 진출하도록 영감을 주었는지 적었다.

수많은 사람이 아폴로 계획으로부터 영감을 받았다. 나는 다섯 살 때 텔레비전으로 아폴로 11호의 발사 장면을 보았고, 그것은 의심할 여지 없이 나의 과학, 공학, 탐험에 대한 열정에 큰 요인으로 작용했다. 1년쯤 전, 나는 제대로 된 해저 전문가팀과 함께 라면 인류의 달 탐사 임무를 처음 시작했던 F-1 엔진을 찾아내고 어쩌면 다시 사용할 수 있지 않을까 궁금해졌다.

아폴로 11호는 1969년 7월 16일 UTC(국제 협정으로 설정된 국제 표준시)기준 13시 32분에 플로리다주 메리트 섬의 케네디 우주 센터에서 발사되어 지구에서 달로 향하는 38만 4,400킬로미터 거리의 여정을 시작했다.

여기서 '발사되었다'는 말은 중요한 의미를 지닌다. 아폴로 11호는 높이가 자유의 여신상보다 높고 무게가 2,800톤(코끼리 400마리의 무게)에 달하는 새턴 V^{Saturn V} 3단 로켓에 의해 지구 대기권을 벗어났다. 이 괴물을 들어 올리고 가속하는 힘은 로켓다인^{Rocketdyne}사의 거대한 F-1 엔진 5개로부터 나왔는데, 이는 발사 시 총 3,450만 뉴턴^{N}의 추진력을 내며 각각에 2.5톤이 넘는 산화제와 연료가 사용되었다.

이 기념비적인 우주선 전체는 고정 상태에서부터 불과 30초 만에 시속 1,102킬로미터의 속도에 도달했으며, 궤도에 진입할 때쯤에는 초당 11.25킬로미터가 넘는 속도로 이동 중이었다. 하지만 케이프 케네디(플로리다주에 있는 NASA의 우주 센터)로부터 88.5킬로미터쯤 벗어난 고도 61킬로미터 지점에서 아폴로 11호의 1단이 분리되면서, 강력한 F-1 엔진은 지구로 돌아와 계획대로 대서양에 떨어져 4,270미터 깊이의 심해 속으로 가라앉았다.

40여 년 뒤 베조스가 나타나기 전까지는 아무도 그 엔진을 회수하려 들지 않았다.

만약 역사적으로 우리가 존경할 만한 기술이 있다면, 그건 바로 F-1 엔진이다. 베조스는 그가 쓴 블로그 글에서, 아폴로 11호 엔진이 소금물의 부식 효과에 의해 계속 부식되다가 언젠가는 영원히 사라져버리리라 생각하니 처음의 회수에 대한 생각이 더욱 확고해졌다고 설명했다. 그는 엔진의 위치를 조사하기 위해 재빨리 컴퓨터 앞에 앉았고, 그 후 인터넷에서 레이더에 포착된 아폴로 11호의 1단부 추락 좌표를 찾는 데까지 15분밖에 걸리지 않았다고 말했다. 그는 처음에는 상황을 낙관하며 수단과 돈, 의지가 있는 팀에게 회수 작업은 비교적 수월하리라고 생각했다. 그러나 그는 그 일의 어려움을 과소평가했다고 고백했다.

베조스의 블로그의 다음 게시물은 한참 후인 2013년 3월 20일에 올라왔다. 그동안 있었던 일로 인해 활력을 얻은 듯, 첫 단락은 아주 힘찬 분위기였다.

정말 놀라운 모험이다. 우리는 3주가 걸린 수심 5킬로미터에 달하는 해저에서의 작업을 마치고 현재 시베드 워커Seabed Worker 를 타고 케이프 커내버럴로 돌아가는 중이다. 우리는 많은 것을 발견했다. 우리가 본 건 수중 원더랜드였다. 아폴로 계획의 증거인 F-1 엔진이 타오르듯 격렬한 엔딩을 보여주는 일그러진 모습으로 놀라운 조각 정원을 이루고 있었다. 우리는 현장에서 많은 아름다운 물체들을 촬영했으며 지금까지 큰 조각들 여러 개를 회수했다. 갑판 위로 올라온 조각 하나하나를 볼 때마다,

나는 영원히 불가능할 것으로 여겨졌던 일을 함께해낸 과거 수천 명의 엔지니어가 떠오른다.

회수 팀은 대서양 바닥에서 F-1 엔진 두 개를 복원할 수 있는 양의 조각들을 가져왔는데, 이는 전시 목적으로는 충분했다. 그 과정은 말 그대로 깊은 투자였다. 팀은 수중 원격조종 잠수정을 이용해 길고 긴 암흑 속을 여러 번 오가며 부품들을 한 번에 하나씩 회수했으며, 음파 탐지기와 조명으로 일그러지고 부식된 부품을 가려내 수면 위로 끌어올린 뒤 크레인으로 우선 선박에다 올려놓았다.

그 후 몇 달 동안, 캔자스주 코스모스피어 우주 박물관 팀은 그 조각들의 보존 작업 및 감정이라는 예민한 작업에 착수했다. 주된 문제는 그 엔진이 정확히 어떤 로켓에 속했던 것인지를 가리는 것이었다.

대서양에는 아폴로 11호뿐만 아니라 다수의 아폴로 계획에 사용된 엔진들이 쌓여 있었고, 발사 시의 열기와 물속에서 수십 년간의 부식으로 부품 대부분에는 일련번호가 지워졌다. 마침내 보존사 한 명이 연소실에 숫자 '2044'

가 희미하게 적힌 것을 발견했는데 이것은 아폴로 11호의 F-1 엔진 5번의 일련번호인 NASA 번호 6044와 관련이 있었다.

F-1 엔진 회수팀이 회수한 엔진은 2015년 12월 16일 시애틀 항공 박물관에 전시되었다. 오프닝 행사에서 베조스는 레이즈벡 항공고등학교 학생들을 비롯한 관객들에게 회수 과정을 담은 비디오를 보여주었는데, 거기서 그는 F-1 엔진을 통해 시간의 다리를 건넌 듯 자신의 어린 시절 경험과 학생들의 젊음을 연결했다.

그 조각들을 갑판 위로 올려 실제로 만져본 순간, 내가 다섯 살 때 달 탐사선을 보면서 느꼈던 모든 감정이 되살아났습니다. 만약 이로 인해 단 한 명의 젊은 탐험가나 모험가 또는 발명가가 세상에 도움이 되는 놀라운 일을 하게 된다면, 나는 더없이 만족할 것입니다.

PART 7

지칠 줄 모르는
제프의
모험 정신

이 장에서는 아마존을 제외하고 베조스가 관심을 가진 일들이 어떻게 진행되었는지 알아볼 것이다. 그중 가장 큰 것은 앞에서 살펴본 블루 오리진이다. 그러나 이제부터 보게 될 바와 같이 베조스는 우주 탐사 외에도 다른 여러 길과 열정, 자선 활동 등을 수행해왔다. 이렇게 베조스가 추구하는 것을 알아보면 무엇이 그의 마음을 움직이는지를 더 잘 이해할 수 있을 것이다.

아마존은
블루 오리진 외에
더 많은 분야로 진출했지

JEFF BEZOS

베조스의

새로운 투자 회사

    2024년, 베조스는 예순이 되었다. 이 나이쯤 되면 성공한 사업가들이나 기업가들의 에너지는 누그러져 그들이 오랫동안 몰아온 비행기의 기수를 아래로 젖히고 은퇴, 승계 또는 기업 매각을 향한 긴 하강을 시작한다. 하지만 베조스는 그런 사람이 아니다. 오히려 반대로, 그의 내적 활력은 여전히 꾸준하게 아주 빠른 속도로 작동하고, 투자하고, 탐험하고, 다양화하는 듯 보인다. 그의 삶 전체를 살펴보면, 그의 끊이지 않는 지적 호기심과 새로운 정보, 아이디어 및 문제 해결 방법을 탐색하는 그의 정신이 새로운 모험에 대한 갈망을 부추기는 것만 같다. 여느 기업가들처럼 그도 지루함을 쉽게 느끼는 것이다.

'베조스 엑스퍼디션스'는 베조스의 개인 투자 포트폴리오 관리를 위해 2005년에 설립된 투자 회사다. 유망한 아이디어에 투자한다는 점에서는 벤처 캐피털이다. 베조스 엑스피디션스 웹사이트www.bezosexpeditions.com의 '선정된 투자처'Selected Investments 메뉴는 기업, 시장, 기술 등 다방면에 걸친다. 에어비앤비, 트위터, 우버처럼 누구나 아는 이름들도 있다. 또 그보다 덜 유명하지만, 성장과 적합성 측면에서 믿을 만한 곳들도 있다. 효율적인 원격 근무 기능을 제공하는 베이스캠프, 회계·세금 및 최고 재무 관리자CFO 서비스를 제공하는 파일럿, 생명 공학 기업 사나, 20대를 위한 개인 작업 목록 앱인 리얼월드, 웰빙 공예품을 만들고 판매하는 글래시베이비, 공학 혁신 회사 메이커봇 등이 그에 속한

다. 모두가 현대적이고 흥미로우며 미래지향적인 곳들이
다. 베조스 본인의 경력과 마찬가지로, 그가 투자하는 많은
회사도 빠른 성공과 갑작스러운 실패 사이에서 외줄 타기
를 하고 있었다.

그러나 베조스 엑스퍼디션스는 외부 기업에 대한 투자
외에 베조스가 개인적으로 관심을 두는 사업들을 개발하
도록 하는 보호막으로도 이용된다(비록 개인적이라고 하기
에는 그 야망의 규모가 너무 크지만). 그중 두 가지(블루 오
리진과 아폴로 11호 F-1 엔진 회수)는 앞에서 설명했다. 하
지만 그 밖에도 언급되어야 할 것들이 있는데, 그 주된 이
유는 각각의 차이가 크고 베조스가 시대와 세계 속에서 어
떤 위치에 서고 싶은지 느끼게 해주기 때문이다.

논란을 남긴
〈워싱턴포스트〉 인수

2013년, 베조스는 자기 돈 2억 5천만 달러를 내고 〈워싱
턴포스트〉를 인수함으로써 그의 관심 포트폴리오에 다소

놀라운 항목을 추가했다. 신문은 그 자체로 상징성을 지녔지만, 상황은 어려웠다. 신문은 특히 젊은 독자들 사이에서 판매 부수가 줄고 있었고, 수익 모델과 저널리즘의 산출물을 새로운 인터넷 광고 및 디지털 미디어 시대에 적응시키기 위해 고군분투 중이었다. 베조스는 후에 그 인수를 회고하며, 본래 자기는 신문사를 살 의도가 없었다고 말했다. 그의 마음을 바꿔놓은 건 분명히 직관이었지 분석이 아니었다. 그는 〈워싱턴포스트〉가 '현재 민주주의에서 굉장히 중요한 역할'을 한다는 점이 주된 고려 사항이었고, 이것이 인수를 결정한 동기였다고 말했다.

또 한 가지 눈에 띄는 요소는 베조스가 인터넷과 전통 미디어의 관계를 고찰하는 계기가 되었다. 그는 "인터넷이 신문에 가져다준 선물이 하나 있다. 인터넷은 거의 모든 것을 파괴하지만 한 가지 선물을 주었으니, 그건 바로 전 세계 무료 배포이다"라고 설명했다. 인터넷 시대를 선도하는 파괴적 혁신 기업 중 하나를 만든 사람의 입에서 인터넷이 거의 모든 것을 파괴한다는 말이 나오다니, 참으로 흥미로운 일이 아닐 수 없다.

아마존 제국의 성장 중 여러 시점에서 베조스는 전통적인 비즈니스 모델에 심각한 파괴를 불러일으켰고, 그중에서도 책 산업에 미친 영향이 가장 컸을 것이다. 하지만 베조스는 국내외 무료 배포라는, 인터넷이 신문에 주는 핵심적인 이점을 설명하고 있다. 그는 인터넷의 확대 효과가 개인 고객들로부터 얻는 수익의 손실을 보상할 수 있다고 본다. 그는 〈워싱턴포스트〉가 '적은 수의 구독자 한 명당 많은 돈을 벌기보다는 아주 많은 수의 구독자 한 명당 적은 돈을 버는' 비즈니스 모델로 전환해야 한다고 설명한다.

이는 전형적인 베조스식 접근 방식이 새로운 시장에 또 한 번 적용된 것이었다. 아마존을 세계적인 브랜드로 키우는 내내 베조스는 세 가지 상호 지원 전략을 이용했다. 첫째는 막대한 수의 고객 확보하기, 둘째는 그 고객들을 행복하게 해주기, 셋째는 만족한 고객들을 기반으로 결국에는 원하던 수익이 나게 된다는 사실을 믿고 길게 내다보기. 이 방침은 〈워싱턴포스트〉에서 다시 한 번 효과를 발휘할 것으로 보였다.

베조스가 그 신문사를 인수한 지 3년 만에 웹 트래픽이 두 배로 늘고 온라인 저널리즘 산출량이 엄청나게 증가해, 젊은 독자층과 다시 연결되고 수익을 창출하게 되었다. 2017년에서 2018년에는 디지털 구독자 수가 두 배로 늘며, 그 신문사는 승승장구했다(몇몇 최신 수치에 따르면 2021년 〈워싱턴포스트〉의 디지털 순방문자수는 다달이 7,100만 명에서 1억 1,100만 명으로 늘었다).

하지만 모두가 행복한 것은 아니었다. 2017년부터 약 880명의 워싱턴포스트 길드 회원들과 신문사 지도부 사이에 노동 분쟁이 있었다. 2018년 6월, 400명이 넘는 직원들이 서명한 공개서한에는 베조스가 불러일으킨 일부 유익한 변화들이 신문사의 상업적 번영에 도움이 된 건 맞지만 근로 조건, 혜택 및 급여의 개선이 필요하다는 주장이 담겼다. "우리는 공정한 임금, 퇴직, 가족 휴가 및 건강관리에 대한 공정한 혜택, 그리고 안정적인 고용 보장 등 이 회사의 성공에 이바지한 모든 직원이 공정한 대우를 받기를 요구할 뿐이다."

아마존의 책 사업과 마찬가지로, 베조스가 〈워싱턴포스트〉를 소유하는 것은 회사의 비즈니스 모델 전체가 재고

된다는 점에서 회사 일각의 긴장과 반발을 어느 정도는 불러일으킬 수밖에 없었다. 베조스에게는 성장과 상업적 실행 가능성이 무엇보다 중요했다. 하지만 동시에 그는 신문사의 편집과 관련된 의사 결정 과정에서 자신을 엄격히 분리해왔다. 그 신문사가 대표에게 불리한 기사를 자유롭게 싣는다는 점이 바로 그 증거다.

가령, 2021년 10월 11일 〈워싱턴포스트〉는 "블루 오리진 들여다보기-직원들 왈, 유해하고 문제가 많은 '남성 중심 문화'가 제프 베조스의 우주 벤처에 대한 불신, 사기 저하, 지연 일으켜"라는 제목의 기사를 냈다. 이는 그들의 소유주에게 가차 없는 주제임이 분명했다. 그러나 베조스는 그가 생각하는 민주적인 역할을 다하기 위해서라면 신문사에 언론의 자유가 무엇보다 중요하다는 점을 인식했다.

베조스는 또 〈워싱턴포스트〉를 소유함으로써 특히 힘든 개인적 사건을 겪었으며, 이를 통해 철저히 파헤치는 언론 보도와 국제적 첩보 활동 및 협박이라는 불편한 스포트라이트를 받았다. 이 이야기의 시작은 2017년, 〈워싱턴포스트〉가 사우디아라비아의 반체제 언론인이자 알 아랍 뉴스 채널Al-Arab News Channel의 총책임자 겸 편집장인 자말 카슈끄지Jamal Khashoggi의 연재 기사를 실었던 때로 거슬러 올라간다. 카슈끄지는 2017년 6월 사우디아라비아를 떠나 미국으로 이주했으며, 9월부터 〈워싱턴포스트〉는 사우디 정권, 특히 왕세자인 무함마드 빈 살만을 크게 비판하는 기사들을 실었다. 베조스 본인은 빈 살만과 개인적인 친분이 있었다. 〈워싱턴포스트〉 기사가 나간 뒤인 2018년 4월에 함께 저녁을 먹은 두 사람은 화기애애한 분위기 속에서 왓츠앱WhatsApp 번호를 교환했고, 그 뒤로 종종 서로에게 메시지를 보냈다.

그러나 2018년 5월 1일, UN 조사관들의 미래 보고서에는 이렇게 적혔다. "왕세자의 계정으로 보낸 메시지가 왓츠앱을 통해 베조스에게 전달되었다. 그 메시지는 암호화된 영상 파일이다. 나중에 상당히 확실하게 밝혀진 바로는, 그 영상을 내려받으면 베조스의 휴대폰에 악성 코드가 감염된다." 그 감염의 결과는 나중에 드러났겠지만, 그 전에도 베조스는 그의 휴대폰에서 데이터 출력의 큰 증가와 같은 이상들을 알아챘다.

2018년 10월 2일 카슈끄지는 이스탄불에서 잔인하게 살해되었으며, 범인들은 사우디 영사관 내에서 그를 살해한 뒤 시신을 토막 내 처리한 것으로 보인다. CIA 후속 조사를 통해 빈 살만이 카슈끄지 살해를 직접 지시한 사실이 밝혀졌다.

식구 한 명을 잃은 〈워싱턴포스트〉는 사우디 정권에 대한 적대적인 보도에 더욱 전념했다. 그러던 중 2019년 초 〈내셔널인콰이어러〉는 베조스와 로렌 산체스의 불륜에 관한 속보를 전했는데, 여기에는 베조스가 보안 전문가인 개빈 드 베커를 시켜 조사하게 할 정도로 은밀한 내용과 이미지들이 담겼다.

2월 8일, 베조스는 인스타그램 게시물을 통해 〈내셔널인콰이어러〉의 소유주인 AMI^American Media Inc.를 갈취 협박 및 사우디 정부를 옹호한 혐의로 고발하기도 했다. 그것은 베조스의 강한 분노와 저항이 느껴지는 글이었다.

어제 저에게 이례적인 일이 일어났습니다. 사실 저에게는 그냥 이례적인 것이 아니라, 처음 있는 일이었지요. 저는 거절할 수 없는 제안을 받았습니다. 적어도 〈내셔널인콰이어러〉의 고위 임원들은 그렇게 생각했겠지요. 그들이 그렇게 생각했다는 게 다행입니다. 덕분에 그들은 대담하게도 모든 걸 글로 써두었으니까요. 그들은 개인적인 손해와 수치심을 들먹이며 저를 위협했지만, 저는 갈취와 협박에 굴복하기보다는 그들이 제게 보낸 것을 그대로 공개하기로 마음먹었습니다.

베조스는 이 글에서 〈워싱턴포스트〉를 소유한다는 것이 쉬운 일이 아님을 인정했다. "그건 제게 참으로 복잡한 일입니다. 〈워싱턴포스트〉의 보도를 읽은 특정 권력자들이 저를 그들의 적으로 잘못 판단하는 일을 피할 수가 없지요."

상황은 곧 더 복잡해졌다. 베조스와 드 베커는 FTI 컨설팅의 디지털 포렌식 전문가들에게 베조스의 휴대폰을 분석하도록 했는데, 그들은 베조스의 휴대폰이 사우디에 의해 해킹을 당해 개인 메시지와 사진이 유출됐다는 '상당히 믿을 만한' 결론을 내렸다. 동시에 드 베커는 AMI의 최고경영자 데이비드 페커가 빈 살만과 친한 사이라고 주장했다. 베조스 측의 고발은, 사우디 정부의 감시에 대한 유엔 특별 보고관 아녜스 칼라마르와 데이비드 케이의-베조스의 생각을 크게 뒷받침하는-보고서로 인해 더욱 신빙성을 얻었다. 칼라마르와 케이는 성명에서 "우리가 받은 정보에 따르면 왕세자는 〈워싱턴포스트〉의 사우디아라비아 관련 보도를 막지는 못하더라도 최소한 영향을 미치기 위해 베조스를 감시하는 데 관여했을 가능성이 있다"라고 설명했다.

AMI와 사우디 당국은 모두 반발했다. 사우디는 해킹에 공식적으로 관여했다는 주장을 강하게 부인하는 한편, AMI는 그들의 정보원이 다름 아닌 로렌 산체스의 오빠 마이클이며 그 외에는 어떤 정보원도 관여하지 않았다고 진술했다. 마이클 산체스는 자신이 그런 정보를 주었다는 것을 부인하지는 않았지만 2020년 3월 자신이 '유일한 출처'는 아니며 AMI가 그를 '희생양'으로 만들려고 한다며 AMI를 상대로 소송을 제기했다. 그는 자신이 〈내셔널인콰이어러〉 기자들과 이야기하기 전에 AMI가 이미 베조스에 대한 은밀한 정보를 가지고 있다고 주장했다.

그 휴대폰 해킹 주장에 대한 진실이 무엇이든 간에, 그

스캔들에 국제적으로 언론의 이목이 집중되고 흥분하는 반응도 많았다는 사실은 지난 몇 년 동안 베조스의 인지도가 얼마나 많이 변했는지를 보여준다. 베조스는 〈워싱턴포스트〉의 소유주로서 2017년 1월에 미국 대통령으로 취임한 도널드 트럼프와도 갈등을 빚었다. 트럼프 대통령과 행정부에 대한 〈워싱턴포스트〉의 비판적 보도는 그 호전적인 미국 지도자의 화를 확실히 돋우었고, 아마존과 아마존의 대표까지 눈총을 받게 했다. 하지만 트럼프는 2019년 3월 29일 트위터를 통해 자신이 대통령이 되기 전부터 아마존에 반대했다고 설명했다.

저는 선거가 있기 훨씬 전에 아마존에 대한 우려를 표명했습니다. 다른 기업들과 달리 그들은 주 정부 및 지방 정부에 세금을 거의 혹은 아예 내지 않고, 우리의 우편 시스템을 자신들의 배달부로 이용하며(미국에 엄청난 손실을 초래), 수천 명의 소매업체가 문을 닫게 하고 있습니다!

2018년 4월 7일의 〈가디언〉Guardian 기사에 따르면, 트럼프는 〈워싱턴포스트〉가 사실상 아마존의 '로비스트' 역할을 하고 있다는 의견을 내기도 했다. 〈워싱턴포스트〉의 최고경영자 프레데릭 라이언 주니어는 베조스가 신문사에 기사를 제안하거나 편집 과정에 개입한 적은 없다며, 〈워싱턴포스트〉가 트럼프를 보는 시각과 베조스의 관련성을 강하게 반박했다. 베조스는 언론의 자유를 핵심 가치로 여기는 것처럼 보인다. 일례로 2017년 5월에 그는 미국 언론인들에게 무료 법률 서비스를 제공하는 단체 '언론의 자유를 위한 기자 위원회'에 100만 달러를 기부했다.

2020년 4월, 트럼프 대통령은 아마존의 해외 웹사이트 중 다섯 개(캐나다, 영국, 독일, 프랑스, 인도)를 국제적 위조나 저작권 침해 온상이라고 주장하며 '악명 높은 시장'으로 지정함으로써 또 한 번 아마존을 비판했다. 이번에도 아마존은 전 세계 아마존 웹사이트 페이지의 99.9퍼센트가 위조 관련 민원을 받은 적이 없으며 지적 재산권 침해와 싸우기 위해 고용한 인력이 약 8천 명에 달한다며 그러한 비판을 일축했다.

트럼프 대통령 말고도 아마존에 비난을 퍼부은 고위 정

2016년 5월, 〈워싱턴포스트〉에서 마틴 배런Martin Baron과 인터뷰하는 제프(그는 이로부터 3년 전에 이 유명한 일간지를 인수했다).

치인은 또 있었다. 가령 2019년 6월, 당시 대통령 후보였던 조 바이든은 아마존닷컴이 수백만 달러의 수익을 내는데도 불구하고 2018년에 연방 소득세를 한 푼도 내지 않았다고 주장하며 '우리는 부가 아닌 노동에 보상해야 한다'고 말했다. 아마존은 2016년부터 26억 달러의 법인 소득세를 내고 2천억 달러를 투자했으며 30만 개의 일자리를 창출했다고 설명하며 반발했다. 바이든은 대통령이 된 이후 아마존 노동자들의 노조 결성 노력에 공감을 표하기도 했다.

이러한 비난들에는 하나의 단골 주제가 있다. 베조스에 대해 부정적으로 따지고 드는 일의 대부분이 단지 그의 부, 아니면 그의 부와 그 또는 그의 회사를 위해 일하는 사람들의 부 사이의 격차와 관련된다는 것이다. 하지만 이 논쟁은, 우리가 지금 하려는 것처럼, 자선 및 환경에 대한 점차 커지는 베조스의 관심을 고려해 논의되어야 한다. 그의 그러한 관심이 세계 발전의 일부 분야에서 지대한 영향을 미치고 있기 때문이다.

자선활동과 환경운동에도
눈을 돌렸지

—— JEFF BEZOS ——

새로운 자선활동,
데이 원 펀드

2018년 9월, 제프와 매켄지 베조스는 새로운 자선 활동인 데이 원 펀드Day One Fund를 발표했다. 그 규모와 야망은 방대해서, 20억 달러의 기금을 조성해 '두 가지 분야'(노숙자 가족을 돕는 기존의 비영리 단체들에 자금 지원, 저소득 지역에 무료 유치원 짓기)에서 의미 있고 지속적인 영향을 미치는 데 초점을 맞출 계획이었다.

데이 원 펀드는 그러한 임무를 기반으로 데이 원 패밀리 펀드^{Day 1 Families Fund}와 데이 원 아카데미 펀드^{Day 1 Academies Fund}로 나뉜다. 데이 원 패밀리 펀드는 도움이 필요한 가족에게 쉼터와 먹을 것을 제공하는 일을 하는 단체와 시민 단체를 후원한다. 이 펀드의 2021년 수령 단체 내역서(9,620만 달러 후원)를 살펴보면, 미국 전역에 퍼져 있는 30여 개 단체가 75만~500만 달러 상당의 후원을 받았다.

베조스의 데이 원 아카데미 펀드는 저소득 가정의 3~5세 아이들이 다닐 수 있는 '몬테소리에서 영감을 받은' 유치원 네트워크를 만들어 취약한 지역사회와 가정을 돕자는 아이디어에서 시작되었다. 몬테소리와의 결합은, 어려서 몬테소리 교육 기관을 다니며 좋은 인상을 받았던 베조스로서는 자연스러운 것이었다.

20세기 초 이탈리아의 교육자인 마리아 몬테소리^{Maria Montessori}가 개발한 몬테소리 교육법은 엄격한 교육 프로그램으로 학생들의 정신 공간을 통제하려고 하기보다는 학생들이 자신의 흥미, 적성 및 활동을 추구하도록 자극하는 공간을 제공하는 데 초점을 맞춘다. 되돌아보면, 그곳은 끊임없이 탐구하는 베조스에게 이상적인 학습 환경이었을 것이다.

베조스는 2000년 〈몬테소리 라이프〉와의 인터뷰에서, 그러한 학습 환경이 어린 그의 정신을 자극했던 것에 주목하여 몬테소리 교육이 '발달에 큰 도움이 되는 경험'이었다고 설명했다. 베조스 아카데미 펀드는 기본적으로 몬테소리 철학을 담고 있지만, 다른 전략도 품는 유연함을 보인다. 몬테소리 방식은 모든 아이가 자연스럽게 발달해나가도록, 각자에게 맞는 속도로 배우고 성장할 수 있도록 한다. "우리는 또 모든 아이의 발달을 돕는 능력을 배우고 창조하고 개선하기 위해 다른 교육학도 참조하여 커리큘럼을 짤 것이다."

제1호 베조스 아카데미 학교는 2020년 10월 아이오와주 디모인Des Moines에 세워졌다. 2022년 봄까지 베조스 아카데미는 워싱턴주에서 다섯 군데의 유치원을 운영하며, 2022년 말에서 2023년 초까지 15개를 더 열 계획이다. 왜 베조스는 교육에 이토록 많은 투자를 하는 걸까?

그 대답에 대한 단서는 베조스 패밀리 재단 웹사이트의 헤드라인에서 찾을 수 있다. "어떻게 배우느냐가 어떤 사람이 되는지를 결정한다." 우리는 잠시 이 말에 대해 생각해보아야 한다. 위대한 기업가 중에는 교육 제도를 거부하거나 그로부터 소외당한 이력을 가진 사람들도 있으며, 이는 그러한 제도에서 벗어나 틀에 박히지 않은 사고와 노력을 통해 성공을 이룬 개인의 대단한 모험심을 확인시켜주기도 한다.

이러한 이야기들이 영감을 부르기는 하지만, 1990년대 이후의 연구는 양질의 교육을 오래 받으면 나중에 기업가로 자라날 가능성이 크게 높아진다는 것을 보여준다. 결국, 대학을 중퇴한 기업가들도 주변의 다른 사람들보다는 더 긴 기간 동안 교육을 받게 될 것이다. 베조스는 확실히 교육의 성과를 믿는 사람으로 보이며, 특히 유년기(뇌 형성이 활발하게 진행됨에 따라 자양분이 필요한 시기) 아이들 교육은 더욱 그렇다.

교육 증진에 대한 베조스의 자선적 기여에는 데이 원 펀드만이 아니라 그의 집안 배경과 깊은 연관이 있는 다른 일도 포함되었다. 예를 들어, 2013년에 베조스는 아마존 직원 출신이 세운 단체 '월드리더'에 50만 달러를 기부했다. 월드리더는 개발도상국 국민들이 e-리더와 휴대폰을 통해 디지털 도서관을 무료로 이용할 수 있게 해줌으로써 읽고 쓰는 기본 능력을 기르도록 돕는 단체였다.

2018년 1월, 베조스는 그와 매켄지가 '꿈을 가진' 젊은 이민자들의 교육 증진을 돕는 장학기금인 더드림닷유에스 TheDream.US에 3,300만 달러를 기부할 것이라고 발표했다. 그는 〈워싱턴포스트〉에 기고한 글에서, 아버지 마이크의 개인사와 그 기부 사이의 연관성을 확실히 인정했다.

홀로 이 나라에 온 아버지는 영어도 할 줄 몰랐다. 아버지는 대단한 투지와 결심으로(그리고 델라웨어에 있는 몇몇 훌륭한 단체들의 도움으로) 뛰어난 시민이 되었으며, 그가 여러모로 그에게 은혜를 베풀었다고 느낀 이 나라에 꾸준히 보답하고 있다. 아내와 나는 이 장학금 지원을 통해 오늘날 꿈꾸는 젊은이들을 도울 수 있어서 영광이라고 생각한다.

일부 비평가들이 다시금 베조스의 자선 활동에 의문을 제기한 일이 있었다. 2010년 8월부터 워런 버핏, 멜린다와 빌 게이츠가 불을 지핀 미국을 비롯한 세계 억만장자들의 재산 기부 운동 '기빙 플레지'Giving Pledge에 베조스가 동참하지 않아 많은 사람이 눈살을 찌푸렸다. 미국 기업계의 주요 인사 중 이 서약에 동참하지 않은 사람은 베조스가 유일했다.

이 결정을 비판한 사람들은 베조스가 엄청나게 돈 많은 사람이라는 점뿐만 아니라 그와 이혼한 후 380억 달러 상당의 아마존 주식을 받은(비록 이 주식에 대한 의결권은 여전히 베조스에게 있지만) 매켄지조차도 그 서약에 동참했다는 사실에 주목했다.

어떤 사람은 베조스 자선 프로그램의 세부 사항까지 파고들었다. 2018년 11월, 가비 델 바예Gaby Del Valle는 복스닷컴Vox.com에 실린 〈보기보다 인색한 제프 베조스의 자선 프로젝트〉라는 글에서 "데이 원 펀드를 통한 베조스의 기부금 중 상당 부분이 아마존 직원들이 많이 살고 있거나 앞으로 그럴 거라고 예상되는 도시 및 주들에 집중되었다"라고 주장했다. 그녀는 데이 원 펀드가 베조스의 개인적인 자선 활동이지 아마존의 계획이 아니라는 아마존 성명의 내용은 인정했지만, 아마존이 지역 사업체들에 세금을 부과해 저비용 주택 건설비용을 마련하자는 시애틀 시 법안을 막는 데 관여함으로써 노숙자들을 좌절시켰다고 주장하기도 했다.

하지만 델 바예는 더 흥미로운 주장을 제기했는데, 그것은 베조스가 정부의 개입보다는 비영리 및 민간 부문 자선 활동의 힘을 더 믿는 사람이라는 것이다. 그녀는 베조스의 말이 실린 블룸버그닷컴^{Bloomberg.com}의 기사를 인용했다.

어떤 해야 할 일이 있을 때 우리는 정부와 함께할 수도 있고, 비영리 단체나 영리 단체와 할 수도 있다. 만약 영리 단체와 함께 하는 방법을 찾아낼 수 있다면 많은 이점이 있을 텐데, 그중 하나는 자립할 수 있다는 것이다.

베조스가 정부 지출을 민간 주도보다 덜 중요하게 본다고 하면 너무 단순화시킨 말이 되겠지만(가령, NASA의 역

베조스 아카데미 유치원에서 한 학생과 함께 벽화를 그리는 제프. 베조스 아카데미
는 저소득 가정의 3~5세 어린이들을 돌보는 무료 유치원 네트워크를 통해 취약한
지역사회 및 가정들을 지원한다.

사적 노력에 대한 그의 존경은 이런 입장을 상쇄한다), 그가
자선 활동의 '자립' 모델로 기우는 것은 그의 장기적 사고
를 또 한 번 반영한다(비록 그는 자선 기부가 단기간에 초점
을 맞춘 일이라고 선언했지만). 예를 들어, 민주주의 체제의

경우 4~5년 주기로 정부가 바뀌므로 단기적 사고에 좌우되기 쉽지만 이런 상황에서도 민간 자선 활동은 계속 유지될 가능성이 있다(물론 항상 실현되는 것은 아니지만).

또 민간 자금은, 정부 계획의 경우에는 여러 맞선 주장들과 정치적 이해관계 때문에 달성하기가 힘든 효율성을 지닐 가능성이 있다.

그러나 베조스의 과거 행동을 살펴보면, 그는 자신의 투자를 통제하기를 좋아하며 이는 그에게 규모, 성장 및 최대 효과에 대한 그만의 원칙을 적용할 기회가 된다고 말할 수 있다.

기후 변화와
환경 문제 해결을 위한 발걸음

2021년 11월 11일, 워싱턴 국립 대성당에서 열린 이그나티우스 포럼Ignatius Forum의 '우리의 미래는 우주에' 행사 무대에서 인터뷰를 가진 베조스는 지구에 훨씬 더 많은 돈이 필요한 상황에서 우주 탐사에 수십억 달러를 쏟아부었다고 비난하는 비평가들에게 응수했다. 그는 우주와 지구 중 하나에만 투자해야 한다고 생각하는 사람은 "둘 다 우리가 해야만 하는 일이며, 두 가지는 깊이 연관된" 사실을 놓치고 있다고 쏘아붙였다.

실제로, 베조스가 지구에서의 연구와 자선 활동에 투자한 금액이 우주에 쏟아부은 돈보다 많다는 사실을 사람들이 잘 모르는 것 같다. 그러한 투자에 대해 알면 알수록, 우리는 베조스가 지구에 큰 의미를 두고 있다는 것을 깨닫게 된다.

우주 탐사 및 식민지화의 미래에 대한 베조스의 이상은 결국 태양계의 보석임이 분명하지만, 그곳에 사는 800만 종의 생물 중 단 한 종의 활동으로 인해 점차 위협받고 있는 행성 지구를 보존하기 위한 것이다.

사실 베조스의 우주 진출은 기후 변화와 환경 훼손 문제 해결의 중요성에 더욱 힘을 실어주고 있다는 인상을 준다. 그는 그것을 뒷받침이라도 하듯, 2021년 11월 2일 영국 글래스고에서 열린 유엔 기후변화협약 당사국총회[COP26] 연설에서 다음과 같이 설명했다.

자연은 아름답지만 훼손되기 쉽습니다. 저는 7월에 블루 오리진 프로젝트로 우주에 갔을 때 그 사실을 다시금 떠올렸습니다. 우주에서 지구를 보면 세상을 보는 눈이 달라진다는 말을 듣긴 했지만, 그 정도일 줄은 몰랐습니다. 해마다 숲과 녹지는 대기로부터 110억 톤의 이산화탄소를 흡수합니다. 자연을 파괴하는 것은 이 과정을 뒤집어놓는 것입니다. 세상의 너무 많은 곳에서, 자연은 이미 탄소의 흡수원에서 공급원으로 바뀌고 있습니다. 이것은 우리 모두에게 중대한 위험이 됩니다.

베조스는 2021년경 이미 아마존이, 그리고 그 개인적으로도 기후 운동을 도울 수 있다는 것을 인식했다. 2019년 9월, 아마존은 2040년까지 탄소 중립net-zero을 달성하겠다는 기후 서약을 발표했다. 그리고 이듬해인 2020년에는 지속 가능한 탈탄소화 기술 및 서비스 개발을 지원하는 기후 서약 펀드를 출범시켰다. 초기 자금이 20억 달러에 달하는 이 투자 프로그램은 저탄소 경제로의 전환을 촉진할 제품과 해결책을 제공하는 비전 있는 기업들에 투자한다.
출범을 기념하는 언론 행사에서 베조스는 아마존이 지

속 가능한 에너지 혁신과 탄소 배출 감축 분야의 리더가 되기를 바란다고 했다. 그는 현재 아마존 운영에 사용되는 전체 에너지 중 재생 에너지 비율이 40퍼센트인데 2040년까지 그 비율을 80퍼센트로 높이고 탄소 중립을 달성하겠다는 약속, 15개의 대규모 태양광 및 풍력 발전소 건설, 배달용 전기 밴 생산 업체인 리비안^{Rivian}에 4억 4천만 달러 투자(2019년 9월, 아마존은 차량 10만 대를 주문했다) 등, 아마존에서 일어나고 있는 뚜렷한 변화들을 지적했다.

2021년 12월경 보도 자료에 따르면 아마존은 전 세계의 274개 재생 에너지 프로젝트에 투자했으며, 이는 미국의 300만 가구에 전력을 제공할 수 있는 규모다.

기후 서약은 베조스의 구상에서 시작되었지만, 아마존의 프로젝트다. 베조스가 순전히 개인적으로 환경에 투자하는 기금도 있는데, 베조스 어스 펀드^{Bezos Earth Fund}이다. 그는 2020년 2월에 어스 펀드의 시작을 알렸다. 2월 17일에 그는 인스타그램 게시물을 통해 기후 변화는 지구와 인류에게 가장 큰 위협이며, 따라서 기후 보호 기금을 조성해 행동할 것이라고 공표했다.

오늘 저는 베조스 어스 펀드 출범을 발표하게 되어 정말 감격 스럽습니다. 기후 변화는 우리 지구에 가장 큰 위협입니다. 우 리 모두의 것인 지구의 기후 변화에 파괴적인 영향을 미치는 요소들과 싸우기 위해, 저는 다른 사람들과 함께 이미 알려진 방법들은 확장하고 새로운 방법들을 탐구하고자 합니다. 이 세 계적인 사업은 과학자, 활동가, NGO를 막론하고 자연을 보호 하는 데 도움이 되는 진정한 가능성을 제공하는 곳이라면 어디 든 자금을 지원할 것입니다. 우리는 지구를 구할 수 있습니다. 대기업, 중소기업, 국가, 글로벌 단체, 개인 들이 집단행동에 나 설 것입니다. 저는 우선 100억 달러를 이번 여름부터 지원하기 시작할 것입니다. 지구는 우리 모두 공유하는 유일한 것입니다. 다 함께, 지구를 보호합시다.

이 펀드의 발표는 환경 과학계를 크게 동요시켰고, 이 소식에 다소 놀란 일부 언론은 베조스의 개인 재산 및 기 타 프로젝트에 대한 조사에 나섰다. 베조스의 개인 재산은 약 1,300억 달러로 추산되는데, 어스 펀드에 내놓겠다고 약정한 100억 달러는 개인 재산의 7.7퍼센트로, 베조스가 우주 프로그램에 투입하는 돈보다 더 많다. 2022년 현재 이미 14억 달러의 자금이 분배되었다. 투자처는 전 세계에 널리 퍼져 있으며, 다음과 같이 다양한 영역을 포함한다.

– 삼림 벌채의 중단과 지속 가능한 토지 이용 촉진

– 손상된 녹지 환경 보존 및 복원

– '불균형과 오염'에 지나치게 노출된 지역사회와 환경 정의를 위한 투자

– 무공해^{zero-emission} 선박 및 트럭 개발

– 인도 농부들이 지속 가능한 농사법을 적용하도록 도움

– 석유 및 가스 산업의 메탄 오염 감소

– 철강, 시멘트, 무공해 선박 및 트럭 등 탄소 배출량을 줄이기 어려운 부문의 탈탄소화

– 더 많은 탄소를 땅속으로 보내기 위한 식물 뿌리 체계 연구

– 탄소의 흐름 및 변화, 그리고 메탄 오염에 대한 위성 모니터링

– 미국 내 모든 스쿨 버스의 전기화

어스 펀드는 분명 훼손된 자연을 되돌리고 기후 위기에

대처할 큰 기회이며, 지구에 대한 베조스의 진정한 관심으로부터 탄생한 것으로 보인다. 어쨌든, (그가 사는 동안 실현될 수도 있지만, 미래 세대에 실현될 가능성이 더 커 보이는) 그의 우주 식민지화 계획은 기후 변화로 인한 재난으로부터 지구를 구해야만 의미를 가지며, 베조스의 모든 프로젝트와 마찬가지로 여기서도 그는 장기적인 논리에 의해 행동하는 것이다. 2030년까지, 어스 펀드에는 100억 달러가 투입될 것이다. 아마존의 기후 서약은 2040년까지 -파리 협정보다 10년 앞서-탄소 중립을 달성하겠다고 약속했으며, 블루 오리진의 장기적 비전을 통해 중공업과 오염 유발 산업은 지구 밖으로 옮겨질 것이다.

베조스는 2017년에 트위터를 통해 자신의 자선 사업들을 정리하며 유독 흥미로운 논평을 했다.

자선 활동 전략에 관해서는 제가 주로 장기적으로 보고 일하는 것과는 반대로 생각하고 있습니다. 자선 활동에 대해서만큼은 그 스펙트럼의 다른 끝, 즉 지금 당장 실행하는 쪽으로 기울게 됩니다.

amazon | | Go

2021년, 뉴욕 기후주간Climate Week NYC 지도자 환영회에서 연설하는 제프. 이 자리에서 그는 국제 보전 작업을 위해 10억 달러의 보조금을 지원하겠다고 약속했다.

그의 삶의 많은 부분에서, 단기적 영향과는 상관없이 장기적 비전을 유지하는 것은 그의 의사 결정의 기본 방침이나 마찬가지였다. 그러나 자선 사업에 관한 한, 사회와 환경에 장기적 영향을 미친다면 인류의 발전과 결정의 중대

2021년, 뉴욕 기후주간Climate Week NYC 지도자 환영회에서 연설하는 제프. 이 자리에서 그는 국제 보전 작업을 위해 10억 달러의 보조금을 지원하겠다고 약속했다.

그의 삶의 많은 부분에서, 단기적 영향과는 상관없이 장기적 비전을 유지하는 것은 그의 의사 결정의 기본 방침이나 마찬가지였다. 그러나 자선 사업에 관한 한, 사회와 환경에 장기적 영향을 미친다면 인류의 발전과 결정의 중대

한 순간에 즉각적인 개입이 필요하다고 인식했다. 하지만 그렇다고 해서 베조스가 장기적인 비전을 포기한 건 결코 아니며, 이는 베조스 엑스퍼디션스의 가장 별난 투자 중 하나인 만년 시계10,000 Year Clock를 보면 알 수 있다.

2022년 3월에 로렌 산체스, 콜롬비아 대통령 이반 두케Ivan Duque, 베조스 어스 펀드의 일원들 및 대통령 수행원들과 함께 치리비케테 국립공원Chiribiquete National Park의 경치를 감상하는 제프.

콜롬비아 치리비케테 국립공원의 제프. 베조스 어스 펀드는 이곳의 삼림 벌채를 막기 위해 파트너들과 협력한다.

장기적 관점의 중요성을 알리는 만년 시계

만년 시계는 롱 나우 시계라고도 하는데, 베조스가 한 일 중에서도 확실히 별난 일이다. 서부 텍사스의 어느 산

(약 610미터 높이의 위풍당당한 암석산) 내부에 세워진 이 거대한 기계식 시계는 기념비적인 건축물과 정밀한 시계의 혼합이다. 이 프로젝트는 규모부터가 영웅적이다. 높이가 수백 미터에 이르며 정확히 만 년 동안 작동하도록 설계되었다. 이 시계의 차임은 350만 가지의 각기 다른 소리로 재생되도록 프로그래밍 되었으며, 1만 년 동안 하루에 한 번씩 울린다.

이 시계는 1980년대에 미국의 발명가 겸 기업가이자 과학자 그리고 인공 지능 전문가인 대니 힐리스^{Danny Hillis}가 처음 구상했다. 당시 세상은 새천년이 임박했다는 사실에 정신적으로 적응하기에 바쁠 뿐 그 후에 대해서는 거의 생각하지 않았다. 이에 힐리스는 1만 년 동안 작동할 기계식 시계를 세움으로써 사람들의 근시안적인 태도를 타파하고자 했다. 그런 시계를 마주하게 되면 사람들은 다가올 천년, 거대한 시간의 틀에서 소멸하는 자신의 위치뿐만 아니라 현재와의 유익한 상호 작용을 통해 미래를 만들어가는 자신의 역할에 대해서도 생각하게 될 터였다.

그 시계의 소형 견본(현재 런던 과학박물관에 전시)은

2000년에 접어들기 직전인 1999년 12월 31일에 가동되었지만, 이제 실물 크기의 시계를 세우는 문제가 남았다. 그 시계가 지니는 상징성과 정신적 초점을 잘 이해한 베조스는, 베조스 엑스퍼디션스를 통해 개발 자금을 조달했다.

그 시계와 주변 환경은 끝없이 펼쳐진 길고 긴 미래 앞에 선 인간을 돌아보게 함으로써, 사람들이 깊은 사색에 빠져들도록 한다. 아무리 장기적인 것에 집중하는 베조스라도 인간이 시간의 흐름을 거스를 수는 없다는 사실을 알고 있다.

제프 베조스는
세계 최고의
아이디어 부자입니다

기업가 정신에 관한 자료는 끝없이 늘어나며, 특히 성공을 불러오는 결정적인 자질을 알고자 하는 노력은 계속되었습니다.

산업과 혁신 분야의 위대한 인물들은 대개 야망의 크기에 걸맞은 성격을 지니게 마련입니다. 제프 베조스는 끊임없이 샘솟는 세계 최고의 아이디어 부자입니다. 오늘날 그가 재산에서도 세계 최고의 부자가 된 것은 돈을 추구해서가 아니라 끊임없이 아이디어를 추구한 데 따른 결과일 뿐입니다.

베조스식 접근법

2020년 〈포브스〉Forbes에 실린 〈성공한 기업가의 6가지 성격적 특성〉은 확고한 직업윤리, 깊은 열정, 창의성, 의욕적인 자발성, 느긋한 태도, 그리고 배움에 대한 열정이었습니다.

다른 권위 있는 출처들도 다르긴 하지만 보통은 중복되는 목록을 제공합니다(웹에서 검색해보면 성공한 기업가가 지닌 자질의 수는 6개에서 10개 사이입니다). 어떤 경우에는 자신감, 비전, 유연성, 판매 능력, 돈에 대한 엄격함, 회복력이 추가되기도 합니다.

이러한 목록들 뒤에 숨은 핵심 동기는 성공을 위한 편리한 규칙을 찾는 것인데, 이는 사업적 성공이 어떤 보편적인 레시피처럼 누구나 따라 할 수 있는 것임을 암시합니다.

그러나 제프 베조스에 관한 한, '베조스식 접근법'을 상징하는 원칙을 뽑아내기가 어려울 수도 있습니다. 그가 명확하고도 유용한 교훈을 주지 않아서가 아닙니다. 오히려 베조스의 경우 그런 원칙을 실행하는 데 거의 지칠 줄 모르는 작업 능력과 날카로운 지능을 보이며, 잔인하게 말하자면 이것은 가르쳐서 될 만한 자질들이 아닙니다. 게다가, 베조스는 사람들 대부분이 둘 다 갖기 힘든 두 가지 특성, 즉 엄청난 위험에 대한 강한 내성과 효율성 극대화를 위해 시스템을 개선하려는 고도의 분석적 욕구를 모두 가진 것으로 보입니다.

이 두 가지 측면이 결합하면 후자의 주의력과 적응력이 전자의 목적의식과 무시를 통제하게 되면서 흥미롭고 생산적인 역동성이 생겨납니다.

베조스는 상업이나 투자에서 큰 실패를 너무도 많이 경험했습니다. 그러나 그의 성격과 경영 접근법의 특성은 그가 성공과 성장 모두에 대한 통계적 가능성을 계속하여, 그리고 막대한 규모로 높이며 끊임없이 새로운 기회를 창출해왔다는 것입니다.

아마도 이것이 베조스의 기업가적 추진력의 진정한 정의일 것입니다. 즉 성공 가능성을 극대화하는 방식으로 행동하되, 성공을 장담하려다가 갖게 되는 조심스러움은 없는 것입니다.

고객

그렇다면 베조스 자신은 그의 기업가적 빅뱅과 그에 따른 성장의 근원을 무엇으로 볼까요? 우리는 아마존 모델을 구체적으로 언급한 그의 가장 유명한 어록 중 하나로부터 실마리를 찾을 수 있습니다.

고객을 최우선으로 여겨라. 발명하라. 인내심을 가져라. 아마존은 18년간 이 세 가지 큰 아이디어를 고수해왔으며, 이것이 우리가 성공한 원인입니다.

여러 사업가와 분석가들이 깊이 생각해온 이 비즈니스 관련 지혜는 얼핏 단순해 보이지만 깊은 뜻이 숨은 말입니다. 고객을 최우선으로 여기라는 말과 관련하여, 우리는 이 책을 통해 베조스가 그러한 본능을 강화해나가는 과정을 몇 번이고 목격했습니다. 베조스가 고객 경험에 집중하는 것은, 단순히 고객이 중요하며 고객 수 증가 및 재방문 보장을 위해서는 그들을 전반적으로 기분 좋게 만들어야 한다고 생각하는 것이 아닙니다. 베조스의 세계관에서 고객은 그 이상의 존재로 보입니다. 고객은 곧 성장의 동력이며, 고객의 기대를 뛰어넘음으로써 베조스와 아마존이 마켓플레이스 서비스 개발에 적용한 플라이휠 효과가 발생하는 것입니다.

베조스는 아마존에서 한동안은 수익성을 깎아먹는 것으로만 보였던 새로운 서비스를 간간이 선보여 임원진들을 안절부절못하게 했습니다. 이는 확실한 연말 실적을 기대하는 중소기업이었다면 말이 안 되는 일이었을 것입니다. 하지만 베조스의 어록 중 인내심을 가지라는 요소를 살펴보면 진정한 맥락을 이해할 수 있습니다.

그는 상업적으로 성공한 기업가가 되기를 열망하기보다는 실현 기술enabling technology(어떤 사용자나 문화의 역량에 근본적인 변화를 주도하기 위해 적용하는 발명이나 혁신 _옮긴이) 시대에 비즈니스의 기본 개념을 어떻게든 바꿔놓을 진정한 혁신가가 되기를 원했습니다. 이러한 야망을 이루려면 시간과 인내심이 필요한데, 궁극적으로 그는 거대한 고객층을 기반으로 한 잠재적 에너지를 통해 거스를 수 없는 추진력을 만들어내는 데 의존한 것입니다.

발명하라는 말은 그 일을 해내는 방법을 나타냅니다. 베조스는 정체나 경직의 기미가 보이는 모든 것에 거의 병적으로 저항해왔습니다. 혁신의 가능성으로 가득한 새로운 첨단 기술 세계에서, 투자와 신속한 프로세스가 뒷받침된 끊임없는 창조적 태도는 전망이나 성장 면에서 신선함을 유지하고 수많은 신참자에 의해 회사가 고루하거나 하찮게 되어버리는 일을 막을 수 있는 거의 유일한 방법입니다.

리더십

베조스식 '경영 스타일'(베조스 본인은 이런 말을 쓸 것 같지 않지만)의 또 다른 뚜렷한 요소는 말 그대로 의심할 여지가 없는 그의 리더십입니다. 베조스의 개인적 스타일과 기업의 역사를 통해 분명히 알 수 있는 한 가지는, 그가 독불장군이 되는 것이나 반대 의견을 대체로 억누르는 것을 절대 두려워하지 않는다는 것입니다. 그는 거의 일방적으로 결정을 내리고 그 결정을 고수할 자신감을 가진 리더입니다.

그렇다고 해서 베조스가 아무런 조언도 받지 않았다는 말은 아닙니다. 삶의 많은 시간 동안, 그의 주변에는 정말 뛰어난 사람들이 함께하며 특정한 개발 분야에서 그를 리드하고 그에게 가르침을 주었습니다. 그러나 베조스는 감시의 왕입니다. 또 그의 면밀한 조사 능력과 폭넓은 지식에 대해 언급하거나 목격한 수많은 직원에 따르면, 그들이 어떤 위치에 있든 간에 전문 지식이나 모호한 말 뒤에 숨을 수 없을 정도였다고 합니다.

우디 맨버는 베조스가 그를 야후에서 아마존으로 스카우트할 당시 특히 복잡한 알고리즘을 설명해달라고 한 일을 떠올렸습니다. 맨버가 생각하기에 그것을 다른 임원진에 설명하려면 '한 달'은 걸릴 일이었지만, 베조스는 회의가 진행되는 동안 그가 무슨 말을 하는지 완전히 이해했다고 합니다.

베조스식 경영 스타일을 엿볼 수 있는 또 다른 창은 베조스가 아마존에 있을 당시 개발된 '리더십 원칙'인데, 이것은 아마존의 운영 관리 및 업무 처리 방식을 설명한 한 쪽짜리 문서입니다. 리더십 원칙은 원래 총 14개가 있었으며, 실제로는 제프 윌크와 최고정보책임자[CIO]인 릭 달젤에 의해 작성되었지만, 베조스와의 긴밀한 협의를 거쳤습니다. 후에 윌크가 한 인터뷰에서 말했듯이 그것은 '제프 베조스가 많이 연상되는 글'이었습니다.

오늘날에는 16개의 원칙이 있으며, 저마다 아마존 창립자의 흔적과 기대가 담겼습니다. 그 원칙들은 일단 짧고 간결하며, 각각의 박력 있는 제목 아래로 몇몇 짧은 문장들이 이어집니다. 마치 문서 자체가 불필요한 말들을 제거하기 위해 노력하는 듯이 장황함은 찾아볼 수 없습니다. 사실 이것은 윌크가 '단일 페이지 소통 문화"라고 불렀던, 베조스가 선호한 방식을 반영한 것입니다.

일부 원칙들은 베조스 자체를 묘사하는 것처럼 들리기도 합니다.

• 대체로 옳다

리더는 대체로 옳다. 리더는 뛰어난 판단력과 훌륭한 직감을 지닌다. 리더는 다양한 관점을 찾고 자신의 신념을 맹신하지 않는다.

- 최고의 수준을 고집한다

리더는 많은 사람이 터무니없다고 생각할 만큼 높은 기준을 세운다. 리더는 끊임없이 기준을 높이며 팀이 우수한 수준의 제품, 서비스 및 프로세스를 제공하도록 이끈다. 리더는 결함이 방치되지 않고 문제가 해결되도록 책임을 진다.

- 크게 생각한다

작게 생각하는 것은 자기충족적 예언과 같다. 리더는 성과를 내기 위해 대담한 목표를 설정하고 소통한다. 리더는 다르게 생각하고, 고객을 지원할 방법을 찾기 위해 구석구석 살핀다.

- 깊게 관여한다

리더는 모든 단계의 업무에 관여하고, 세부 사항을 계속하여 파악하고, 수시로 살피고 조사하며, 지표와 실제 사실이 다를 경우 의심한다. 리더가 관심을 두지 않아도 되는 업무는 없다.

- 소신 있게 반대하고 헌신한다

리더는 동의하지 않는 결정에 대해 불편하고 피곤하더라도 정중하게 이의를 제기할 의무가 있다. 리더에게는 신념과 끈기가 있다. 리더는 사회적 결속을 위해 타협하지 않는다. 하지만 일단 결정된 일에 대해서는 전적으로 헌신한다.

이러한 원칙에 기초한 이상적인 아마존 관리자는 관련 지식이 풍부하고, 강한 정신력과 회복 탄력성을 지니고, 큰 비전에 대한 욕구가 있되 그 비전을 현실화시키기 위한 결단력도 있으며, 비록 거센 저항에 부딪히더라도 결정을 내리거나 결정에 이의를 제기할 만큼 자신감이 충만한, 대단히 능력 있는 사람입니다.

베조스는 언제나 절대적인, 그리고 때로는 가차 없는 자립정신을 보여주었고, 전통적으로 해오던 방식에 기반을 둔 생각이나 주장을 참지 못했습니다.

2000년대 초 아마존이 보석 시장 진출을 위해 힘든 조사를 벌이는 동안, 베조스는 임원진과 만나 그에 대한 전략을 논의했습니다. 그의 팀의 핵심 제안은 경험이 많은 보석 판매자들을 마켓플레이스로 불러들여 그들의 성과와 마케팅 전략을 모니터링한 다음 그 정보를 이용해 아마존의 진출을 꾀하자는 것이었습니다. 베조스는 이 전략에 대해 생각하더니 말없이 방을 나갔고, 몇 분 뒤에 나타나 임원진에 종이 한 장씩을 나누어주었습니다. 그 종이에는 "우리는 '비가게'이다"We are the 'Unstore'라는 문장이 인쇄되어 있었습니다.

베조스는 아마존의 지도자들에게 전통적인 소매 모델을 복제하려는 생각을 멈추고 아마존을 과거 모델에 얽매이지 않는, 완전히 새로운 혁신의 공간으로 여기라고 말하고자 했던 것입니다.

• 의사 결정

아마존의 지도자들이 '소신 있게 반대하고 헌신한다'는 조항은 비즈니스적 의사 결정의 본질에 대한 베조스의 열정적 태도, 그리고 과도한 비즈니스 간 소통에 대한 그의 일반적인 반감과 연결됩니다. 베조스는 업무 처리 방식을

'논의'하는 데만 몇 시간을 잡아먹기보다는 현실 세계에서 업무를 해내야 한다는 필요성에 의해 움직입니다. 이것은 아마존의 또 다른 원칙에 반영됩니다.

- 과감하게 행동한다

비즈니스는 속도가 중요하다. 많은 결정과 행동은 나중에 되돌릴 수 있으므로 지나친 심사숙고는 필요치 않다. 우리는 계획적인 위험 감행을 중시한다.

많은 대기업에서는, 이 원칙이 비용과 결과에 대한 충분한 고려 없이 계획을 실행함을 의미한다는 점에서 무서울 정도의 위험을 수반하는 것으로 볼 것입니다. 그러나 베조스는 위험에 내재한 속도가 추진력을 만들어내는 데 중요하다고 보고 그 이점을 포착함으로써, 오히려 위험에 의해 힘을 얻습니다. 따라서 베조스가 선호하는 조직은 끊임없는 토론과 논의에 얽매여 전진하지 못하는 것이 아니라, 문제가 생겼을 때 그것을 해결하고 혁신과 효율성의 수준을 계속 밀어붙이는 소규모의 아주 지능적인 팀입니다.

베조스는 RNDF(레이건 국방 포럼)와의 인터뷰에서 "많은 결정과 행동은 되돌릴 수 있으므로 지나친 심사숙고는 필요치 않다"라는 생각을 덧붙이며 자신의 의사 결정 철학을 설명했습니다. 그는 의사 결정을 일방향과 쌍방향으로 구분합니다. 일방향 의사 결정은 한번 내려지면 되돌릴 수 없으며, 긍정적이든 부정적이든 비즈니스에 중대한 결과를 초래합니다. 베조스는 이러한 유형의 의사 결정은 심도 있는 회의를 거쳐 아주 신중하게 내려져야 하며, 최종 결정 역시 최대한 많은 데이터와 분석을 통해 이루어져야 한다고 설명했습니다.

의사 결정의 두 번째 유형은 쌍방향 의사 결정입니다. 일방향과는 다르게, 쌍방향 의사 결정은 번복할 수 있습니다. 즉, 처음에 시작했던 위치로 다시 돌아가거나 원래 의도했던 전개를 다른 방향으로 돌려 상황에 맞게 조정함으로써 결과를 되돌릴 수 있는 것입니다.

아마존과 몇몇 다른 주요 기술 기업에 의해 개척된 이러한 의사 결정의 비전은 이제는 널리 알려진 APM(민첩한 프로젝트 관리)을 비롯한 현대적 비즈니스 사고에 널리 영향을 미쳤습니다. APM에서는 장기간에 걸친 계획과 대규모 출시보다는, 지속적인 제품 및 서비스의 출시와 그에 따른 고객 피드백의 반복이 회사를 성장시킵니다.

베조스에 의하면 문제는, 일방향 의사 결정은 상당히 드문 것인데도 많은 기업이 훨씬 더 일반적인 쌍방향으로 해결이 가능한 상황을 일방향 문제로 취급한다는 것입니다. 이런 식으로 생각하면 타성과 피로감이 생기고, 유리한 속도로 움직이지 못하는 회사가 됩니다.

이 책을 통해, 우리는 베조스가 토론의 장에 발을 들였다가 민첩한 의사 결정을 내려 빠르게 일을 마무리 짓는 것을 여러 번 목격했습니다.

같은 인터뷰에서 그는, 회사 대표들이 논쟁하며 소모전을 벌이는 상황에서 서로 이기려고 다툴 때 '반대와 헌신'의 원칙을 사용한다고 설명했습니다.

이때 상황은 더 높은 사람, 예리한 판단력을 지닌 사람, 의견 차이가 해결되지 않더라도 그러한 난관을 극복하고 결정을 내리는 사람에게로 확대됩니다. 베조스는 그것을 이렇게 설명합니다.

높은 사람은 높은 판단력을 지닌다는 사실을 인정하면 상황은 크게 진정됩니다. 그 판단은 굉장히 가치 있는 것이며, 따라서 부하 직원들이 더 나은 실측 자료를 가지고 있더라도 때로는 그들을 제압해야 합니다. 하지만 그것은 당신이 판단할 일입니다.

베조스식 접근법의 특히 독특한 요소는, 소통의 가치에 의문을 제기한다는 것입니다. 분명히 말하면, 베조스는 직원들이 생산적인 방식으로 자주 의논하는 것을 막으려는 게 아닙니다.

소통을 기업 회의실에서 오랜 시간 동안 열리는 대규모 회의로 확대하기보다는, 직면한 문제의 해결에 직접적으로 연관된 소규모 팀 내에서 즉시 이루어져야 한다고 보는 것입니다.

그의 가장 효과적인 발언 중 하나는 1990년대 후반, 기업 내 소통에 대해 더욱 조직적인 대화식 접근법을 제안한 일부 하급 임원들의 발표에 대한 반응에서 나왔습니다. 그 말은 분명 그들을 놀라게 했을 것입니다.

소통은 기능 장애의 신호입니다. 그것은 사람들이 친밀하고 유기적인 방식으로 협동하지 않는다는 것을 의미하지요. 우리는 팀들이 서로 더 많이 소통할 방법을 찾을 게 아니라, 더 적게 소통할 방법을 찾으려고 노력해야 합니다.

베조스는 성의 없고 부주의한 소통을 권장하는 것이 아닙니다. 그가 아마존에서 시행한 특히 눈에 띄는 혁신 중 하나는 회의에서 파워포인트나 그와 유사한 프레젠테이션 도구들의 사용을 금지한 것입니다.

그는 현행 소프트웨어 형식이 중요 항목들 사이로 중요한 세부 사항이 빠져나가게끔 하여 얕은 생각을 부추긴다고 생각했습니다(베조스만 이런 생각을 한 건 아니었습니다. 2005년, 당시 악화하던 이라크전에서 대반란 계획 자문 역할을 맡고 있던 미군 준장 H.R. 맥매스터는 파워포인트를 미군이 직면한 혼란의 근본 원인으로 여겨 군 전략 회의에서 파워포인트를 금지했습니다).

회의를 주도하는 임원은 제안서나 보고서를 6쪽짜리 문서(그리고 각주도)로 작성해야 했는데, 여기에는 생략이나 불필요한 말이 거의 없이 모든 개념에 대한 적절하고 완벽한 설명이 담겨야 했습니다. 회의 시작 때 그 문서를 한 장씩 받은 팀원들은 처음 15분간 그것을 조용히 읽으며 토론 시작 전에 적절한 아이디어들을 떠올릴 시간을 가졌습니다. 아마존에서는 오늘날에도 여전히 이 체계를 사용합니다.

베조스가 군살 없는 소통 모델을 좋아한다는 사실은 2000년대 초 그의 '피자 두 판 팀' 아이디어에서도 명확히 드러납니다. 그는 이 원칙을 회사의 구조 조정과 관련해, 팀원의 수가 단 두 판의 피자로도 부족함 없이 먹을 수 있는 수 이하여야 한다고 설명했습니다. 즉 팀원 수는 열 명이 넘지 않아야 하며, 작은 팀일수록 협업이 더 잘 된다는 주장이었습니다.

피자 두 판 팀은 일부 부서에서는 명확한 개선안이 되지는 못했지만, 베조스가 기업 내에서 말이나 아이디어의 흐름을 보는 방식, 그리고 소규모 팀 정신이 그의 '데이원'(첫째 날) 정신을 어떻게 유지하는지에 대한 더 큰 통찰력을 제공합니다.

우리는 또 문제 해결 및 혁신에 대한 베조스식 접근법이 그가 대체로 상황을 잘 파악하고 있다는 사실에서 비롯됨을 인정해야 합니다. 베조스의 결정은 변덕이나 직감에 의한 것이 아니라 주변 사람들, 심지어 표면상으로는 해당 분야에 대해 훨씬 더 많은 경험과 지식을 가진 사람들을 놀라게 할 만큼 폭넓은 학식에서 비롯됩니다.

브래드 스톤은 아마존 상무 브루스 존스^{Bruce Jones}가 9개월간 다섯 명의 엔지니어들을 이끌고 피커들의 움직임 개선을 위한 새로운 알고리즘을 개발하던 때의 에피소드를 이야기했습니다.

모든 작업과 계산을 끝낸 그들은 베조스와 에스팀 앞에서 그들의 계획을 멋지게 시연해 보였습니다. 발표가 끝날 무렵 베조스는 별 감흥이 없는 듯 자리에서 일어나 화이트보드로 향했고, 빠른 속도로 대안이 될 만한 해결책을 세우기 시작했습니다.

그것을 본 존스는 운영 체제 관리에 대해 심도 있는 경험이 있는 것도 아니고 훈련도 받지 않은 그가, 어떻게 효율성 측면에서 더 나은 모델을 보드에 적고 있을까 하는 생각을 했다고 합니다.

일과 삶의 균형

베조스는 상사로서는 의심할 여지 없이 엄격한 감독자입니다. 어떤 사업이든 간에 그는 한결같이 높은 수준, 성실한 노력 및 지능적 의사 결정을 기대하며 개발을 주도해왔는데, 이러한 철저함은 분명 많은 경영진을 힘들게 했습니다. 역사상 가장 혁신적인 회사 중 하나에서 일한다는 점에서 오는 위신과 흥분에도 불구하고, 어떤 사람들은 베조스 밑에서 일하는 것에 대해 너무 심한 압박을 느꼈습니다.

베조스의 직업윤리는 일과 삶의 균형이라는 개념을 완전히 무시하는 것으로 묘사되곤 하지만, 이 주제에 관한 그의 글들을 자세히 읽어보면 그가 삶의 경험을 얼마나 우선시하는지에 대해 더 미묘한 차이가 있는 통찰력을 얻을 수 있습니다. 그는 〈인재 채용〉 글에서 제일 먼저 "용병과 선교사 중 어느 쪽을 원하십니까?"라는 질문을 던집니다. 그는 용병을 기본적으로 회사가 제공하는 혜택이나 인센티브, 즉 보이는 지위 때문에 회사에 매력을 느끼는 사람들로 분류합니다. 반대로 선교사는 영감을 주는 비전, 또 무엇이 앞을 가로막든 간에 고무적인 목표를 추구하고 달성하려는 열망에 이끌리는 사람들입니다. 베조스가 어떤 종류의 직원을 원할지는 쉽게 짐작할 수 있습니다.

또 다른 레이건 국방 포럼 인터뷰에서, 베조스는 일과 가정(가족생활)이라는 두 영역 사이에서 삶이 어떻게 구성될 수 있는가 하는 문제를 정면으로 다루었습니다. 그는 '일과 삶의 균형'이라는 말 자체가 오해를 불러일으킨다고 생각합니다. 그는 사람들이 일터에서 '힘이 나고', 일이 재미있고, 자신의 가치를 인정받는다고 느끼면 집에서도 더 행복할 것이라고 설명합니다. 반대로, 만약 직원이나 상사가 집에서 행복하지 않다면 그 불만은 일터에까지 미치게 됩니다.

베조스가 '일과 삶의 균형'이라는 표현을 좋아하지 않는 이유는 그것이 양자택일적 이원성, 즉 '엄격한 상충 관계가 있다는 암시'를 품고 있기 때문입니다. 그는 일과 가정의 관계를 경쟁으로 보는 대신 상호 의존적인 활력 또는 순환으로 보는 것이 낫다고 생각합니다.

같은 글에서, 베조스는 직장에서의 에너지와 관련하여

두 종류의 사람이 있다고 설명합니다. 그는 독자들에게, 회의 중에 어떤 사람이 방 안에 들어온다고 상상해보라고 합니다. 그 사람은 주변 사람들의 사기와 생산성을 북돋워 회의에 에너지를 더하거나, 사람들의 에너지를 소모하여 분위기를 다운시킵니다. 베조스는 일과 가정 모두에서 '당신은 그중 어떤 사람이 될지 결정해야 한다'고 말합니다. 또 그는 그 자신의 정신 운영 체계를 가장 잘 드러내는 직접적인 깨달음 중 하나를 제시했습니다.

보통은 시간이 중요한 게 아닙니다. 주당 100시간씩 열정적으로 일하면, 어쩌면 한계가 올지도 모르지만 저는 문제를 겪어본 적이 없고, 그건 양쪽 생활 모두가 제게 에너지를 불어넣기 때문일 것입니다. 이것이 바로 제가 인턴과 임원진 모두에게 추천하는 것입니다.

　여기서 베조스는 힘든 일을 해내는 능력에 관한 한 일반인 중에는 그와 견줄 사람이 거의 없다는 사실을 어느 정도 인정하는 것처럼 보입니다('어쩌면 한계가 올지도 모르지만'이라는 구절은 그가 직장에서 인내심이 적은 사람들을 이해하기 어려워한다는 것을 암시합니다). 하지만 이 글의 주요 요점은 쉬지 않고 일만 하라는 것이 아니라, 일에 대한 흥미와 가정의 사랑을 같은 탱크에서 나오는 연료로 삼아 '선교사'의 열정으로 삶의 모든 측면에 헌신해야 한다는 것입니다.

부와 번영

베조스의 상상하기 힘든 부에 대해 많은 말이 있었습니다. 그 관점들은 다양하며 종종 정반대 입장을 갖습니다. 예를 들어, 어떤 사람들은 베조스의 부를 하나의 영감이자, 그가 자신과 수십만 명의 직원들을 위해 성공을 이룬 방식을 보여주는 가장 확실한 지표로 여깁니다. 이러한 관점에서 볼 때, 베조스의 부는 그의 기업가이자 지적 탐험가로서의 위대함에 대한 인증과 같습니다.

이와 대조적으로, 다른 사람들은 그의 부를 인류 사회 구조의 오점과 같은 것, 즉 극심한 불평등을 가장 잘 보여주는 예로 여깁니다. 베조스는 단 1초에 미국 노동자의 평균 주급보다 더 많은 돈을 번다, 매시간 그의 재산은 890만 달러씩 늘어난다, 그의 재산은 전 세계 195개국 중 140개국의 국내 총생산^{GDP}보다 더 많다 등의 수많은 놀라운 '사실들'(그중 일부는 의심스럽거나 베조스의 재산의 상당 부분이 가치 변동적인 주식에 묶였다는 사실을 무시하는 것 같지만)이 인터넷에 떠돌고 있습니다. 이러한 사실 중 다수는 변수가 있지만, 베조스가 인류 역사상 거의 전례가 없는 정도의 재정적 지위를 얻었다는 것만은 확실히 인정할 만합니다.

베조스에게는 이것이 어떤 의미일까요? 저는 베조스의 부가 그의 모든 노력의 주된 목표였다고 주장하기는 힘들 것으로 생각합니다. 현재까지 그가 스스로 몰아붙인, 그리고 앞으로도 계속 유지될 것으로 보이는 무자비한 속도를 고려할 때, 그가 부를 이뤘다고 해서 가속 페달에서 발을 뗄 가능성은 전혀 없어 보입니다. 베조스에게 부의 창출은 해당 사업의 번영과 밝은 전망을 보여주는 실질적인 지표입니다. 그는 '세상에서 가장 부유한 남자'라는 타이틀을 추구한 적이 없으며, 오히려 기업가나 발명가로서의 업적으로 주목받기를 더 선호한다고 솔직하게 말했습니다. 동시에 (경제 클럽 인터뷰에서) 그는 1조 달러 규모의 아마존 주식을 16퍼센트 소유하는 것은 곧 다른 사람들을 위해 8,400억 달러를 창출했음을 의미한다고 설명했습니다. 다른 사람들을 위해 창출된 부를 인정하는 대신 그의 개인적인 부에만 집착하는 것은 상황을 왜곡시키는 일입니다.

하지만 베조스의 개인 재산이 처음에는 인상적으로, 그후에는 천문학적으로 늘어남에 따라 그는 근로 조건 및 직원들(특히 조직도의 하위 계층에 있는 직원들)의 급여에 관한 논란의 집중포화를 맞게 되었습니다. 베조스도 분쟁과 논쟁의 본질을 인지하고 있습니다. 2019년 주주들에게 보낸 서한 중 〈규모를 활용한 선한 영향력 행사〉라는 제목의 글에서, 그는 규모 면에서 본 아마존의 고용 기록을 강력하게 옹호했습니다. 그는 아마존이 전 세계에서 84만 명의 노동자를 고용하고 미국에서 200만 개의 일자리를 '직간접적으로 지원한' 방식을 설명했습니다. 아마존을 통한 판매로 먹고사는 기업들에 의해 약 83만 개의 일자리가 유지되었습니다. 모든 것을 종합하면, 아마존은 전 세계에 400만 명이 넘는 노동자들을 지원합니다.

베조스는 또 아마존의 최저 임금인 시간당 15달러(2018년 시행, 2021년 코로나로 인한 채용 위기에 직면했을 당시에도 평균 임금은 시간당 18달러가 넘음)가 연방 최저 임금인 시간당 7.25달러와 극명한 차이를 보인다고 지적하며, 아마존의 임금과 복지의 세부 사항들을 변호했습니다. 그는 연방 최저 임금을 아마존과 비슷한 수준으로 인상하도록 미국 정부에 로비하는 중이라고 설명하고, 또 아마존 미국 직원이 받는 혜택들—첫날부터 건강보험 적용, 20주간 유급 육아휴직, 세금 공제가 가능한 은퇴 저축 플랜인 401(k) 플랜 등—도 언급했습니다. 이 글의 세부 사항들에 나타난 정밀함을 보면, 데이터를 이용해 직원 기록을 옹호하고자 했던 베조스의 의도가 확실히 드러납니다.

'규모를 활용한 선한 영향력 행사'에는 경영에 대한 베조스의 접근 방식을 더 잘 알아내는 데 필요한 중요한 논리가 더 있습니다. 베조스는 본질적으로 기업가입니다. 기업가가 활동하는 환경은 무자비하고 적대적이며, 처음부터 성공할 가능성이 크지 않습니다. 살아남는 방법을 찾고, 안정성을 확보하고, 이어서 성장 및 수익을 달성하는 과정은 창업자에게 경쟁적 가치관을 심어주며, 이는 사업이 대규모로 확장된 후에도 없애기가 힘듭니다. 베조스는 스타트업 비즈니스에서 규모 확장의 중요성을 요약한 포브스닷컴Forbes.com의 기사 "사업에서 규모 확장이 중요한 이유는 무엇인가?"(2019년 10월 31일)에 암묵적으로 동의합니다. "규모 확장이 중요한 이유는, 지속 가능한 성장이 스타트업에서 잘못될 가능성이 있거나 실제로 잘못된 다른 모든 문제의 치료제 역할을 하기 때문이다"라는 문장에서 중요한 것은, 규모 확장이 새로운 상업 분야를 정복하려는 탐욕이나 욕망과는 관계가 없다는 생각입니다. 근본적으로 규모 확장은 스타트업에 끊임없이 이어지는 실수, 예외적이거나 고정적인 비용, 경쟁, 그리고 신규 업체를 공격하는 다른 수많은 요소를 견뎌낼 수 있는 역량을 부여하는 것과 관련됩니다. 베조스는 아마존이 항상 스타트업의 공격성과 열정을 바탕으로 운영되어야 한다고 생각했습니다. 그는 이것을 '데이 원'(첫째 날) 사고방식으로 설명합니다.

창립 이후, 우리는 사내에서 '데이 원' 사고방식을 유지하기 위해 노력해왔습니다. 그 말의 의미는 우리가 하는 모든 일에 '첫째 날'의 에너지와 기업가 정신을 갖고 접근한다는 것입니다. 비록 아마존은 큰 기업이지만, 저는 항상 만약 우리가 '데이 원' 사고방식을 우리 DNA의 중요한 부분으로 유지하는 데 전념한다면, 우리는 큰 기업의 시야와 역량은 물론 작은 기업의 정신과 열정까지도 가질 수 있다고 믿어왔습니다.

수많은 크고 작은 기업들이 이 역동적인 관점을 기업 문화에 주입하려고 시도함에 따라, '데이 원' 사고방식은 경영 관리론의 세계에서 어느 정도 유행하게 되었습니다. 그러나 많은 사람이 발견한 대로, 이것은 말하기는 쉽지만 실천하기는 어렵습니다. '데이 원' 사고방식에 따르면 관리자들은 어떤 특성들을 받아들여야 하는데, 이는 베조스에게는 자연스러운 것처럼 보이지만 많은 관리자가 확신으로 받아들이기에는 너무 불편한 것들입니다. 그 특성들로는 높은 위험에 대한 포용력, 어떤 직책의 전통적 프로필에 맞지 않는 사람 고용하기, 불필요한 소통 대폭 줄이기, 고객에 대한 강박적 집착, 일시적으로 손해를 보더라도 규모 확장하기, 혁신 추구를 위해 자신의 비즈니스 모델을 기꺼이 허물기 등이 있습니다. 베조스는 또 아마존의 '선교사들'이 영구적이고 동시적인 두 가지 핵심적 특징, 즉 고집과 유연성을 가지고 있다고 주장합니다.

우리는 비전에 대해서는 고집스럽습니다. 세부 사항에 대해서는 유연합니다. 우리는 쉽게 포기하지 않습니다. 제3자 판매자 사업이 그 예입니다. 우리는 세 번의 시도 끝에 제3자 판매자 사업을 시작할 수 있었습니다. 우리는 포기하지 않습니다. 고집스럽지 않다면 실험을 너무 빨리 포기할 것입니다. 그리고 유연하지 않다면 헛수고만 할 뿐 해결하려는 문제에 대한 다른 해결책은 보지 못할 것입니다.

　목표에 단호하게 집중하면서도 그 목표에 도달하는 새로운 방법에는 항상 열려있는 것, 이것이 베조스가 생각하는 모범적 직원의 모습인 것 같습니다.
　베조스에게 있어서 회사의 규모나 성공은 경쟁적인 시

장에서 성공하는 데 필요한 투지를 절대 변화시키지 않습니다. 만약 베조스가 시장 우위를 점할 아이디어를 갖고 있다면 단순히 차를 몰다가 가속 페달에서 발을 떼는 일을 하지는 않을 것입니다. 그 대신, 그 우위의 힘은 성장을 통해 유지됩니다. 이 관점에서 보면, 아마존은 현재의 규모로 성장한 것은 단지 스타트업 논리를 지속적인 규모 확장에 적용한 결과입니다. 경쟁사가 (아직은) 보이지 않더라도 그 경쟁사와의 거리를 꾸준히 유지할 필요성이 있는 것입니다. 베조스는 아마존이 AWS와 기타 제품 및 서비스로 우위를 점하고 있는 상황을 다음과 같이 설명합니다.

우리가 그 계획을 세우기가 무섭게 세계의 모든 기업은 이것에 관심을 드러냈습니다. 정말 놀라운 점은 아마존이 별다른 홍보나 화려한 선전을 하지 않았는데도 수천 명의 개발자가 이 API들로 몰려왔다는 것입니다. 그리고 전에 없던 비즈니스의 기적이 일어났습니다. 제가 아는 한, 이는 비즈니스 역사상 가장 큰 행운 중 하나였습니다. 7년간 우리에게는 유사한 경쟁사가 없었습니다. 믿기 어려운 일입니다. 1995년에 제가 아마존닷컴을 열자 반스앤노블은 반스앤노블닷컴을 출시하고 2년 뒤인 1997년에 시장에 진출했습니다. 2년 뒤에 나타나는 것은 새로운 것을 발명했을 때 매우 일반적인 일입니다. 우리는 킨들을 출시했고, 2년 뒤 반스앤노블은 누크Nook를 출시했습니다. 우리가 에코를 출시하자, 2년 뒤 구글은 구글 홈을 내놓았습니다. 새로운 분야를 개척할 때, 운이 좋으면 2년을 앞서게 됩니다. 7년을 앞선 경우는 없으니, 정말 믿기 어려운 일입니다.

베조스는 뒤에서 반응하기보다는 앞에서 이끄는 회사가 되는 것이 중요하다고 생각합니다. 여기서 그는 틀을 깨고 다른 회사들이 따라잡기 위해 고군분투하게 만든 아마존의 혁신들을 나열하고 있습니다.

업적

오늘날 아마존의 거대한 규모를 고려하면 그럴 수 없다는 생각이 들 수 있지만, 현대사에서 수십억 달러 규모의 산업이 파산하거나 망하는 사례는 많이 있습니다(비록 일부는 회복되었지만). 월드컴, 리먼 브라더스, 퍼시픽 가스 앤일렉트릭, 보더스, 제너럴 모터스, 엔론, 콘세코 등이 그 예입니다. 그러나 베조스는 많은 억만장자 기업가들과 마찬가지로 규모를 확장하는 데 필요한 규율, 공격성 및 힘든 선택이 만병통치약은 아니며, 그런 사람들은 대부분 어느 시점엔가 자기도 모르게 칭송받는 처지에서 비난받는 처지로 바뀐다는 것을 점차 깨닫게 되었습니다. 베조스는 규모에 초점을 맞춥니다. 그렇지 않으면 그것을 추구할 때보다 더 큰 비용이 발생할 수 있음을 알기 때문입니다.

한 인간으로서 베조스를 어떻게 보든지 간에, 그가 대단한 사람임을 부정할 수 있는 사람은 거의 없을 것입니다. 그의 업적은 상업, TV, 영화, 자선 활동, 우주와 그 밖의 여러 분야로 퍼져나갔으며, 이 모든 것은 그의 개인적인 비전과 실제적인 노력에서 비롯되었습니다.

제프 베조스 같은 혁신의 아이콘은 젊은 세대에게 동기 부여와 꿈과 비전을 키우고, 어려운 상황에서도 꾸준한 노력과 자기 계발이 중요하다는 사실을 일깨워줘야 합니다. 베조스에게는 이것이 여러모로 어렵습니다. 그는 대중에게 전달되는 보도를 엄격히 통제하므로, 주변에 마이크가 있을 때 그의 입에서 주제에서 벗어난 말을 듣기란 매우 힘든 일입니다. 이런 방식은 단지 그가 미디어 훈련을 잘 받았음을 보여준다기보다는, 세상이 그의 명성을 어떻게 다루는지 잘 이해하고 있다는 표현일지도 모릅니다. 뉴 셰퍼드의 비행 후 열린 기자회견에서, 베조스는 그가 만든 '용기와 존중상'Courage and Civility Award의 시작을 알리기에 앞서 디지털 시대의 광범위한 문제에 대해 생각해보는 시간을 가졌습니다.

그리고 우리가 항상 해야 할 일은 사람이 아니라 아이디어를 의심하는 것입니다. 인신공격은 오래전부터 있었지만, 효과가 없습니다. 그것은 소셜 미디어에 의해 증폭되었습니다. 우리에게 필요한 건 통합자이지, 비방자가 아닙니다. 우리는 진정으로 믿는 바를 위해 열심히 논쟁하고 열심히 행동하는 사람들을 원하는데, 그들은 항상 정중하며 인신공격을 하지 않습니다. 불행히도, 우리는 그렇지 않은 경우가 많은 세상에 살고 있습니다. 하지만 우리에게는 본보기가 되는 모델이 있습니다.

이는 자신의 삶과 모든 행동을 아주 신랄하게 조사받아 온 사람이 진심으로 한 말처럼 들립니다. 베조스는 여느 사람들처럼 결점과 변덕이 있고, 불쑥 화를 내기도(그러나 마찬가지로 금세 누그러지기도) 하고, 지나치게 호탕하면서도 즐거운 웃음으로 유명합니다. 하지만 때로는 위협적인 존재감을 드러내며, 전문적 사항에 초집중하면서도 가끔은 아이디어에 대한 모든 반대를 무시하는 사람인 것으로 보입니다.

그런데도 변함없는 한 가지는, 베조스가 언제나 아이디어에 관심을 둔다는 것입니다. 그는 더 넓은 세상이 그것을 보게 되기를 바라고 있습니다.

참고 문헌 및 더 읽어볼 만한 자료들

이 책에 인용된 제프 베조스의 말들은 그가 쓴 글, 언론 보도 자료, 소셜 미디어 포스팅 및 인터뷰를 참고한 것이다. 아래는 그중에서도 특히 중요한 것들이다(그 인용문의 저작권은 모두 제프 베조스에게 있다).

- 주주들에게 보내는 서한, 1997－2020
- 아마존 보도 자료 보관소: https://press.aboutamazon.com/press-releases
- 블루 오리진 뉴스 보관소: www.blueorigin.com/news-archive
- 블루 오리진 비행 후 기자회견, 2021. 7. 21: www.youtube.com/watch?v=qVBmyqhmt20
- 베조스 엑스퍼디션스 웹사이트(블루 오리진, 〈워싱턴포스트〉, 베조스 데이 원 펀드, 베조스 패밀리 재단, 만년 시계, F-1 엔진 회수, '선정된 투자처'에 관한 성명 및 보도 자료 포함): www.bezosexpeditions.com/
- 제프 베조스의 트위터: https://twitter.com/JeffBezos
- 제프 베조스의 인스타그램: www.instagram.com/jeffbezos/
- 워싱턴 경제 클럽 인터뷰: www.youtube.com/c/TheEconomicClubofWashingtonDC
- 레이건 국방 포럼 인터뷰: www.reaganfoundation.org/reagan-institute/programs/reagan-national-defense-forum/ and www.youtube.com/channel/UCEJi23qnygQHE5UeLXoV_JQ
- 제프 베조스와 형 마크가 함께 한 인터뷰, 2017. 11. 4: www.youtube.com/watch?v=Hq89wYzOjfs
- 이그나티우스 포럼 '우리의 미래는 우주에' 행사 인터뷰, 2021. 11. 10: www.youtube.com/watch?v=UWyPk_f8aAA
- '기후 서약' 발표, 2019. 9. 19, 아마존 뉴스: www.youtube.com/watch?v=oz9iO0EOpI0
- 2010년 프린스턴 대학교 졸업식 연설: www.youtube.com/watch?v=Duml1SHJqNE

- 〈몬테소리 라이프〉와의 인터뷰, 2000년 겨울호: https://gallery.mailchimp. com/0e28a613cf5e40a5c7a457727/files/b9164cd0-a5cb-454b-97dc-79f963e1bdc8/ Jeff_Bezos_Montessori_Life_Winter_2000.pdf
- 영국 글래스고에서 열린 유엔 기후변화협약 당사국총회(COP26) 연설, 2021. 11. 2: www.youtube.com/watch?v=6NKctlp7yY0
- 라파엘 아필(Raphael Afil), 《제프 베조스: 그만의 언어》(Jeff Bezos: In His Own Words) (Raphael Afil, 2021)
- 아마존 리더십 원칙: www.amazon.jobs/en-gb/principles
- 아마존 웹 서비스 백서 및 안내서: https://aws.amazon.com/whitepapers/
- 제프 베조스, 《발명과 방황》(Invent and Wander: The Collected Writings of Jeff Bezos) (위즈덤하우스, 2021) (원서: Boston, MA, Harvard Business Review Press, 2021)
- 리처드 L. 브랜트(Richard L. Brandt), 《원클릭》(One Click: Jeff Bezos and the Rise of Amazon) (자음과모음, 2012) (원서: London, Penguin, 2012)
- 콜린 브라이어(Colin Bryar), 《순서 파괴》(Working Backwards: Insights, Stories, and Secrets from Inside Amazon) (다산북스, 2021) (원서: London, Macmillan, 2021)
- 클레이튼 크리스텐슨(Clayton M. Christensen), 《혁신 기업의 딜레마》(The Innovator's Dilemma: When New Technologies Cause Great Firms to Fail) (세종서적, 2020) (원서: Boston, MA, Harvard Business Review Press, 2016)
- 짐 콜린스(Jim Collins), 《좋은 기업을 넘어 위대한 기업으로》(Good to Great: Why Some Companies Make the Leap … and Others Don't) (김영사, 2021) (원서: London, Harper Business, 2011)
- 존 쿡(John Cook), 〈아마존닷컴의 1호 직원, 셸 카판을 만나다〉(Meet Amazon.com's first employee: Shel Kaphan)', GeekWire.com (2011. 6. 14): www.geekwire.com/2011/ meet-shel-kaphan-amazoncom-employee-1/
- 제임스 커리어(James Currier), 〈제프 베조스가 '나의 스승'이라 부른 CEO〉(The CEO That Jeff Bezos Called "His Teacher")', NfX.com: www.nfx.com/post/the-ceo-that-jeff-bezos-called-his-teacher/(2022. 2. 28에 접속)
- 크리스천 데이븐포트(Christian Davenport), 《타이탄》(The Space Barons: Elon Musk, Jeff

Bezos, and the Quest to Colonize the Cosmos) (리더스북, 2019) (원서: New York, Hachette, 2019)

- 가비 델 바예(Gaby Del Valle), 〈보기보다 인색한 제프 베조스의 자선 프로젝트〉 (Jeff Bezos's philanthropic projects aren't as generous as they seem)', Vox.com (2018. 11. 29): www.vox.com/the-goods/2018/11/29/18116720/jeff-bezos-day-1-fund-homelessness

- 마티아스 되프너(Mathias Döpfner), 〈제프 베조스가 밝힌 제국 건설에 대한 소감, 그리고 그가 일생일대의 임무에 매년 10억 달러씩을 기꺼이 쓰는 이유〉(Jeff Bezos reveals what it's like to build an empire — and why he's willing to spend $1 billion a year to fund the most important mission of his life)', Businessinsider.com (2018. 4. 28): www.businessinsider.com/jeff-bezos-interview-axel-springer-ceo-amazon-trump-blue-origin-family-regulation-washington-post-2018-4?r=US&IR=T

- 블루 오리진 관련 SpaceNews.com 기사: https://spacenews.com

- 브래드 스톤(Brad Stone), 《아마존, 세상의 모든 것을 팝니다》(The Everything Store: Jeff Bezos and the Age of Amazon) (21세기북스, 2014) (원서: London, Penguin-Random House, 2018)

- 브래드 스톤, 《아마존 언바운드》(Amazon Unbound: Jeff Bezos and the Invention of a Global Empire) (퍼블리온, 2021) (원서: New York and London, Simon & Schuster, 2021)

옮긴이 서지희

한국외국어대학교 독일어과를 졸업하고, 엔터스코리아 소속 번역가로 활동하고 있다. 옮긴 책으로는 《1일 1편 신박한 잡학사전 365》, 《나를 향해 웃을 수 있다면 어른이 된 거야》, 《심연 속으로》, 《물건 진화 그림 사전》, 《우리는 어떤 나라를 꿈꾼다》, 《쓰레기는 쓰레기가 아니다》, 《하루 1장, 기억하기 쉬운 세계사》, 《아인슈타인》, 《축구 역사를 빛낸 최고의 골》, 《얼음에 갇힌 여자》 등 다수가 있다.

롤 모델 시리즈

제프 베조스(원제: Jeff Bezos: The World-Changing Entrepreneur)

1판 1쇄 발행 2024년 2월 20일

지은이 크리스 맥냅
옮긴이 서지희
발행인 주정관

출판 브랜드 움직이는서재
주소 서울특별시 마포구 양화로 7길 6-16 서교제일빌딩 201호
전화 (02)332-5281 | **팩스** (02)332-5283
이메일 moving_library@naver.com
출판등록 제2015-000081호

ISBN 979-11-86592-55-7 03840

책값은 뒤표지에 있습니다. 파본은 바꾸어 드립니다.